André Paquette

Les taches du soleil

récits

La réalisation de cet ouvrage a été rendue possible grâce à des subventions du ministère de la Culture et des Communications du Québec et du Conseil des Arts du Canada.

Mise en pages : Constance Havard
Maquette de la couverture : Raymond Martin
Illustration : *Les taches du soleil*, Robert Francis

Distribution :

Canada	**Europe francophone**
Diffusion Prologue	La Librairie du Québec
1650, boul. Louis-Bertrand	30, rue Gay-Lussac
Boisbriand (Québec)	75005 Paris
J7E 4H4	France
Tél. : (514) 434-0306	Tél. : (1) 43 54 49 02
Téléc. : (514) 434-2627	Téléc. : (1) 43 54 39 15

Dépôt légal : B.N.Q. et B.N.C., 3ᵉ trimestre 1997
ISBN : 2-89031-266-6
Imprimé au Canada

André Paquette

Les taches du soleil

récits

Triptyque

Marikának aki a
folttalan napom

LE TRÉSOR DE RACKAM LE ROUGE

Pour Yves

J'ai trouvé son nom sur le tableau d'affichage du centre commercial de l'île. Passé la ligne des caisses enregistreuses, l'administration a installé un panneau où les gens offrent leurs services et mettent en vente les objets dont ils veulent se défaire. Je ne peux m'empêcher, chaque fois que je fais mon marché, de m'arrêter pour lire les réclames. On trouve de tout. Quand j'ai vu sa carte d'affaires, j'ai souri:

Jack Borregaard
Captain at Sea
Hunting and Fishing in the Keys and Islets
Sanibel Island, Florida

Encore un autre de chez nous qui s'est refait une vie dans le Sud. Beauregard! A-t-on idée de déformer son propre nom à ce point! C'est sans doute pour mieux s'intégrer dans le melting-pot et disparaître dans le paysage qu'il s'est mutilé ainsi: Borregaard! Un autre canard sauvage du Canada qui a fait la migration d'automne, puis a oublié de remonter vers le nord. J'ai donc pris rendez-vous avec lui. Il n'y a rien qui vaille un braconnier de chez nous pour localiser le poisson et débucher le gibier.

Il n'est pas facile à rejoindre et ne semble pas avoir grand souci de la clientèle. On a même l'impression de le déranger lorsqu'on réussit à l'atteindre au téléphone. Il m'a finalement donné rendez-vous à une marina où il amarre son yacht. Il était là à l'heure dite, mais ne semblait pas pressé de s'engager. On aurait dit qu'il ne tenait pas à traiter avec un compatriote.

Même si, dès le début de la conversation, il savait que je venais du Québec, il ne m'adressa pas la parole en français et, subséquemment, nous n'avons utilisé que l'anglais qu'il parlait sans aucun accent, avec aisance et naturel, comme si c'était sa langue maternelle. Ce l'était peut-être d'ailleurs. Pendant la guerre de Sécession, il y eut un général Beauregard dans l'armée sudiste. La famille du vaincu a peut-être jugé utile de modifier son nom pour tenter de faire oublier son origine compromettante. Si c'est le cas, les Borregaard n'ont plus rien de francophone, ni le nom, ni la langue, ni même le souvenir. Il y en a beaucoup ici sur les îles de la côte du golfe du Mexique à porter des noms du Québec: les Tétrault, La Croix, Plante et Le Buff, dont le nom, à l'origine, devait sans doute s'écrire Lebœuf. Ils ne savent généralement pas comment il se fait qu'ils ont échoué ici. Quand ils prétendent le savoir, ils vous racontent une invraisemblable histoire de pirates. C'était ici, quand la Floride appartenait à l'Espagne, la côte des Flibustiers, le pays de Gasparillo, de César le Grand et d'une foule d'autres dont les U.S.A. se sont débarrassés sitôt qu'ils eurent acquis la région. Tout le monde prétend descendre d'eux et Frenchie Cadieux, quant à lui, vous assurera que son ancêtre n'était nul autre que le timonier de Jean Laffitte qui sauva La Nouvelle-Orléans. Si vous en doutez, vous l'insulterez!

Jamais Borregaard ne tenta de répandre une telle fable et si vous vouliez connaître l'origine de son nom, il se contentait de dire:

— *Could be Danish, I was told.*

Il ne parlait jamais de lui-même et gardait secrets les détails de sa vie privée. Il était discret comme il sied à un capitaine scandinave. Il avait d'ailleurs l'allure et le comportement d'un nordique: grand, mince, les cheveux tirant sur le blond, les yeux bruns, le menton carré et les lèvres minces. Même si le temps était couvert et la luminosité réduite, il portait des lunettes de soleil.

— Que voulez-vous chasser, le crocodile, le lamantin ou le cerf des Everglades?

Il me posa la question d'un air presque méprisant comme si, à l'avance, il avait décidé qu'il n'était pas intéressé à travailler pour moi. Par ailleurs, on n'était pas en saison de chasse et les sauriens, de même que les lamantins, sont protégés dans la région.

Pourquoi me poser une telle question?

— Non, ce serait pour pêcher la daurade ou l'achigan de mer...

— De la petite pêche. Vous n'avez pas besoin de guide pour ça. Achetez-vous une ligne et un moulinet, procurez-vous des crevettes et promenez-vous... vous en prendrez partout.

— Je n'ai pas de bateau. Je n'ai pas beaucoup de temps et je n'ai jamais pêché dans le Sud. Je ne connais que la pêche des lacs du Nord. Ici, je ne saurais même pas identifier mes prises. Vous ne semblez pas intéressé à me piloter, je vous dérange peut-être, je ne veux pas m'imposer. Je vais chercher ailleurs.

— *Come on... don't be so tense, I'll do it for you. When d'you wish to go?*

— Demain, si vous êtes libre.

— Parfait! Soyez devant chez moi demain matin, à sept heures. Nous partirons à la marée montante, je vous emmènerai dans la passe de Captiva ou celle de Boca Grande. Voici mon adresse.

C'est un pays d'îlots de sable couverts de mangroves, de bambous et de palétuviers. Il y pousse aussi des pins australiens qui montent en orgueil comme d'immenses asperges gorgées d'eau. En créole, on appelle ces îles des Cayes, Keys en anglais, Cayas en espagnol. Ce sont des terres basses, à demi noyées lors des grandes marées, complètement submergées par la moindre tornade. On y juche les maisons sur des pilotis. Maintenant, seules les grandes îles sont occupées. Personne n'habite les petits îlets. Il n'y reste plus, pour rappeler le passage de l'homme, que les tumulus de coquillages érigés par les Caloosas, une tribu indienne maintenant disparue.

Des escadrilles de pélicans patrouillent le ciel, le bec renfoncé dans le cou. Ils volent lourdement et solennellement comme des catalinas pour soudainement chavirer et plonger dans la mer vers un banc de sardines. Il y a aussi des orfraies qui planent lentement, se laissent tomber et attrapent au vol des poissons volants qui filent au ras de l'eau.

Le lendemain, dès sept heures trente du matin, Borregaard m'attendait devant sa porte. Il habite une maison quelconque, couverte de bardeaux d'amiante, percée de fenêtres-tempête qu'il garde généralement closes pour ne pas laisser s'échapper la fraîcheur que procure l'appareil de climatisation. Je ne suis pas entré chez lui, ni cette première fois ni jamais. C'est un lieu interdit. La maison est sûrement bien équipée, il a une antenne parabolique pour capter les émissions de télé transmises par satellite. Il doit capter le Québec, la Grande-Bretagne et la France, peut-être aussi le Mexique, même si les postes de Miami et de Tampa retransmettent pour leurs auditeurs hispaniques les meilleures émissions de Porto Rico et de Mexico.

C'est un maniaque de l'électronique et des communications. Sa vedette est équipée d'un radar, d'un *depth-finder*, d'un téléphone sans fil. Il y a des écouteurs et des cadrans lumineux partout, sans oublier, évidemment, un système sonar pour localiser les bancs de poissons et un poste de radio émetteur-récepteur grâce auquel il peut converser avec le monde entier. Quand je suis arrivé, il se rendait à son hangar à bateau. C'est une dépendance érigée sur pilotis sur le bord du bayou. Près de la rive flotte un quai où s'entassent des pièges à crabes et des amoncellements de filets et de cordages. Partout des bidons, de vieilles bouées et des tas de détritus divers, caisses de bois, planches vermoulues, cabestans. Le voisinage est semblable: partout des cabanes de bois, des quais, des bateaux à l'ancre au milieu de l'anse ou amarrés à des embarcadères, çà et là des pontons, des voiliers les voiles roulées, des vedettes, quelques doris crevettiers. Un paysage de bord de l'eau qui ressemble plus à un campement provisoire qu'à un établissement définitif, comme s'il fallait à tout moment être prêt à lever l'ancre et à partir pour de bon. Le village a cet aspect depuis cent ans. Maintenant, il y a plus de bateaux à moteur que de voiliers, les maisons sont hérissées d'antennes de télé, les rues sont tendues de fils électriques et des camionnettes corrodées par le sel rouillent un peu partout, mais toujours ici on a l'impression d'un départ imminent.

Il m'accueillit d'un salut de la main et monta sur le bateau pour faire tourner le moteur. Il venait de le faire démarrer lorsqu'une femme arriva et lui remit une glacière de camping.

— Josefa! me la présente-t-il, sans en dire davantage.

Josefa, le même nom que la compagne de José Gaspar, le pirate de Boca Grande. Ce n'est pas son nom à elle, sans doute, pas plus que le sien n'est Borregaard, mais ce ne sont pas des gens qu'il faut questionner et on n'apprécie pas ici les commentaires non sollicités.

Elle salue rapidement et disparaît.

C'est une Espagnole aux cheveux noirs lourdement tressés. Elle est mexicaine ou peut-être guatémaltèque. Elle a sans doute du sang indien. Elle pourrait être excessivement jolie mais on dirait qu'elle s'applique à ne pas l'être comme pour ne pas attirer l'attention. Elle est médiocrement vêtue et peignée, mais elle a de très beaux yeux noirs. Elle est plutôt grande pour une métisse. Il est indubitable qu'elle a sa part de sang indien, on le voit à la largeur de son visage, à la proéminence de ses pommettes et au reflet bleuté de ses cheveux noirs. Elle a le nez fin et assez court de certains Asiatiques, des lèvres épaisses et sensuelles comme celles qu'on voit aux vieilles sculptures olmèques de la côte de Vera Cruz, mais c'est par son regard qu'elle est indienne, un regard éteint, presque absent, qui se réveille subitement lorsqu'on ne la regarde pas et qui vous fixe avec acuité.

Il déposa la boîte sur le pont, détacha les amarres et décolla du quai sans même la saluer. Il recula d'abord l'embarcation jusqu'au milieu du bayou puis mit le cap vers l'estuaire et parvint à la baie en suivant les méandres du cours d'eau bordé de palétuviers. Tout le long du parcours, sur des pieux fichés dans le lit de la rivière et qui servent à tendre des nasses, de gros pélicans hiératiques sommeillaient d'un œil.

Nous fîmes ce matin-là une pêche miraculeuse dans la passe qui sépare Caya Costa de Captiva-Nord: trente-deux daurades, une douzaine de rougets et deux truites de mer. Il m'enseigna l'art d'appâter avec des crevettes vivantes, comment laisser filer les lignes lestées de plomb jusqu'au fond pour ensuite les remonter d'un pied ou deux et quel mouvement leur imprimer pour attirer le poisson.

— Maintenant que vous savez, me dit-il, en descendant à terre, vous n'avez plus besoin de moi. Vous pouvez vous louer un bateau et partir seul. Il vous en coûtera moins cher!

Il tenait à se débarrasser de moi, c'en était gênant.

— Ce n'était pas mon intention. Je voulais faire d'autres expéditions avec vous; pêcher le thon, par exemple, ou l'espadon, mais vous ne semblez pas intéressé.

— Je suis à votre service, répondit-il, comme s'il n'avait pas d'autre choix que de me louer son temps et sa compétence.

— La prochaine fois, si vous êtes disponible, nous irons à l'espadon. Ce sera l'an prochain; je repars dans trois jours pour Montréal mais, chaque année, je reviens en novembre.

— Comme vous le voudrez bien.

L'année suivante, effectivement, je retournai avec lui, puis l'année d'après et, à force d'habitude, c'est devenu une tradition. Je lui envoyais des clients qu'il acceptait avec la même attitude. Il fallait presque le supplier pour qu'il consente à prendre la mer avec vous. Même si deux ou trois fois, nous vécûmes ensemble dix ou douze jours, descendant au-delà de Key West, jusque dans les eaux de Cuba, il ne cessa jamais d'être distant. Jamais je ne l'ai questionné sur lui-même ni sur Josefa: son attitude l'interdisait. Quant à Josefa elle-même, je ne lui ai jamais parlé. Elle resta toujours lointaine. Il n'y eut guère que le plus jeune de mes fils qui réussit à lui arracher un sourire et à entrer

14

dans sa maison. Il en ressortit même avec un biscuit, un exploit digne de Jason.

Une année, Captain Jack me prit par surprise et m'annonça:

— J'ai acheté l'appartement que vous louez chaque année. J'aimerais que, dorénavant, vous acquittiez votre loyer en me faisant parvenir des chèques payables au porteur... est-ce trop vous demander? Je suis prêt à signer d'avance les quittances... Pourquoi m'objecter?

S'il tenait à avoir des difficultés avec le fisc américain, tant pis pour lui. Il n'est pas illégal de faire des chèques payables au porteur; ce qui l'est, c'est de ne pas déclarer l'intégralité de ses revenus et de se soustraire au paiement de l'impôt. J'ai donc fait comme il me le demandait, à lui de faire les déclarations fiscales requises.

Deux ans plus tard, alors que nous étions seuls sur le pont de la vedette, il s'adressa à moi, pour la première fois, en français. J'en fus surpris. Mon étonnement dut l'impressionner parce qu'il trouva nécessaire de préciser que s'il s'adressait à moi dans notre langue maternelle commune, c'était de sa part une manifestation et une preuve d'extrême confiance.

— J'ai besoin d'une adresse au Québec. Puis-je utiliser la vôtre, pour y recevoir du courrier, peu... très peu...?

— D'accord et ces lettres, je vous les expédie ici?

— Non, conservez-les, apportez-les-moi quand vous reviendrez.

— Et si, une année, je ne viens pas?

— Alors, vous me les apporterez l'année suivante. Maintenant, si vous voulez bien, nous recommencerons à parler en anglais. Je ne veux pas que l'on se doute que je parle français!

— ... et que vous soyez québécois! Vous tenez donc tant à votre déguisement danois?

— Oui, énormément!

— À votre service, capitaine!

Quand mon fils apprit que l'appartement était la propriété de Captain Jack et que c'est à lui que je payais le loyer, il me surprit en me disant:

— Je le savais.

— Tu savais quoi?

— Que Captain Jack avait trouvé le trésor!

— Un trésor... tu crois encore aux trésors!

— Sais-tu qui habitait Estero, l'île d'à côté?

— Non, qui? Gasparillo, César le Grand, Jean Laffitte?

— Non, Rackham, Rackham le Rouge!

— Le Rackham de Tintin?

— Oui, lui. Il a réellement existé. Il vivait près d'ici, à Estero, avec sa maîtresse, Anne Bonmy et son surnom, ce n'était pas «Le Rouge», c'était Calico Jack... Jack, comme Captain Borregaard... Lui aussi, on devrait l'appeler Calico Jack...

— Tu lis trop Tintin!

— Je te dis, p'pa, ton capitaine, il a trouvé un trésor!

— Penses-tu?

— Combien vaut l'appartement?

— Cent cinquante, cent soixante-quinze mille dollars américains!

— Tu vois! Comment veux-tu qu'il puisse acheter une propriété de ce prix au salaire que tu lui paies? Comment lui donnes-tu, par jour, pour lui et son bateau? Deux cents, trois cents dollars?

— C'est ça.

— Alors, avec ce salaire-là, pour acheter l'appartement, il faut qu'il ait trouvé le trésor de Rackham le Rouge.

— De Calico Jack, tu veux dire!

— C'est ça, demande-lui, tu verras!

Inutile de poser pareille question à Captain Jack, il ne me laisserait plus remonter à bord.

Un jour, cependant, je vins bien près de croire mon fils. Alors que nous pêchions la truite de mer, il me demanda subitement:

— Accepteriez-vous de me laisser descendre sur la petite caye, là-bas, au large? Vous pourriez continuer à pêcher; vous êtes suffisamment expérimenté pour vous débrouiller seul. Quand je vous ferai signe, vous pourrez venir me chercher.

16

Il ouvrit une armoire et en sortit un appareil qui ressemblait à un aspirateur électrique. C'était un détecteur de mines. Je le descendis à terre et, au bout d'une heure, il était de retour.

— Il n'y a rien là, commenta-t-il.

— Vous croyez aux histoires de trésor?

— Pourquoi pas!

— Alors vous passez, systématiquement, toutes les îles à l'aspirateur.

— Systématiquement.

— Avez-vous déjà trouvé quelque chose?

— Quelques petites choses... des cachettes individuelles... la part attribuée au mousse et que, comme un écureuil, il s'est empressé d'aller enfouir...

— C'est quand même excitant!

— On ne sait jamais ce qu'on peut trouver.

— Vous n'êtes pas obligé de me dire si vous avez trouvé quelque chose sur cette île.

— Évidemment pas, mais pour que vous ne vous excitiez pas trop, je vais tout vous dire: je n'ai absolument rien trouvé!

Ce jour-là, il avait beaucoup parlé. Généralement, sauf s'il était question de chasse ou de pêche, il se taisait. Il s'en tenait à son strict rôle de capitaine et de pêcheur. Une seule fois, je l'ai entendu se mêler à la conversation et émettre des idées personnelles. Le soir était tombé. Une lune énorme et bouffie trônait dans le ciel velouté du golfe. C'était le calme plat. Nous étions ancrés par dix mètres de profondeur. Nous étions six à bord, j'avais emmené quatre compagnons et nous buvions comme des forbans. L'un de mes amis, alors que nous discutions, se retourna et interpella le capitaine qui dénouait un filin:

— *And you, Captain Borregaard, what do you think, can Quebec become an independant nation?*

C'était le sujet de l'heure.

Sans hésiter, Captain Jack répondit:

— *Certainly not!*

— *Why?* insista l'autre.

— *Because nobody is interested in helping you. Nobody would achieve anything by helping you!*

— Aucun pays, continua-t-il, en anglais toujours, n'est arrivé à se libérer par ses propres moyens, même pas les U.S.A. La France, avec La Fayette et Rochambeau, a permis à l'Amérique de se libérer. L'Algérie a gagné sa guerre grâce à ses voisins arabes. Le Vietnam a vaincu la France, puis les U.S.A., grâce à l'aide chinoise... Ici, en Amérique, Cuba ne se serait jamais libérée de l'Espagne sans Teddy Roosevelt et ses *rangers*. Pour qu'un peuple se libère, il faut qu'un autre lui vienne en aide et il faut que cette autre nation y trouve son intérêt. Qui donc aidera le Québec? Comptez-vous sérieusement sur la France?

Ainsi parla Captain Jack, la seule fois où je l'entendis émettre une opinion politique. Nous étions tous, sauf lui, un peu ivres de soleil, d'air salin, de rhum et de rires. Cette nuit-là, nous avons dormi à même le pont et tout fut oublié.

L'année suivante, je fus fidèle au rendez-vous, lui aussi, mais l'année d'après, je n'arrivai pas à le rejoindre. Il avait, il y a quelques années, déménagé à Bokeelia, sur l'île aux Pins.

— C'est moins cher de vivre là-bas, avait-il expliqué. Il n'y a plus que les très riches qui peuvent se permettre de vivre à Sanibel et je n'aime ni les rentiers ni les millionnaires. Sur mon bateau, ça va, mais à terre... avec tous ces gens qui conduisent des Cadillac, des Mercedes et des Rolls-Royce, moi, avec ma casquette, ma vareuse et mon pick-up Dodge, je ne cadre plus dans le paysage... et je ne les aime pas, alors, je suis parti!

Malgré la distance de Sanibel à Bokeelia, j'avais continué à pêcher avec lui. Il venait me chercher à domicile, s'ancrant au large devant l'immeuble, il détachait la petite chaloupe et venait me chercher à la rame. Quand il y avait trop de mer, il me donnait rendez-vous dans une marina de la baie.

Cette année-là, je ne parvins pas à l'atteindre. L'opératrice de la compagnie de téléphone répondait que le service avait été discontinué. Je n'arrivais pas à le croire. Il avait probablement changé de numéro de téléphone et oublié de me prévenir. Pourtant, au service de renseignements, la préposée affirmait qu'il n'y avait aucun abonné du nom de Borregaard. C'était impossible. Il fallait que je le rejoigne pour lui payer mon loyer. Je me rendis donc chez lui, à Bokeelia, à l'extrémité nord de l'île des Pins, dans l'anse de Boca Grande. Une nouvelle famille habitait la maison. Borregaard était disparu.

— Personne ne les a vus depuis dix mois, ni lui, ni sa femme, ni son bateau... Tous sont disparus. Comme personne ne payait le loyer, le propriétaire a repris possession des lieux, a transporté leurs effets dans l'entrepôt et nous a loué la maison. Il y a sa camionnette qui rouille là-bas dans le champ. Personne ne s'en occupe. Il faudrait arriver à la vendre, ses radios et radars aussi. La municipalité finira bien par les vendre à l'enchère, mais alors tout sera hors d'usage... Ne savez-vous pas où ils peuvent être? C'est étrange, disparaître ainsi.

— Aucune idée, aucune! C'est mon guide de pêche depuis huit ou neuf ans. D'habitude, il vient me chercher en bateau chez moi, à Sanibel. Il attend mon appel. Chaque année, la première semaine de novembre, c'est entendu, nous partons ensemble. Hier, pas de réponse, alors je suis venu voir.

— Pas de nouvelles, vous non plus!

Ma saison de pêche risquait d'être gâchée. Il ne me restait plus qu'à engager les services d'un autre guide ou de partir seul sur une embarcation louée. Cette année-là j'étais seul, aucun de mes fils n'était descendu avec moi et je n'avais pas d'invité.

Le loyer était dû. Jack trouverait bien le moyen de me rejoindre pour percevoir l'argent: quatre mille dollars pour la période allant du quinze novembre au quinze février. Il avait sûrement des taxes et des primes d'assurance à payer, des intérêts aussi et des remises de capital. Je n'avais qu'à attendre un peu, je ne manquerais pas d'avoir de ses nouvelles.

En revenant à Sanibel, j'eus l'impression d'être suivi. Sur McGregor Street, à Fort Myers, l'impression devint une certitude. Peu avant Punta Rossa, dans la ligne droite qui traverse le marais avant d'arriver au poste de péage de la chaussée qui relie l'île à la terre ferme, ne voyant plus dans le rétroviseur l'automobile qui me suivait depuis Bokeelia, je m'arrêtai sur le bord du chemin. L'auto survint bientôt, me dépassa et continua. Au poste de péage, elle était stationnée. Je payai mon passage, franchis le pont-levis et m'engageai sur la chaussée. Personne ne me suivit. La filature reprit à Sanibel. La police de l'île m'attendait au coin de Periwinkle Road. Soudain, la voiture de police me dépassa, faisant clignoter son gyrophare et m'intima l'ordre de m'arrêter. L'agent fut très poli.

— Papiers

— Ai-je commis une effraction?

— Non, nous procédons à une identification de routine. C'est régulier ici, nous vérifions l'identité de tous les véhicules étrangers à l'île.

— Alors, celui que je conduis devrait vous être familier, sauf pour quelques visites à Fort Myers et à Cape Coral, il n'est pas sorti de l'île depuis cinq ans.

— Vous êtes résidant de l'île?

— Non, mais depuis dix ans, je loue le même appartement trois mois par année.

— Quelle adresse?

— Manatee Condominium, appartement 304, Higher Gulf Drive.

— Permis de conduire, s'il vous plaît.

Ce fut tout, mais la maison fut sans doute surveillée pendant toute la nuit. Le lendemain, dès sept heures du matin, on sonnait à la porte.

— *Police! Open us, please!*

C'était impératif. Avant de les laisser entrer, je leur ai demandé:

— Pourriez-vous vous identifier, s'il vous plaît.

Le policier me regarda comme si je l'insultais mais sortit néanmoins son portefeuille et m'exhiba sa carte. Je sus alors que j'avais affaire au Federal Bureau of Investigation.

— Et cet autre monsieur, avec vous, qui est-il?

Il me répondit sèchement:

— Une seule identification suffit... Pouvons-nous maintenant entrer ou préférez-vous nous suivre?

— Entrez, je vous prie!

Ils entrent et s'assoient dans le salon. Sans préambule, l'agent du F.B.I. commence son interrogatoire:

— Connaissez-vous le Capitaine Borregaard?

— Oui.

— Depuis combien de temps?

— Huit ou dix ans.

— Que savez-vous de lui?

— Rien, ou si peu. Ce n'est pas un homme qui parle beaucoup de lui-même.

— L'avez-vous jamais accompagné dans les Everglades?

— Non, jamais. Il y a trop de moustiques et c'est malsain. Avec lui, je pêchais à l'embouchure des rivières, dans les détroits entre les cayes ou en haute mer. Nous ne sommes jamais allés à l'intérieur des terres dans les marais.

— Connaissez-vous ses amis?

— Non, aucun.

— Lui connaissez-vous une particularité?

— Oui, c'est un Québécois comme moi.

— Vous en êtes sûr?

— Absolument.

— Comment pouvez-vous en être certain?

— Une fois, une seule fois, il m'a parlé en français. Il parle le français du Québec, un bon français du Québec, sans anglicismes, sans hésitations. C'est un homme de bonne éducation et qui a de l'instruction. C'est peut-être un marin de carrière, peut-être même un ingénieur.

— Comment pouvez-vous le dire?

— Ce n'est pas un ouvrier ni un simple mécanicien. Il s'y connaît en mécanique, mais aussi en électronique.

— Lorsque vous étiez ensemble, se servait-il de son poste de radio à ondes courtes?

— Pour communiquer avec sa femme parfois.

— C'est tout?

— Oui.

— L'avez-vous jamais entendu parler une langue autre que le français ou l'anglais?

— Non, mais il se peut qu'il parle l'espagnol, sa femme vient du Mexique ou du Guatemala.

— Avez-vous déjà parlé à sa femme?

— Jamais, je ne sais même pas si elle parle l'anglais.

— Quelle est votre nationalité?

— Canadienne.

— Où demeurez-vous?

— Montréal.

— Quelle est votre occupation?

— .....

L'interrogatoire s'orientait vers moi. Je ne savais même pas pourquoi on m'interrogeait ni ce qu'on recherchait.

— Avant de répondre à vos questions, j'aimerais savoir ce que vous voulez, ce que vous recherchez. Que reprochez-vous à Captain Jack, quel est le motif de votre enquête?

— Cela ne vous regarde pas.

— Si cela ne me concerne pas, pourquoi devrais-je répondre?

— Parce que, si vous refusez de répondre, vous pourriez avoir des difficultés.

— Ce sont des menaces?

— Non, une simple mise en garde.

— J'ai tout de même le droit de savoir ce qui se passe.

— Ce n'est pas essentiel.

— Alors, je ne répondrai plus à vos questions sans la présence d'un avocat. C'est mon droit, ici, n'est-ce pas et n'auriez-vous pas dû, avant de commencer à m'interroger, me mettre en garde et m'informer de ce droit?

— Comme vous le voulez... mettons, pour satisfaire votre curiosité, que nous avons des informations à l'effet que votre capitaine serait impliqué dans le trafic de la cocaïne et que les bénéfices serviraient à financer des groupements terroristes en Amérique centrale. Celle qui vivait avec lui, Josefa Irrazabal, était avocate au Nicaragua. Nous la soupçonnons d'avoir été à la tête du réseau.

— Avoir été...?

— Oui... ils sont disparus.

— Morts?

— On ne sait pas.

— Je ne suis au courant d'aucune de leurs activités, criminelles ou politiques. Aucune. Je n'en ai jamais parlé avec eux, ni entendu parler. Si je l'avais su, je me serais tenu loin d'eux. La politique ne m'intéresse pas et je ne veux en aucune façon, ni de près, ni de loin, être associé au crime organisé, surtout pas au trafic de la drogue. De plus, je déteste les terroristes politiques. Je ne peux vous donner aucune information, je n'en ai pas.

— Vous resterez encore un certain temps ici?

— J'avais prévu être ici encore quinze jours.

— Et vous repartez?

— ... pas nécessairement; connaîtriez-vous un bon guide de pêche?

Il me regarda avec dérision, se leva et prit congé en disant:

— Nous communiquerons avec vous, s'il y a lieu. De toute façon, nous savons où vous rejoindre, à Montréal.

Et ils passèrent la porte.

Sitôt qu'ils furent partis, j'ai appelé mon avocat à Montréal pour qu'il me suggère un confrère qui puisse m'aider ici à Fort Myers. Deux heures plus tard, j'avais un nom. J'ai pris rendez-vous et j'ai raconté mon histoire. Il n'y avait qu'un détail que j'avais oublié de préciser au F.B.I., c'est que j'étais locataire de Borregaard. Je demandai à mon procureur américain si je devais les rappeler et leur fournir cette information. Il me suggéra d'attendre qu'ils entrent en communication avec moi, précisant qu'alors il leur confirmerait que, lors de notre entrevue, j'avais eu l'intention de réparer cet oubli. Il me dit de le prévenir si le F.B.I. me convoquait ou prenait rendez-vous avec moi, m'assurant qu'il arriverait aussitôt pour m'assister.

Je n'eus aucune nouvelle du F.B.I. ni de quiconque. Borregaard ne se manifesta pas. Je n'avais aucune indication de ce qu'il était devenu. Lui devant toujours quatre mille dollars, de retour à Montréal, je fis sortir mes chèques des années antérieures pour voir où ils avaient été encaissés.

L'endossement me révélerait le nom de sa banque. Je pourrais ainsi déposer à son compte les sommes que je lui devais. À ma surprise, je me rendis compte qu'il avait ouvert un compte à ma propre Caisse populaire à Montréal et y avait déposé tous les chèques que je lui avais fait parvenir.

Je demandai un rendez-vous au gérant de la Caisse. Il me confirma que, effectivement, Borregaard avait ouvert un compte, y avait déposé tous les chèques que je lui avais envoyés, qu'aucun retrait n'avait été effectué sur ce compte depuis au moins quatre ans et que les sommes qui s'y étaient accumulées atteignaient près de quinze mille dollars. Il fit venir le dossier et, à ma surprise, me fit lire la procuration suivante:

«Je, J. Borregaard de Bokeelia, État de Floride, U.S.A., donne, par les présentes, ma procuration à M. Yves Chrestien de Montréal, détenteur du compte 547 à la présente Caisse populaire, pour faire tous dépôts et tirer tous chèques qu'il jugera bon de faire ou tirer sur le présent compte, ratifiant à l'avance tout chèque ou retrait que M. Y. Chrestien fera. L'exemplaire requis de la signature de M. Y. Chrestien est celle qui apparaît à son compte 547.

Et j'ai signé.

Jack Borregaard
témoin: Josefa Manuela de Molina Irrazabal

certification:

I, W. J. Curtis, Notary Public for Lee County, hereby certify that the present document has been signed by Cpt. J. Borregaard and Mrs. J. M. de Molina Irrazabal, in my presence.»

— Qui est Josefa de Molina? me demanda le gérant.
— C'est sa femme.
— Que fait-on avec ce compte?

— Vous le laissez là. Laissez l'argent s'accumuler avec les intérêts. Je vais en ouvrir un autre, en mon nom, en fidéicommis, vous y déposerez ce chèque de quatre mille dollars.

Je fis un chèque, l'endossai pour dépôt au compte d'Yves Chrestien in trust. Si jamais lui ou Josefa reparaissait, on pourrait identifier clairement et sans discussion les deux comptes et il y aurait, sans possibilité de confusion, preuve que j'avais acquitté ponctuellement mon loyer.

En juin, soit quelque cinq mois après mon retour de Sanibel, alors que je n'avais toujours aucune nouvelle du F.B.I., de mon procureur, de Borregaard et de Josefa, je reçus de la Municipalité de Sanibel un compte pour taxes municipales adressé à mon nom. Je fis immédiatement un interurbain pour vérifier ce qui arrivait et comment il se faisait qu'on m'envoyait un compte de taxes alors que l'appartement était la propriété de Jack Borregaard. Le greffier de service m'informa que la propriété était bien enregistrée à mon nom depuis le mois de mai de l'année précédente et fut étonné d'apprendre que je l'ignorais.

Immédiatement, j'entrai en communication avec l'avocat de Fort Myers pour qu'il démêle cet imbroglio. Une semaine plus tard, je reçus de lui une lettre qui se lisait:

Sir,
Please find herewith a certified copy of a Deed of Sale and Conveyance registered at Lee County's Registry Office.
Please call the undersigned upon receipt.
Yours
XXX Attorney at Law

Je dépliai l'acte de vente, le lus et je constatai que j'étais bien devenu propriétaire de l'appartement sans même avoir comparu à l'acte. Le document se lisait comme suit (traduit de l'anglais):

«AUX PRÉSENTES ONT COMPARU:

Capitaine Jack Borregaard, domicilié et résidant à Bokeelia, Pine Island, Lee County, Florida, U.S.A.
ci-après dénommé le vendeur

et

M. Yves Chrestien, gentilhomme de Montréal, province de Québec, Canada, résidant occasionnellement en Floride, à Manatee Condominium, appartement 304, Sanibel, Lee County, Floride, U.S.A., aux présentes représenté par Dame Josefa Manuela de Molina Irrazabal, domiciliée et résidant elle-même à Bokeelia, dûment autorisée aux fins des présentes, ainsi qu'elle le déclare:

ci-après dénommé l'acheteur

Le vendeur, Capitaine Jack Borregaard, par les présentes, vend, cède et transporte à M. Yves Chrestien, pour le prix et la valeur de un dollar (1,00 $) et autres considérations dûment reçues avant ce jour, dont quittance, cet immeuble portant l'adresse: Manatee Condominium, unité numéro 304, Higher Drive, Sanibel Island, Lee County (description technique suit), l'acheteur devenant propriétaire dudit immeuble, à compter de ce jour, le vendeur s'en dessaisissant en faveur de l'acheteur, ses héritiers et ayants droit.»

J'étais donc propriétaire d'un appartement de prix sans l'avoir su. Pourquoi Captain Jack et Josefa avaient-ils posé ce geste? Ils devaient craindre le pire, et une bonne façon de placer leur bien à l'abri était de temporairement le mettre à mon nom. Si la situation devait durer un certain temps, ils prenaient le risque de me faire confiance. Je pourrais certes vendre la propriété, encaisser le produit et disparaître à mon tour, mais un tel geste de ma part était improbable. Si je devais vendre, ils s'attendent sans doute à ce que j'investisse le produit de la vente en fiducie et leur remette le capital et les intérêts quand ils reparaîtront et me demanderont des comptes.

Mais la propriété était là. Qui s'en était occupé de Noël à avril? J'appelai mon procureur de Fort Myers. Il me répondit assez fraîchement:

— Êtes-vous certain de m'avoir tout dit lorsque nous nous sommes rencontrés? Je dois tout savoir pour pouvoir vous défendre adéquatement, le cas échéant, et j'ai l'impression que vous me cachez des choses...

— Non... rien... je n'étais pas au courant de ce contrat, j'en ai pris connaissance lorsque vous m'en avez envoyé copie.

— Un fait est certain, Jack Borregaard avait une confiance absolue en vous... vous êtes certain qu'il n'y a rien qu'il puisse utiliser contre vous?

— Rien.

— C'est une situation invraisemblable et si Borregaard a commis ici un acte illégal, personne ne croira votre histoire! Vous seriez mieux d'attendre un peu avant de revenir ici.

— ... me priver de Sanibel!

— Il vaudrait peut-être mieux, pendant un certain temps... le temps de laisser les choses s'éclaircir et se préciser...

— Qu'est-ce que je fais de la propriété?

— Je vous suggère d'en confier la gestion à une agence qui la louera, l'entretiendra, paiera les taxes et l'assurance et vous remettra le solde créditeur après s'être payé une commission.

— Trouvez-en une, vérifiez le contrat et les clauses et envoyez-le-moi pour signature!

Ce qui fut fait.

Pendant deux ans, je reçus des rapports périodiques de l'administration de l'appartement, avec, chaque fois, un chèque que je déposai dans mon compte fiduciaire à la Caisse populaire. Pendant deux ans, j'évitai de descendre à Sanibel. J'en profitai pour séjourner au Mexique, à Cozumel, puis à Puerto Vallarta. Pendant ce temps, le compte personnel de Captain Jack grossissait régulièrement, les taux d'intérêt ayant atteint quinze pour cent. J'avais retiré l'argent de son compte et l'avais placé en certificats de dépôt garantis. Il avait maintenant plus de vingt mille dollars à son nom. Dans mon compte fiduciaire, il y en avait autant et l'appartement était toujours là.

Cette situation ne pouvait pas durer indéfiniment. Avec ma femme, je pris donc l'avion pour Tampa, nous y louâmes une automobile et, en trois heures, nous étions à Sanibel où nous nous installâmes à l'Island Inn. Le lendemain, j'arrivai à l'improviste chez mon avocat.

— *What brings you here?* m'accueilla-t-il.

— Ce qui m'amène ici? Vous vous le demandez! Je veux savoir où j'en suis avec cet appartement, l'argent qui ne cesse de s'accumuler et Jack et Josefa!

— L'appartement, apparemment, il est à vous, l'argent aussi. Et Jack et Josefa de Molina, pas de nouvelles?

— Aucune. Je n'ai pas entendu parler d'eux depuis maintenant plus de trois ans, depuis le jour où le FBI m'a interrogé, quand j'ai fait appel à vous.

— *No news, good news!*

— Pas de nouvelles, bonnes nouvelles! Ne soyez ni cynique ni sarcastique. Je n'ai en rien recherché cette situation qui me complique la vie et me rend suspect. Même vous, mon procureur, vous ne me croyez pas!

— Moi, je ne suis pas là pour croire qui que ce soit. Les juges sont là pour décider s'ils doivent croire ou non et avaler ou non les histoires qu'on leur raconte. Moi, je suis là pour donner des conseils sur la base de ce qu'on me raconte... tant pis si on ne me dit pas la vérité. Les conseils que j'aurai donnés et pour lesquels on m'aura payé ne seront alors pas adéquats!

— Alors, vous m'avez donné de bons conseils parce que ce que je vous ai raconté est vrai, mais, vous qui habitez ici... n'avez-vous rien entendu... n'avez-vous aucune information à me donner?

— Aucune information certaine, des on-dit, des échos, des informations vagues.

— Que dit-on?

— Qu'ils sont morts tous les deux!

— Comment?

— Assassinés par la pègre de Miami qui se serait ainsi débarrassée de deux compétiteurs.

— La pègre?

— En faisant le commerce de la cocaïne, ils sont entrés en compétition avec elle et on aurait décidé de les supprimer pour s'assurer le monopole des expéditions de cocaïne en provenance de Colombie et d'Amérique centrale.

— Et comment le sait-on?

— La pègre aurait répandu la bonne nouvelle de cet assassinat pour bien laisser savoir à tous ceux qui voulaient se mêler de ce commerce qu'elle ne le tolérerait pas. Elle a peut-être aussi de la sorte laissé savoir à la C.I.A. qu'elle pouvait à l'occasion lui rendre le service d'éliminer des terroristes ou des agents anti-américains.

— Il n'y a pas d'information certaine?

— Non... mais on m'a dit que le F.B.I. avait fermé le dossier. Il est donc probable que ce qu'on raconte soit vrai, que Jack Borregaard et Josefa de Molina aient été des terroristes engagés dans le commerce de la drogue pour financer les activités de leur groupement et qu'ils aient été éliminés... on a ici des problèmes plus urgents que de s'occuper du sort de terroristes éliminés...

— C'est prendre beaucoup de choses pour acquises!

— Pas tant que ça, on a vérifié beaucoup de points!

— Comme?

— On a vérifié l'identité de Jack Borregaard.

— Et?

— Le vrai Jack Borregaard, ou Beauregard, natif de Worcester, Mass., est mort au Vietnam!

— Et celui que j'ai connu?

— On ne sait pas qui il est, sauf qu'il était québécois et c'est vous qui avez fourni ce renseignement.

— Ce détail, j'en suis certain.

— Êtes-vous certain de ne rien savoir de plus sur lui? N'avez-vous pas une hypothèse? Pourquoi un Québécois se-rait-il ainsi impliqué dans une organisation clandestine qui se fi-nançait en faisant le commerce de la drogue?

— Par amour, peut-être!

— *Come on, don't be so romantic!*

— Il ne faut pas écarter cette possibilité. Par ailleurs, c'est peut-être aussi par goût du risque ou pour des raisons politiques.

La seule fois où je l'ai entendu parler de politique, il a tenu des propos étranges...

— Comme...

— Il disait que l'indépendance du Québec serait impossible sans aide extérieure...

— *It's plain common sense...*

— Voulez-vous dire qu'il était un terroriste québécois qui aidait un groupe révolutionnaire sud-américain dans l'espérance d'un jour pouvoir compter sur son aide ou celle de ses alliés... Castro ou les gens du Nicaragua ou les agitateurs du Pérou ou du Chili s'ils arrivent un jour à prendre le pouvoir?

— *Maybe... I don't know!*

— Alors, si c'est ça, c'était vraiment un romantique avec des tendances suicidaires. Comme agitateur politique canadien, il avait déjà sur le dos la Gendarmerie royale. Entré dans un mouvement terroriste, ici, en Floride, il a attiré l'attention et l'intérêt de la C.I.A. Impliqué dans le commerce de la drogue, le F.B.I. s'est mis sur sa piste et la pègre de Miami l'a exécuté parce qu'il lui faisait concurrence. Il a même peut-être été supprimé à la suggestion et avec le consentement du F.B.I. et de la C.I.A... pourquoi pas? Il se peut même que la Gendarmerie canadienne soit heureuse de sa disparition... Un romantique suffisamment réaliste pour savoir ce qui l'attendait et qui a mis cette propriété à mon nom au cas où lui ou Josefa parviendrait à survivre...

— ... ou peut-être pour que vous remettiez ces biens à ceux à qui ils appartiennent...

— Qui?

— Les clandestins québécois ou sud-américains!

— Je ne les connais pas. Je n'ai aucune idée de qui ils peuvent être.

— S'il y a lieu, ils sauront bien se faire reconnaître, mais êtes-vous bien certain de ne pas en savoir plus?

— Certain!

— Soyez-en bien certain!

Je n'étais guère plus avancé. Je ne savais rien et je demeurais toujours suspect. Pendant deux autres années, j'ai évité Sanibel, puis à-Dieu-vat! j'y suis retourné. J'ai la conscience tranquille et si Jack ou sa compagne réapparaissent ou si d'autres se présentent et réclament les biens, je suis prêt à tout remettre.

Mais je n'ai jamais eu de nouvelles d'eux, ni de personne et cette propriété maintenant enregistrée à mon nom vaut aujourd'hui presque un million. Je crois bien qu'un jour mes enfants hériteront du trésor de Rackham le Rouge.

En attendant, je retourne régulièrement à la pêche. Je me suis acheté un bateau qui est à l'ancre dans une marina de l'île. Je n'ai pas besoin de guide, je connais la mer, les anses et les cayes mieux que quiconque ici, et il m'arrive parfois de passer un îlet à l'aspirateur.

On ne sait jamais. Il y a peut-être un trésor caché dans l'une de ces îles...

THE UGLY AMERICAN

En République Dominicaine, nous nous promenons en scooter. Les routes sont belles et peu fréquentées. Il n'y a qu'un danger: les ânes et les buffles qui surgissent des fossés où ils broutent pour venir voir ce qui se passe sur le chemin. Quand ils sortent des herbes, ils apparaissent soudainement devant vous les yeux ronds et les oreilles dressées et ils continuent, vous voyant venir, à mâchonner leur foin. Il faut alors savoir ne pas freiner trop brusquement pour ne pas être éjecté.

Ce jour-là, avec Julica accrochée derrière moi, nous sommes passés par le marché public de Puerto Plata voir s'il y avait des fruits de sapotier puis nous avons pris le chemin qui mène à Santiago. Nous voulions visiter l'endroit qu'on donne comme étant le premier établissement fondé par Colomb en Amérique: la Isabela. Passé Cofresi, elle remarqua une voie pavée qui montait vers les hauteurs qui dominent la mer. Elle me cria à l'oreille:

— On va voir?

J'ai immédiatement obliqué vers la droite et nous nous sommes engagés sur le chemin qui montait vers les collines. Il était en dalles de ciment, ce qui est rare ici où il n'y a que peu de machinerie lourde et où on doit brasser le mortier et le ciment manuellement. La construction de cette route a dû être ardue et nécessiter un temps infini. Il a fallu creuser le tuf rougeâtre puis couler le ciment plaque après plaque, un travail d'esclave possible au temps du roi Christophe lorsqu'on n'avait pas de pitié pour la fatigue des hommes.

Le scooter tenait bon et gravissait la côte. Le chemin escaladait la montagne. Le moteur commençait à forcer et à chauffer. Julica descendit et, dans un dernier sprint, j'arrivai à prendre de la vitesse et à parvenir au sommet. Arrivé là, j'ai coupé le moteur et je me suis arrêté. C'était étonnant et spectaculaire. Quand Julica atteignit la crête, elle s'arrêta, elle aussi stupéfaite, bouche bée et, se tournant vers moi, ne put que dire: «Incroyable!»

Nous contemplions le paysage devant nous. La route continuait, descendant vers la mer en contournant une succession de pitons et de collines herbeuses qu'en créole on appelle des mornes. Au pied des dernières collines, une frange de palmiers et de cocotiers bordait la plage. Au large, dans la mer, un chapelet de brisants où la houle écumait et que les rouleaux chevauchaient comme s'ils voulaient renverser les rochers. Plus loin, de petites cayes couvertes de mangroves et de palétuviers dormaient, étendues sous le soleil. Plantée devant ce paysage, comme pour n'en rien perdre et affirmer sa domination et son droit de propriété, une splendide demeure est assise. Elle est longue et basse comme en Arizona, couverte de tuiles rouges, fendue de baies immenses. Devant, sur une terrasse en retrait, une piscine ronde avec plongeoirs et échelles. Partout des fleurs, des bosquets, d'immenses plants de cactus candélabres. Nous étions émerveillés. Qui donc avait eu le génie de trouver cet endroit et de l'aménager aussi judicieusement? C'était impressionnant: la mer, les collines et cette immense et discrète maison disposée au centre d'un paysage créé pour la recevoir. On ne se décidait pas à le quitter. On restait là et on admirait. Le pays tout entier, les mornes, la mer, la palmeraie, les îlets, la plage, le ciel, tout appartenait à cette maison silencieuse et déserte qui semblait le centre de tout. On ne pouvait y résister. On ne pouvait s'empêcher d'avancer encore et de s'approcher pour mieux voir.

C'était de l'indiscrétion, de la violation de domicile. Nous n'avions aucun droit d'être là. On ne doit pas ainsi pénétrer sur la propriété d'autrui, mais nous ne pouvions pas résister.

Une porte claqua: le gardien, sans doute, qui sort pour nous chasser. Un homme apparaît. Il ne semble ni pressé ni en colère et se dirige vers nous. Ce n'est pas un Noir ni un mulâtre. Il n'est même pas foncé, n'a pas l'apparence d'un Espagnol ni même d'un Latino-Américain. C'est vraisemblablement un Canadien ou un Américain. À sa démarche lente, nonchalante et chaloupée, on peut présumer qu'il est américain. Il est assez grand et fort, le teint presque rosé, les cheveux châtains. Il est en chemise et en pantalon sport blanc et porte des verres fumés. Il a l'allure d'un Californien, d'un yuppie de L.A. Il a les lèvres gourmandes et l'apparence d'un enfant gâté. À le voir, on ne peut croire que cette splendide demeure lui appartienne; un autre a dû la concevoir et l'aménager. Lui ne peut être qu'un invité, un locataire ou peut-être encore un héritier. Il n'a pas de classe et cette demeure ne peut être la sienne. Si la maison lui appartenait, il y aurait un mât et un drapeau étoilé commandé électroniquement qui monterait tout seul le matin pour redescendre automatiquement le soir, et plein de gadgets tout autour. Au contraire, c'est calme et classique ici. Lui est primaire. Peut-être est-ce le cure-dent qu'il mâchouille et qu'il fait passer d'un coin à l'autre de sa bouche qui crie sa vulgarité!

— *Hi!* nous salua-t-il. *Nice house, ain't it! Want to buy it?*

Il ne venait pas pour nous chasser. Il s'ennuyait peut-être et, nous voyant apparaître, nous qui manifestement n'étions pas dominicains, il avait décidé qu'il serait peut-être amusant et distrayant de nous parler un peu. Il me demanda donc si j'étais intéressé à acquérir cette splendeur. J'aimerais sans aucun doute pouvoir l'acheter: j'ai la passion des domaines. Il y en a au moins des dizaines dont j'aimerais être le propriétaire, en Angleterre, en France, aux U.S.A. et maintenant en République. Il ne me manque que les moyens de les acquérir et de les entretenir. Néanmoins, par bravade et dérision, j'en demandai le prix:

— *How much?*

— *Too bad, too late!* Trop tard, me répondit-il en anglais. Je l'ai vendue la semaine dernière. Je demandais cent cinquante mille dollars U.S. pour ce paradis, on m'en donne cent quinze: une chanson!

— ... Avec toute la terre qu'il y a devant?

— Avec tout, même la mer devant; les cayes font partie du domaine. Tout ce que vous voyez, les collines, les palmiers, la plage, le chemin, le système électrique et l'aqueduc, le puits, les citernes, les îles, tout, cent quinze...

— C'est un prix raisonnable!

— *Sure!* Vous êtes canadiens... vous êtes québécois? On le voit à votre accent. Je reconnais maintenant l'accent québécois. Vous êtes toujours en retard d'une bonne affaire, vous les Québécois! C'était il y a dix ans qu'il fallait arriver et acheter. Tout se donnait. Imaginez: le domaine, les maisons, la route, le tout m'a coûté quinze mille dollars à peine!

— Combien?

— Vingt mille au maximum!

— Vous vendez et vous partez!

— Oui, j'en ai assez. *I'm fed up!* Il y a dix ans que je suis ici. J'en ai assez, et puis ce pays est fini. Tout coûte trop cher maintenant. Il n'y a plus de plaisir à vivre ici. Tout est prétexte à vous saigner, alors je pars et vous, les Québécois, vous arrivez. Vous arrivez toujours quand les autres partent et que le party est *over!*

— Je ne vous comprends pas. Vous êtes installé, vous avez tout eu à bon compte. Le pays n'a pas cessé d'être beau!

— Ce n'est plus le même pays, se plaignit-il. Quand je suis arrivé, je payais mes ouvriers un dollar par jour! Il y en avait vingt qui travaillaient du lever au coucher du soleil à tracer le chemin, creuser la cave de la maison, construire la piscine, planter les allées de cactus et d'aloès, débroussailler, nettoyer, brûler les palmes sèches, aménager la grève, tout, tout... vingt mille dollars au maximum. Un dollar par jour, c'était le bon temps. Aux U.S.A., les ouvriers m'auraient demandé trois dollars de l'heure et jamais ils n'auraient accepté de faire ce que j'exigeais de mes Dominicains. Maintenant, il faut payer les péons trois dollars par jour et ils ne veulent plus rien faire!

— Mais tout est terminé, ici, tout est fini. Il n'y a plus qu'à voir à l'entretien et vous pouvez le faire seul en vous amusant.

— Justement, maintenant je m'ennuie! J'aimais les voir travailler. J'aimais quand il y avait de l'action tout autour, que ça piquait, que ça piochait, que ça pelletait, que ça grognait. Maintenant plus rien! Juan parfois lève une pelle. Il tâche de s'occuper en bas sur la plage; il pose des gestes qui s'apparentent à ceux du travail. Il ne fait rien et est devenu absolument impropre à toute forme de travail. Il est mon gardien depuis cinq ans. Depuis cinq ans je fais semblant de le payer et lui fait semblant de travailler mais ni lui ni moi ne sommes contents l'un de l'autre! De plus, je m'ennuie. Il n'y a plus rien à faire, rien à faire faire ici. Voilà pourquoi j'ai vendu, pourquoi je m'en vais. Je pars! Juan ne le sait pas, Parsita non plus. Je ne vois pas pourquoi je le leur dirais!

— Parsita, c'est la femme de Juan, votre gardien? me suis-je enquis.

— Parsita? Non! C'est celle qui vit avec moi. Elle est là depuis cinq ans et s'incruste. Je ne sais même pas comment il se fait qu'elle est entrée dans la maison ni pourquoi je l'ai laissée s'installer. J'avais rencontré des amis à Puerto Plata, d'autres Américains comme moi. Nous avons fait la fête pendant trois jours. Finalement on m'a ramené chez moi. Je ne sais pas qui, je ne sais pas comment, mais quand je me suis réveillé, le lendemain, elle était là et prenait soin de moi. Je ne sais même pas comment elle a pu se retrouver là! Et elle y est toujours! Elles savent comment s'y prendre et bientôt on ne peut plus se passer d'elles, mais moi j'en ai marre! J'en ai marre du pays, marre d'elle, des Dominicains, du sempiternel merengue à toutes les heures du jour et de la nuit, et de la viande qu'on mange ici!

— La viande? Elle est bonne.

— Elle vit encore quand elle arrive dans votre assiette. Ici, on trait une vache le matin, on la tue à midi et on la mange le soir! On ne laisse pas la viande vieillir, on ne la laisse même pas reposer. Chaque fois que je mange de la viande, j'ai l'impression d'être un cannibale! Et les ananas! À chaque repas de l'ananas!

Pas moyen d'avoir une tomate, une laitue, un concombre. J'en ai marre, je vends, je pars. Vous arrivez malheureusement trop tard, c'est un autre Québécois qui a acheté la maison.

— Pourquoi partir? Vous pourriez toujours faire vieillir vous-même votre viande. Pour les légumes, il y a sans doute moyen de s'en procurer; il y en a dans tous les restaurants. Tout pousse à Costanza, même les fraises et les framboises. Être ici, je ne m'ennuierais pas, j'irais à la pêche chaque matin.

— Je n'aime pas la pêche!

— Je jardinerais. Il n'y a rien que j'aime autant que jardiner, j'aurais des ananas, des mangues, des papayes, des avocats, des melons, des courges, tout, tout pousse ici.

— Je n'aime pas jardiner!

— Je me baignerais chaque jour.

— Je n'aime pas me baigner dans la mer et j'en ai assez de faire des longueurs dans ma piscine.

— Je lirais, je peindrais, j'écouterais de la musique...

— Je n'aime pas ça!

— Qu'aimez-vous?

— Rien, plus rien, je n'aime plus rien. J'en ai marre et je m'en vais!

— Et Parsita?

— Elle ne le sait pas. Samedi prochain, comme tous les samedis, je prendrai l'auto pour me rendre à Puerto Plata, mais ce samedi-là, je passerai tout droit. J'irai jusqu'à l'aéroport. J'ai déjà mon billet pour Miami. Dans le coffre de l'automobile, ma valise est prête. Je ne prends pas grand-chose. Je poste les clefs de la voiture à Parsita... et *adios!*

— Vous ne partez qu'avec une valise?

— Oui, tout le reste, je le laisse; le poste radio, la télé, le stéréo, les disques et les cassettes, tout, même les toiles haïtiennes sur les murs, je laisse tout. J'ai tout vendu.

— Et Parsita?

— Elle aussi! Elle sera là quand le nouveau propriétaire arrivera. S'il la veut, il la gardera; elle sera à lui. Elles sont là pour ça et elles le savent. Moi, *adios!*

— Vous retournez aux U.S.A.?

— Aux *States?* Jamais! Je passe par là pour me rendre au Venezuela, à Cumana, vraisemblablement, ou à Puerto Piritu. Il y a un an et demi, on vous donnait quatre bolivars pour un dollar U.S. En 1983, le bolivar s'est effondré. Il y en a qui ont obtenu vingt bolivars au dollar, personne n'en voulait plus. Aujourd'hui, vous pouvez compter sur dix-sept bolivars. Vous pouvez vivre là comme un roi avec vos dollars U.S. C'est là que je vais. Je vais me trouver une petite baie tranquille près de Mochima. Je trouve l'endroit, j'engage un architecte et je casse le sol. Il y a encore par là des hommes prêts à travailler. On ne doit pas non plus manquer de Parsitas par là... et elles sont belles, agréables et superbement métisses. Au Venezuela, les Blancs et les Indiens se sont mélangés sans s'entre-tuer. Il y a là toutes les Parsitas qu'il faut!

À ce moment-là, une jeune femme sortit de la maison et l'appela. Elle était petite et mince, brune, les traits fins, souriante.

— *Jack, viene usted comer!* lui cria-t-elle.

Il nous salua et nous quitta en riant.

— Il ne lui reste plus que cinq jours à me commander, après, elle change de boss! *Salud!* L'année prochaine, si vous passez par Cumana, dans l'Anzoategui, demandez Jack. On me connaîtra. Il me fera plaisir de vous montrer ma nouvelle propriété.

— *Jack. Viene usted por favor!* lui cria-t-elle à nouveau.

ON THE BEACH

«Je suis un migrateur. Mon emblème, c'est l'oie blanche. Chaque année, je pars du Québec en novembre. Je n'y reviens qu'en avril. Quant à moi, vous pourriez remplacer les fleurs de lys du drapeau par des silhouettes d'oies blanches, les oies des neiges sur le bleu du ciel. L'été au Québec, l'hiver en Floride. La France! Ne me parlez pas de la France. Pourquoi retourner en arrière? Nos ancêtres savaient ce qu'ils faisaient quand ils en sont partis il y a trois siècles. Rêver de l'Europe quand on a l'Amérique!»

C'est un affreux bonhomme, un des pires de cette côte qui va de Saint Augustine à Key West, un vieil avare aux idées aussi fausses que rentables. Ses idées, elles lui ont valu cette fortune qui lui permet de vivre au chaud ici, en Floride, en plein milieu du cimetière des éléphants, parmi ses pareils, les vieux pachydermes malades qui viennent finir leurs jours au soleil. De tous les coins de l'Amérique, ils accourent ici expirer dans le confort de leurs mouroirs. À chaque fenêtre doucereusement illuminée, une infirmière veille. Ici se rédigent et se modifient les testaments. Les familles font des syncopes et les entrepreneurs de pompes funèbres font fortune dans la réexpédition des corps. Âge moyen: soixante-treize ans, la goutte, le Parkinson, le rhumatisme, un portefeuille bien bourré et des tas de vieux péchés à se faire pardonner mais qu'on ne confesse pas... N'avouez jamais! C'est leur devise.

Vero Beach, Palm Beach, Boca Raton, Fort Lauderdale, Pampano, Miami. L'horreur et la beauté, le rire et la peur, l'espoir et le malheur, serrés, blottis l'un contre l'autre comme la vie et la mort. Une côte de sable chaud baignée par le Gulf Stream qui court à vingt pieds du rivage, bordée de cocotiers, construite d'immenses conciergeries blanches où finissent les vieux et où viennent s'amuser les jeunes. Des routes sillonnées de Mercedes et de Cadillac, mais où sévissent aussi d'infâmes machines délabrées et souillées, rongées par le sel, propriétés des Noirs et des Hispanos. Des manoirs, des châteaux, l'opulence; à côté: la crasse. Des nuées de prédateurs faméliques guettent les vieux riches et leur sautent dessus à la première occasion comme des loups sur les vieilles carnes à bout de souffle qui s'écartent des hardes. On les attaque dans la rue, dans les parkings, partout, à toutes les heures du jour et de la nuit. Les vieux n'arrivent pas à vivre tranquilles chez eux et doivent engager des gardes armés qui patrouillent avec des chiens les domaines où ils se réfugient.

En plus des retraités, tout ce que les trois Amériques comptent de fraudeurs et de bandits se donne rendez-vous ici: financiers marrons du Canada, trafiquants de drogue, contrebandiers d'armes, souteneurs, aventuriers, politiciens prévaricateurs sud-américains. Tous les profiteurs imaginables se retrouvent et se plaisent sur cette côte. Les richissimes y entreposent leur argent, les plus pauvres s'y réfugient et complotent. Même Fidel Castro a fait sa part en déversant son trop-plein de criminels, que les Américains ont fait semblant d'accueillir. Il y a des hommes de main du Guatemala, du Nicaragua, des coupeurs de têtes et de bourses, des mafiosi, des malfrats corses...

Le vieux ne craint rien de tout cela. Il habite une forteresse sise au milieu d'un ensemble immobilier gardé comme un stalag, entouré d'une clôture électrifiée de fil de fer barbelé. À l'extérieur de la clôture, un canal d'irrigation joue le rôle de douve; y pataugent, assure-t-on, des alligators! Qu'on se le tienne pour dit!

Cette année, sa femme a invité leur fille unique, leur gendre et la petite pour Pâques. Pâques est tard dans la saison. Ils pourront ensuite remonter tous ensemble vers Montréal.

Le vieux en a fait une maladie. Dire qu'il n'aime pas le mari de sa fille est un euphémisme. Il le maudit et le vomit. Il a hurlé son opposition.

— Lui, jamais! Invite-la, elle, avec la petite, cela va de soi, mais lui, pas question! Je ne veux pas le voir.

— Voyons, Ludger, c'est impossible; comment dire à Hélène: «Venez toutes les deux, toi et Lison, nous vous attendons, mais laissez Jean-Marie à la maison!» C'est impossible. Hélène serait insultée. Elle ne nous le pardonnerait jamais. Elle aime son mari et, quant à lui, on ne le reverrait plus...

— Ne plus le revoir, c'est ce que je souhaite.

— Voyons, Ludger!...

Elle en vient assez aisément à bout.

«Il n'est pas facile, s'efforce-t-elle d'expliquer en parlant de son mari, mais au fond, il a bon cœur. Il faut savoir comment le prendre et alors on en fait ce que l'on veut.»

Bon cœur, lui! Parlons-en. Un vieillard bougon et malfaisant, mais il sait fort bien que sa femme geindra et pleurera tant qu'il n'aura pas cédé. La guerre des larmes pourrait durer des semaines, une saison complète, alors, aussi bien céder immédiatement et que ça passe!

— Qu'ils viennent, qu'on en finisse, puis qu'ils repartent. On restera ici un mois de plus pour se remettre de leur visite! De toute façon, en Floride, mai est le plus beau des mois de l'année!

Sa femme a donc fait son invitation et les enfants sont arrivés le dimanche des Rameaux. Ce voyage ne fait pas l'affaire de Jean-Marie, le gendre bien-aimé. Il a failli suggérer à sa femme de prendre l'avion toute seule avec Lison. Il déteste la Floride et il abomine son beau-père.

— Sa maudite Floride, pourquoi m'imposer ça? C'est vraiment pour te faire plaisir que je descends là. Je déteste la Floride et encore plus ton père!

Suivit la complainte habituelle.

— C'est plein de juifs new-yorkais qui puent la richesse et l'ostentation, et les Québécois qui infestent la place sont encore pires que les juifs. Je n'ose même pas parler des Hispanos, Marielitos et autres Cubanos... Même la mer et la plage sont sales. Des particules de goudron contaminent le sable. On se salit partout. Il faut s'asseoir sur un journal pour éviter de tacher son maillot de bain. Pas étonnant avec tous ces tankers qui passent devant et vidangent au large. Même toi, je ne te comprends pas. Tu prétends adorer la mer et tu ne te baignes que dans la piscine. Quand il y a des vagues, c'est que la mer est trop forte. Quand la mer est calme, c'est qu'il y a trop de méduses! Avoue! tu es comme moi: tu as la frousse des requins! Et en Floride, il n'y a pas que les requins dont j'aie peur. Je n'aime pas sentir la présence de ces gardes du corps armés qui circulent tout autour pour assurer notre sécurité. Je n'aime pas ressentir leur nécessité. J'aime aller où je veux, quand je veux, comme je veux.

Ici, à Montréal, on peut se promener à n'importe quelle heure du jour ou de la nuit, n'importe où. Personne ne vous incommodera. À Miami, il faut aimer le risque pour se promener. On ne sait jamais quel coup de couteau vous attend. Si j'accepte de descendre là, c'est uniquement pour te faire plaisir et parce que je n'aime pas te savoir seule si loin. Voilà!

— Jean-Marie, tu sais que maman serait inconsolable si on refusait l'invitation!

La force de persuasion des pleureuses!

La belle-mère! Celle-là, c'est la quatrième des saintes femmes qui pleuraient au pied de la croix. Elle a passé sa vie à se plaindre et à pleurnicher. C'est une larmoyante. On n'aime pas le gâteau, une larme! On n'apprécie pas la couleur de la robe qu'elle vient de s'acheter, une petite goutte! Madame Déluge! Elle non plus il ne l'aime pas trop; quant au bonhomme, il l'exècre.

C'est un vieux singe menteur et égoïste qui a fait fortune dans diverses combines politico-fraudulardes et qui vit ici parmi ses pareils six mois par année. Il revient au pays le temps qu'il faut pour ne pas perdre son statut de résidant canadien et conserver ses droits aux bénéfices de l'assurance-hospitalisation du Québec, *because*, aux States, c'est cher l'hôpital, n'est-ce pas, très cher! Il vit donc un pied dans le Nord, l'autre dans le Sud et son gendre l'entend déjà déclamer son discours de bienvenue:

— Moi, Jean-Marie, mon emblème, c'est l'oie de l'Arctique. La fleur de lys de ton drapeau, tu peux te l'enfoncer là où je pense! Tu es nationaliste et je ne veux pas t'offenser, mais...

Le vieux scélérat. Le vieux verrat! Chaque fois c'est le même sermon. Chaque fois que Jean-Marie met les pieds à Boca Raton, c'est le même discours d'accueil, prononcé avec toute la suffisance qu'on imagine, sur le balcon, face à la mer, au douzième étage.

Quand ils sont arrivés, avant de monter dans l'ascenseur, Jean-Marie a demandé à sa femme:

— Combien d'étages, ici?

— Quinze, je crois.

— Combien d'appartements par étage?

— Une dizaine, mettons...

— Ça fait donc cinquante appartements, à deux vieux par unité, pour un total de trois cents vieux, à vingt pour cent de mortalité, ça fait donc soixante décès par année, dans l'immeuble... soixante visites, soixante couronnes, tu ne trouves pas que ça pue l'éternité, ici?

— Comment peux-tu? Ne recommence pas, veux-tu! Fais un effort pour être gentil. Fais ça pour moi, on ne les voit pas souvent, contrôle-toi. Ferme les yeux et profite du beau temps!

— Compte sur moi, Hélène, je serai impeccable!

Et il le fut, fournissant un effort soutenu.

On ne peut pas dire que le beau-père ne fit pas l'impossible pour le faire trébucher. Il multiplia les guets-apens. Jean-Marie resta imperturbable. Il se contint.

Dès le premier petit déjeuner, Ludger monta à l'attaque:

— Puis le Québec? parle-moi un peu du Québec. René Lévesque a-t-il décidé de rester tranquille? A-t-il finalement réalisé l'impossibilité de ses rêves d'indépendance? Après sa défaite au référendum, il devrait avoir compris. Cette année-là, je suis resté à Montréal pour voter! Le Québec a voté «non», «non» à l'indépendance. Pour une fois les Québécois n'ont pas été aussi bêtes qu'ils en ont l'air, mais il s'en est fallu de peu et il y a tout de même plus de quarante pour cent d'imbéciles dans la province.

— La politique, vous savez, moi, je ne m'y intéresse qu'à titre académique. Dans ma profession, il le faut, mais je ne m'implique pas. C'est pour moi un sujet d'étude!

Ce n'est pas vrai, Jean-Marie s'est impliqué à fond pour l'indépendance et Ludger le sait.

— Tu devrais t'impliquer!

— Vous ne trouvez pas qu'il y a suffisamment de sauveurs de la Patrie en action... il y en a tellement que, si ça continue, on va finir par manquer de croix. Moi, je me contente d'essayer de comprendre.

Il est sociologue.

— Sauci... quoi? hurla Ludger la première fois que sa fille mentionna la profession de son prétendant.

— Sociologue, papa!

— Ça mange quoi, en hiver, ces animaux-là? Du foin comme les ânes? Est-ce que ça gagne autant qu'un plombier?

Il était très fier de sa boutade, ce qui facilita la première rencontre, mais les fois suivantes, Ludger ne le salua même pas. Il rêvait d'avoir comme gendre un jeune homme d'affaires, un complice avec qui il pourrait préparer de bons coups, partager des bénéfices et voilà que se présente un universitaire. «Un étudiant perpétuel», déplore-t-il.

Détenteur d'une licence de l'Université de Montréal, Jean-Marie a obtenu une maîtrise aux U.S.A., puis est allé se perfectionner à Londres. «Tout ça pour aboutir professeur, la belle affaire!»

Ludger est intarissable de mépris.

— Un enseignant. Tout ce qu'il sait, il l'a lu dans des livres écrits par d'autres pareils à lui qui connaissent ce dont ils parlent pour l'avoir lu dans d'autres livres. Imaginez son enseignement et les bêtises qu'il doit raconter à ses élèves! Moi, être le gouvernement, je me préoccuperais un peu plus de ce qu'enseignent nos professeurs, mais c'est un gouvernement de professeurs qu'on a, de gens qui ne sont sortis des écoles que pour entrer dans des salles de récréation, qui n'ont jamais pris de risques, qui ne savent même pas compter. Moi, les idées de mon gendre, je les connais et tous les enseignants sont pareils. C'est un gauchiste, un socialiste, un communiste. Il prône la révolution et le renversement du pouvoir, mais il ne prend pas de risques, lui, il pousse les autres... Être le gouvernement, moi!...

Il parle ainsi de son gendre le midi, à la table de famille de son club. C'est une assemblée de retraités oisifs. Tous les ragots qui ont cours dans le quartier des affaires y sont rapportés et on les commente longuement. Les vieilles ordures, ils connaissent tous les scandales avant même qu'ils n'éclatent et aussi ceux qui n'éclatent pas. Il se haïssent, médisent les uns des autres et se méprisent mutuellement mais ils se retrouvent chaque midi à la même table pour manger du prochain apprêté à la même sauce.

Ce sont tous des hommes d'argent qui ont su en faire, mais aussi en conserver et en cacher au fisc! Ils ont chacun une maison et des conciergeries à Montréal, un ou des appartements en Floride et des dépôts d'argent dans les Îles. Ils ont leur petite compagnie *off-shore* bien à l'abri au loin et dont ils parlent peu. La dernière mode, c'est Norfolk Island, au large de l'Australie. Personne n'y a jamais mis les pieds, mais tous, ou presque, y ont un compte en banque qui rapporte des intérêts non taxables; ou à Cayman Island, une petite série de dunes de sable, dans la mer, près de Cuba, à une heure de vol de Key West. Très commode pour aller porter du *cash*. On monte dans l'avion, la mallette sur les genoux. On descend et on se rend directement de l'aéroport à la banque faire le dépôt, puis on repart. Le soir même on est de retour à Pampano et l'argent est en sécurité à l'abri des fonctionnaires. Il est vorace, le percepteur. C'est un associé qui a tendance à tout vouloir prendre pour lui. C'est commode, Cayman Island. Les grandes banques canadiennes y ont des succursales avec chartes spéciales. Discrétion absolue et sécurité. Sécurité parce que Cayman Island est une colonie de la couronne britannique et non une république de bananes, une autre de ces maudites républiques de Nègres qui font tout sauter en l'air au lendemain d'un party de bongo-bongo. On n'aime pas les républiques noires à la table de Ludger, on vous le dira sans se cacher.

— ... Les Nègres, hein, et leurs républiques de bananes, s'en méfier. Ne jamais avoir confiance en eux, la seule chose dont ils sont capables, ces gens-là, c'est jouer du tam-tam et virer fous en buvant du rhum.

Ne jamais avoir confiance dans les Oubalous! Ils vous embrassent le soir et vous étripent le lendemain. Vous ne savez pas qui sont les Oubalous? Allez dans les îles, même pas, promenez-vous dans le métro de Montréal, ou celui de New York... il y en a partout. Ils arrivent de Porto Rico, de la Jamaïque, des Bahamas ou de La Barbade. Ils arrivent de partout pour ne rien faire nulle part, vivre de l'assurance sociale, se promener avec leur radio-stéréo sur l'épaule en se dandinant et baiser agréablement partout.

Les Oubalous, les éviter à tout prix! On en parlera, une autre fois. À ne rien faire comme ils font, ils passent leur temps à baiser et à fabriquer des négrillons qui encombrent nos écoles, dans lesquelles, d'ailleurs, ils ne foutent rien et se préparent à ne jamais rien foutre, mais ils sauront comment baiser et continueront à fabriquer d'autres négritos qui...

On en reparlera une autre fois. De toute façon, il n'y aura bientôt plus qu'eux tout autour, les têtes en boules de neige qui nous regarderont travailler et payer nos impôts et rigoleront de toutes leurs dents blanches en dansant la bamboula la stéréo sur l'épaule.

Ils sont intarissables et unanimes à la table du club, le midi et c'est à qui est le plus violent dans ses dénonciations. Autrefois, allez, on pouvait aller dans les îles, maintenant, c'est fini!

C'est un sujet sur lequel ils s'entendent. Il y en a beaucoup de sujets sur lesquels ils s'entendent. Ils sont solidaires pour dénoncer:

les jeunes qui sont dévoyés;

le clergé trop permissif;

les politiciens qui manquent de courage;

les ouvriers qui demandent trop pour ne rien faire;

l'inflation;

la chute des cours;
la baisse des profits;
l'impôt;
les immigrants, etc.

Les immigrants, on n'en veut plus!

— Qu'ils soient jaunes, bruns, noirs, kaki ou mauve pâle, on n'en veut plus: PLUS. On en a assez. Il faut maintenant prendre le temps de les digérer et de les intégrer, de leur nettoyer le fond de teint pour qu'ils deviennent blonds, les yeux bleus et la peau rose comme nous, pas seulement la paume des mains, la plante des pieds et le gland du pénis... roses de partout... O.K.!

On en reparlera, d'ailleurs, parce qu'il faudra bien en reparler. Son gendre, son seul gendre, le mari de sa fille unique, trouve le moyen de défendre ces gens-là. C'est un malade, son gendre! Un dangereux! Un professeur!

— Avec ce qu'ils ont dans la tête, qu'est-ce qu'ils peuvent mettre dans celle de nos enfants?

— Des folies... je vous le dis, moi, des folies!

— Ils ne savent même plus écrire le français!

— Deux lignes... cinq fautes d'orthographe et deux de grammaire. La règle d'accord du participe passé...

— C'est passé, ça!

— Ils ne savent pas plus l'anglais!

— Non, c'est le russe qu'on apprend, maintenant, c'est plus important. C'est une langue de culture. C'est plus facile de lire Lénine si on connaît le russe!

— Savez-vous, Étienne, que mon petit-fils de douze ans ne sait pas réciter le Pater!

— Évidemment pas, à quoi vous attendez-vous!

— Tout de même!

— Ils apprennent le russe, je vous le dis! Saviez-vous, mon cher, que le manuel en usage au cégep Samuel-de-Champlain pour l'enseignement des mathématiques est russe?

— Voyons... voyons... impossible, allons donc!

— Eh bien, vérifiez, je vous donne le titre et le nom de l'auteur, notez bien et vérifiez.

Ludger sort son portefeuille, en tire un papier et lit: «Pis-kounov: *Calcul différentiel et intégral*. Éditions de Moscou, tra-duit du russe!»

— ... Pas possible. Ici, à Montréal?

— Ici!

— On commence par supprimer la méfiance naturelle de nos jeunes, on les accoutume à recevoir l'enseignement sovié-tique et, un jour, on les fera passer purement et simplement au matérialisme dialectique et à la lutte des classes.

— Ils ne passeront pas!

— Nous ne les laisserons pas faire!

— ... Et nos caves de professeurs qui croient que Moscou fait traduire Piskounov spécialement pour le Québec... Non... c'est pour le Niger, la Guinée, le Mali, pour les nègres. De fait, nous, au Québec, on profite de la sollicitude de Moscou pour les nègres. En somme, on est des nègres de seconde classe, des nè-gres blanchis!

— Et on laisse faire ça!

— Pas étonnant que les professeurs aiment les nègres; ils aiment Moscou!

— Il y a aussi le fait qu'aujourd'hui, il n'y a que les Noirs qui fassent des enfants, ça remplit les classes, alors les professeurs sont heureux. Ils ont du travail: ils peuvent continuer d'enseigner.

— En France, il y a un Français qui a bien du bon sens, Le Pen!

— Un Français qui a du bon sens, O.K., mais pas deux!

— Je te dis, il est correct, ce gars-là. Il ferait monter tous les Noirs sur des bateaux et les renverrait tous en Afrique. Il a beaucoup de bon sens, ce gars-là!

— ... Pour un Français, oui!

— ... Pour une fois qu'il y en a un qui parle avec sa tête, les autres ne sont pas d'accord!

— Ça m'étonne pas d'eux!

Après un gros bol de racisme anti-Noirs, un petit coup de francophobie pour aider la digestion et on continue! C'est l'at-mosphère quotidienne à la table de Ludger, le midi.

— On vit dans un système pourri!

— Il va falloir y voir, faire quelque chose.

— Les professeurs, je vous le dis, il va falloir les remettre à leur place.

Ces discours se tenaient au club en novembre dernier, juste avant le départ de Ludger pour le Sud et voilà que l'objet des diatribes est ici, devant lui, chez lui en Floride, calme et dispos, souriant et satisfait. Comment se fait-il que sa fille se soit entichée d'un pareil *moron*? C'est un incapable congénital qui parle bien et paraît bien, comme tous les intellectuels. Il se prononce sur tout.

— Il sait tout et ne connaît rien! Il cause... il cause. C'est une maladie qu'il a attrapée en France. Ils vivent la bouche ouverte et la langue agitée, ces gens-là! Il faut absolument qu'il donne l'impression qu'il est informé de tout, qu'il a tout analysé et qu'il est arrivé à une solution définitive. Il ne doute de rien, surtout pas de lui-même et il s'écoute parler... Pour lui, de toute façon, on est tous des primaires!

Ludger reproche à son gendre de militer dans les ligues nationalistes, d'être socialiste et prosyndical, d'être membre d'associations antinucléaires, de sociétés vouées à la défense des droits de l'homme et d'être sympathique à la cause féministe.

— Un intellectuel de gauche, à lunettes, à calvitie précoce et totalement irresponsable. Il se promène de concert en concert, des musiques épouvantables, la musique contemporaine, vous avez déjà entendu ça? Ils vont à tous les vernissages et achètent des toiles, on ne sait pas où est le haut, où est le bas. Deux fous. Deux irresponsables, mais ils parlent... ils parlent!

Il est vrai que Jean-Marie parle bien. Il enseigne, parler est son métier. Il s'exprime avec correction et précision, ce qui est assez rare dans le monde des affaires que fréquente Ludger. Jean-Marie est grand et fort. Il reste svelte non par coquetterie ni souci de son apparence mais par discipline. Il paraît bien et pourrait plaire aux femmes s'il était un peu plus amusant, mais il est trop sérieux et donne l'impression d'être ennuyant. Il l'est un peu.

Il est tranquille et studieux et se consacre exclusivement à l'enseignement et à la recherche. Il accorde beaucoup d'importance à la thèse de doctorat sur laquelle il travaille intensément: *Du cycle de relève des nations et des classes sociales* en est le titre temporaire. Sa thèse repose sur une idée qui sera peut-être le point de départ d'une œuvre importante. Il y propose une explication biologique à l'ascension et à la décadence des classes sociales et des nations. Elles se constituent, s'affermissent et s'épurent lentement, au fur et à mesure de leur progression puis se succèdent et se remplacent au fur et à mesure de l'épuisement de leur capital biologique.

Il consacre beaucoup de temps et d'argent à ses recherches. Le reste n'est que distraction et diversion. Il souscrit bien à quelques ligues, il va au théâtre et au concert. Il aime Mahler et Bruckner, ce qui scandalise le beau-père pour qui la musique se limite au concerto de violon de Mendelssohn et à *Casse-Noisette* de Tchaïkovski. Quant aux toiles, si Ludger avait une petite idée de la valeur qu'elles ont prises, il confierait un peu d'argent à son gendre.

Jean-Marie enrage d'avoir dû descendre en Floride. Il comptait sur le congé de Pâques pour mettre de l'ordre dans ses recherches et terminer la rédaction d'un chapitre de sa thèse. Quand est venue l'invitation, il a un moment cru pouvoir rester seul une semaine complète à la maison. Illusion: bon mari et bon père, il n'a pas su dire non. La prochaine fois il sera plus ferme, restera à Montréal et évitera ainsi les heurts sempiternels avec le père de sa femme. Qu'Hélène le veuille ou non, il faudra qu'elle accepte qu'il évite la présence de Ludger. C'est aussi inutile qu'éprouvant. L'an prochain, c'est résolu, les deux femmes, Hélène et la petite, descendront seules en Floride rejoindre la grand-mère. Que le beau-père se débrouille pour trouver quelqu'un d'autre à embêter.

Les trois premiers jours de leur séjour se sont bien passés. Ludger resta seul à l'appartement. Jean-Marie et les trois femmes partirent visiter Disneyworld et Epcot Center. Ils en revinrent enchantés. La petite était émerveillée. Jean-Marie avait trouvé exceptionnel le film présenté au pavillon de la Chine.

— À la gloire de Mao, je suppose! entonna le beau-père.

— Allons, ce sont des Américains qui l'ont tourné. Il n'y a pas une seule image de Mao. Cessez de me provoquer, voulez-vous... Si c'est votre souhait, je suis disposé à retourner immédiatement à Montréal!

La fille et la mère intervinrent immédiatement.

— Vous n'allez pas nous gâter nos vacances, non! Cessez de vous disputer, voulez-vous!?

— Ludger, je t'en prie, pourquoi toujours chercher querelle à Jean-Marie?

— C'est plus fort que moi. Je n'en reviens pas. Il y a cinquante attractions, cent merveilles à Disneyworld et celle qu'il a préférée, c'est le film chinois. Faut pas être biaisé, non!

— Arrêtez, tous les deux! Si vous n'êtes pas capables de vous parler, taisez-vous, c'est tout!

Jean-Marie est déjà parti. Il s'est installé sur le balcon qui donne sur la mer et, bien enfoncé dans une chaise de jardin, il se plonge dans un roman policier. Il est arrivé ici avec quelques Goodis et deux ou trois P.D. James. Ce genre de lecture l'entraîne loin et lui fait oublier le beau-père, la belle-mère et la Floride. Pour être certain de pouvoir partir ailleurs et ne plus rien entendre de ce qui se passe autour de lui, il a mis une cassette de jazz dans son walkman et s'est installé les écouteurs sur les oreilles. Il est désormais seul sur son île avec, devant lui, la mer et le soir qui tombe.

Ludger n'arrête pas de grommeler. Il s'est installé devant la télé et cherche un poste à l'aide de la commande à distance. C'est l'heure des nouvelles. Il localise enfin une émission du réseau CBS et dépose la boîte de contrôle. Selon son habitude, il commente à haute voix ce qu'il entend, comme s'il était seul et se parlait à lui-même. Il n'y a, comme il faut s'y attendre, que de mauvaises nouvelles; les bonnes n'intéressent personne, on n'en parle donc pas. Il y avait ce soir-là la relation d'un accrochage entre Palestiniens et phalanges chrétiennes au Liban, un attentat de l'I.R.A. à Londres, un coup d'État dans les Antilles, une émeute aux Philippines, des attaques de guérilleros au Salvador, des horreurs au Guatemala, sans compter une tentative de piraterie et une chute d'avion. Rien de très spécial. L'horreur quotidienne avec en plus des explosions ici et là, une éruption volcanique et quelques secousses sismiques de médiocre intensité à l'échelle de Richter. À l'est, rien de nouveau.

Ludger bâillait donc quand on passa aux nouvelles locales. Que peut-il y avoir de spécial ce soir, à part quelques meurtres, une quinzaine de vols à main armée, un doublé de viols, un ou deux scandales immobiliers, l'arrestation de quelques passeurs de drogue, comme chaque jour dans le comté de Dade.

— Merde!... Merde!... Ils vont se faire brasser cette nuit, ces gars-là!

Il est soudainement debout et crie, tout excité. C'est ici que ça se passe, à quatre ou cinq kilomètres au large et à la télé on voit tout. La garde côtière américaine a arraisonné une goélette chargée d'Haïtiens qui tentaient de débarquer. La grosse vedette a pris le voilier en remorque et le toue vers la haute mer. Les deux bâtiments tanguent sur la houle. Il vente fortement. On distingue bien sur le pont les passagers qui s'agrippent au bastingage. Ils sont sans doute découragés, être parvenus si près et se faire intercepter au dernier moment. Les Bahamas les repousseront sans doute aussi. Ils seront rejetés d'île en île et repoussés chez eux: Port-au-Prince, *here I come!* Ils reviendront. Ils tenteront à nouveau de forcer la porte du paradis.

— Parfait... Parfait! commente Ludger. Enfin, les Américains se réveillent. Il est temps qu'ils renvoient ces gens-là d'où ils viennent! Personne n'en a besoin ici!

— Qu'est-ce que ça peut vous faire, vous, vous n'êtes pas américain. Vous n'êtes pas chez vous, ici!

C'est Jean-Marie qui s'est approché pour écouter les nouvelles.

— Pas chez nous, c'est tout comme! Je vis ici six mois par année. Je viens ici depuis quarante ans. Je paie des taxes ici et ce n'est pas parce que je parle français que je ne me sens pas chez moi ici. Je ne suis pas un étranger. Les Américains, je me sens bien avec eux. Je me sens chez moi chez eux et quand on attaque les Américains, c'est comme si c'était moi qu'on attaquait.

— Laissez donc les Américains tranquilles. Ils arriveront bien à se défendre sans votre aide. Ce sont de grands garçons.

— Pourquoi m'empêcher de prendre leur part? Je le sais qu'ils peuvent se défendre tout seuls, ils n'ont besoin de personne.

— Sauf que les Noirs sont bien commodes.

— Qu'est-ce que tu veux dire?

— Au Vietnam, la majorité des soldats étaient noirs. Quand les Américains envoient des contingents se battre outremer, la majorité des G.I. est noire. Les Américains se défendront jusqu'au dernier Noir!

— ... Noir américain...

— ... Souvent portoricain...

— Ils sont payés pour ça!

— Payés, payés, vous ne pensez qu'à ça, il y a d'autres réalités que l'argent.

— Crois-tu? Il n'y en a finalement pas beaucoup d'autres. Quoi d'autre existe?

— ... La santé, la force, la vie. Ce qui me fait peur avec les Noirs, les Jaunes, les Bruns, c'est que, pendant qu'on fait deux enfants, ils en font dix. Nous, on disparaît lentement et c'est peut-être notre faute.

— C'est tout ce qu'ils savent faire, des enfants, les Jaunes, les Bruns et les Noirs! Dans cinquante ans, tout le monde aura les yeux plissés, mangera du riz et dansera la bamboula...

— Sur les dix enfants qu'ils font, il y en a cinq qui crèvent, seuls les forts survivent et ceux-là résistent à tout! Nous, les Blancs, quand on arrive à faire deux enfants, on est fier et les deux survivent.

— C'est normal que les enfants vivent.

— Nous, les forts et les faibles survivent. Même nos idiots, même nos monstres survivent. Notre richesse leur permet de survivre. Nos idiots, nos arriérés, nos mal foutus vivent tous et beaucoup de ceux qui ne devraient pas vivre font des enfants qui, finalement, sont aussi mal foutus que les parents.

— Qu'est-ce que tu voudrais qu'on fasse, qu'on se débarrasse des vieux, des malades, des mal faits, de ceux qui encombrent la race? Ça pue Hitler, ton affaire, Jean-Marie, je ne te savais pas fasciste. Si c'est à moi que tu penses, sois un peu patient. À soixante et onze ans, ça s'en vient, je vais partir bientôt.

— Voyons... voyons Ludger, vous savez que ce n'est pas ce que je veux dire. Je constate que chez les peuples pauvres, l'élimination se fait. La sélection joue et ceux qui survivent sont forts. Chez nous, il n'y a plus de sélection, tous les enfants survivent. Je suppose qu'on appelle ça la décadence. Quand la sélection ne joue plus, que tous survivent, le niveau de force s'abaisse, la richesse permet à tous de survivre!

— La lutte des classes!... Toujours obsédé par le marxisme!

— Non. Le marxisme n'explique pas tout. Le marxisme n'explique pas la vigueur physique. Il ne parle pas de succession biologique. Les riches font peu d'enfants, vivent plus vieux, engagent des mercenaires, s'amollissent et deviennent des objets de convoitise. Ils en viennent à ne même plus pouvoir se défendre à force de bien-être. Alors quand une nation est riche et amollie, les invasions déferlent!

— Tu rêves, tu fabules!

— Vous ne sentez pas venir les invasions? Ils entrent de partout, les Noirs, les Jaunes, les Bruns, les pauvres qui font des enfants. Les Mexicains arrivent, par le sud; les Portoricains, par New York; les Cubains et les autres, par la Floride. Les *boat people* arrivent par mer. Par terre, par mer, par l'air, les réfugiés tentent de s'infiltrer, de passer inaperçus et de s'installer doucement. Ils sont prêts à mourir pour y parvenir. Ceux-là qui viennent par la mer d'Haïti sont prêts à mourir. Ils ont suivi l'exemple des fuyards vietnamiens dont la moitié ou les deux tiers se sont noyés ou ont été tués par les pirates. Ils risquent tout dans de mauvaises barques sur la mer des tempêtes. Quand des humains, individuellement, sont prêts à risquer leur vie pour entrer dans un pays qui ne veut pas d'eux, on n'est pas loin des invasions. Qu'ils se trouvent un chef et des alliés, on en reparlera... et les alliés ne devraient pas manquer! C'est ce qui s'est passé à

Rome: ça entrait de partout et les légions romaines étaient pleines de mercenaires barbares. Rome en est morte!

— Tu lis trop, tu fabules! Ce ne sont pas quelques Noirs illettrés rêvant du paradis qui menacent l'Amérique.

— Vous ne voyez rien, vous ne voulez surtout pas voir. Il y a l'Amérique et quelques pays blancs qui sont riches, ne manquent de rien et ne font plus d'enfants et, tout autour, les autres qui sont affamés et qui sont prêts à se battre. Au Vietnam, les petits hommes jaunes sont venus à bout des Américains et, maintenant, personne en Asie n'a peur des Yankees mais, eux, ils ont peur de la guerre.

— Mais c'étaient des Noirs, disais-tu, qui se battaient là-bas.

— Les Blancs ne veulent plus se battre, n'ont plus le cœur de se battre. Ils sont fatigués, ne désirent plus rien et veulent vivre tranquilles. Ils font appel à des mercenaires... et un homme qui se bat pour une solde aura toujours la tentation de s'emparer de la richesse de celui qui le paie!

— Tu divagues!

— Je raconte que, sur la mer, devant nous, il y a des gens qui, chez eux, crevaient de faim et gagnaient cinq cents dollars par an. Ils veulent entrer ici où habitent des gens qui gagnent de cinquante à cinq cent mille dollars par an et qui ne veulent plus se battre, et ils sont là, à trois kilomètres au large, puis... je sors!

Il sort se promener sur la plage. Cinq minutes plus tard, il revient.

— Avez-vous une lampe de poche?

— Pourquoi?

— La barque des Haïtiens a chaviré. Tout le monde est sur la plage. Il se peut qu'il y ait des naufragés qui parviennent à la plage. Il faut les aider.

— Il y a les requins!

Les deux femmes se regardent, épouvantées.

— ... Attends-moi, je sors avec toi.

— Pourquoi, que voulez-vous faire, beau-père?

— Attends, je te dis.

Ils sortent ensemble. Sur la plage, une trentaine de personnes scrutent la mer. Ils éclairent les vagues et tentent d'apercevoir des nageurs à qui ils pourraient porter secours.

Jean-Marie est entré dans l'eau aussi loin qu'il a pu, la lampe à bout de bras. Rien. Jean-Marie ne s'est pas couché. Il ne serait pas arrivé à dormir.

Sa femme a tenté sans succès de le persuader de se reposer un peu. Il l'a repoussée et elle est allée s'étendre seule. Quand il a senti qu'elle s'était assoupie, il est entré dans leur chambre sans faire de bruit et a pris ses effets. Puis il est sorti, il a fait quelques pas sur la plage alors qu'il commençait à faire jour et il était là quand on a découvert les premiers corps. La mer en rejeta trente-quatre. La mort est là, implacable et définitive à tous les cent mètres, sur le sable, devant les condos. Il est alors remonté à l'appartement, s'est changé sans réveiller personne puis est redescendu. Il a demandé au gardien de l'édifice de lui faire venir un taxi. Il s'est fait conduire à l'aéroport de Fort Lauderdale et est monté dans le premier avion à destination de Montréal. Il leur avait laissé une courte note: «Bye-bye, je m'en vais!»

Il ne pouvait plus supporter le vieux ni sa sainte femme d'épouse. *Too much is too much!* Sa femme, il se demandait ce qui le retenait près d'elle, elle n'avait rien! Elle n'était ni amusante ni intelligente ni éveillée. Ce n'était même pas une beauté, elle était fade. C'était une bonne fille passable qui avait atteint son but dans la vie: se procurer un homme à elle et qui depuis sommeillait de bien-être.

Elle l'avait bien eu. Dans quel pétrin s'était-il englué?

Il se leva de son siège et se dirigea vers le devant de l'avion. Il y eut quelques turbulences et il dut s'appuyer sur les dossiers pour continuer sa progression. Il parvint enfin au cabinet de toilette juste à temps pour vomir.

LE MONSTRE MARIN

Toute ma jeunesse, j'ai rêvé des Mayas: Chichén Itzá, Uxmal, Palenque. Je gravissais les pyramides à la suite des prêtres vêtus de tuniques multicolores qui grimpaient, leurs couteaux d'obsidienne tendus vers le soleil, les escaliers menant aux autels où le dieu jaguar montait la garde. Tout autour, la foule aux couvre-chefs emplumés se taisait, la fumée du copal embaumait et on n'entendait que l'appel des conques marines. Au matin, le serpent à plumes, repu et apaisé, glissait vers la terre se chauffer au soleil.

C'était comme ça il y a longtemps. Aujourd'hui, la nuit, on illumine les monuments. Des foules attentives assises sur des chaises numérotées assistent à des spectacles son et lumière. Les commentaires, alternativement en anglais et en espagnol, sont accompagnés de musique hollywoodienne; puis on retourne aux motels construits à proximité des ruines avec la certitude de tout savoir sur les civilisations disparues.

Le jour, les foules surgissent des bus et se promènent dans l'allée qui mène du temple des guerriers au *cenote* où on précipitait les vierges, en buvant du coca-cola et en grignotant des chips. Un jour, on finira par construire là un parc d'attractions pour permettre aux touristes de se distraire. On montera sans doute un Ballet des vierges sacrifiées et le Serpent à plumes dansera pendant les entractes.

C'est à Coba qu'il faut aller. Un peu de mystère y subsiste encore. C'est une ville morte dont on n'a défriché que les allées solennelles. On y parvient par une route déserte que ne ponctue aucun village, sur laquelle on ne rencontre pas une hutte. La route traverse en ligne droite une jungle de broussailles et d'arbres rabougris et s'arrête au bord d'un lac circulaire, bordé de roseaux et infesté d'alligators.

Passé la guérite où la métisse de garde se réveille juste à temps pour percevoir le droit d'entrée, on s'engage dans de longues allées ombragées qui, au bout d'un kilomètre, vous amènent au Jeu de Balle. Deux kilomètres plus loin, on découvre un observatoire; plus loin encore, une pyramide, puis une autre qu'escaladent des arbres dont les racines s'enfoncent entre les blocs de pierre des ruines percées de voûtes croulantes. Au centre de la cité, envahie par la brousse et le fouillis végétal, partent des chemins surélevés qui mènent à des sanctuaires éloignés. La forêt est parsemée de ruines ignorées.

Julica est aussi émerveillée et curieuse que moi. Un jour, nous reviendrons là avec un de ces petits véhicules tout-terrain dont on se sert au Québec pour circuler sur les pistes forestières et nous partirons à l'aventure par les chemins oubliés qui furent autrefois des voies royales. Cette année, nous devons nous contenter d'un court séjour. Nous consacrerons une semaine aux vieilles pierres, l'autre au soleil et à la baignade.

C'est en nous rendant de Cancun à Tulum, la forteresse précolombienne qui domine la mer des Antilles, que nous avons découvert Akumal–Là-où-pondent-les-tortues-géantes, nous a-t-on traduit. Il n'y vient plus de tortues, elles évitent la proximité des hommes. Akumal est aujourd'hui un centre de plongée sousmarine. L'Association des plongeurs mexicains y a son siège social et y maintient une école et un centre d'entraînement. Il y a là deux hôtels discrets, quelques boutiques et deux ou trois restaurants qui offrent des *tortillas*, des *ceviches* et, comme partout en Amérique latine, du *pollo frito*. La plage de sable blanc est dure, elle éblouit. À deux cents mètres au large, une barrière de corail qui commence ici et se poursuit jusqu'au Belize la protège des squales et des barracudas qui ne se risquent pas à franchir le récif.

On nage sans danger à Akumal; c'est un grand attrait pour les Nord-Américains qui ne se baignent que dans les lacs et les piscines depuis que le film *Les dents de la mer* a répandu la panique sur les rivages océaniques. Au XVIIe siècle, trois galions espagnols se sont échoués sur les bancs de coraux d'Akumal. Le fond de la mer est parsemé de canons et d'ancres et tout le monde plonge dans l'espoir de remonter une croix ou un pectoral d'or massif. À ce jour, on n'a repêché que quelques clous et de menues pièces de monnaie. Pourtant, l'espoir subsiste. Les véritables joyaux d'Akumal sont ses poissons bigarrés qui circulent par bancs entre les algues en croquant des coraux.

Tout près, le parc national de Xel-Ha. C'est un lac formé par l'effondrement de la voûte d'une rivière souterraine. Au Yucatán, on appelle ce type de pièce d'eau un *cenote*. Le *cenote* de Xel-Ha communique avec la mer par un ruisseau. À l'embouchure, on a tendu des filets en entonnoir et les poissons venant de la mer remontent dans le lac qui est un immense aquarium. À l'entrée, on élimine les poissons nuisibles ou dangereux. On se baigne sans danger à Xel-Ha, on nage parmi des milliers de poissons. À l'extrémité du lac se trouvent des ruines qu'on peut atteindre à la nage.

De jour en jour nous remettions notre excursion à Xel-Ha. Le paysage sous-marin d'Akumal et son cimetière de canons engloutis nous retenaient, puis il y eut notre cours de plongée. Pourquoi se contenter de l'apnée alors qu'en toute sécurité on peut descendre dans des profondeurs où gisent plus de canons et des épaves plus importantes et circuler en toute liberté?

— Vous savez nager. Vous ne craignez pas de vous baigner dans la mer. Vous êtes habitués au masque et au tuba, alors, n'hésitez pas, apprenez à plonger. Pour vous, ce n'est rien, à peine une décision à prendre! Plonger n'offre aucune difficulté! nous assurait-on. Par ailleurs, c'est ici l'endroit rêvé pour apprendre. Il y a d'excellents professeurs et vous avez chaque fois l'occasion de partir explorer, avec des groupes organisés, des sites exceptionnels.

— Plonger n'est rien, ne vous en privez pas, ne cessait-on de nous répéter.

En effet, plonger n'est rien et nous comptions bien, au retour, impressionner les enfants en leur racontant nos aventures d'un air détaché.

— C'est le jour où nous sommes descendus à cinquante mètres cueillir des langoustes. Le soir, on les a mangées sur la grève... et vlan sur les papooses!

— Quoi... vous plongez avec des réservoirs?

— Évidemment...

Il n'est pas essentiel qu'ils le sachent, mais c'est un jeu d'enfant que de monter, descendre et racler le fond de la mer en ramassant des huîtres et des conques, en pourchassant les langoustes. Il n'y a qu'une règle à respecter: remonter lentement et par paliers, s'arrêter à tous les cinq mètres, ne pas se hâter, ne pas dépasser les bulles d'air qu'on exhale. Si on monte trop vite, on éclate. Les poumons et les vaisseaux sanguins éclatent, le sang bouillonne, on paralyse, on s'asphyxie et on meurt. Il faut prendre son temps, revenir calmement vers la surface de la mer.

Sans difficulté, nous avons réussi les examens théoriques et passé les tests pratiques. On nous a décerné diplômes et certificats nous autorisant à plonger dans toutes les eaux mexicaines. Le jour même où on nous remit le certificat, nous nous sommes inscrits pour une excursion du surlendemain qui comportait une descente à une cinquantaine de mètres et l'exploration d'une grotte sous-marine. Nous avions une journée libre, nous avons donc décidé de visiter Xel-Ha.

Le parc est à cinq kilomètres d'Akumal. À l'entrée, il y a l'habituelle profusion de revendeurs de fruits en onyx et de céramiques, les marchands de tapis indiens, les ciseleurs de nacre, les vendeurs de colifichets...

On met son maillot de bain, on ajuste le masque sur les yeux, l'embout du tuba entre les dents et on descend dans l'eau en espérant retrouver au retour ses souliers et ses vêtements là où on les a déposés. Partout des processions de poissons lunes viennent vous renifler jusque sous le masque et filent sitôt que vous étendez le bras. Le lac grouille de nageurs. Partout on voit des schnorkels se déplacer. L'eau n'est pas profonde, deux mètres à peine, parfois trois avec partout des rochers immergés sur lesquels on s'assoit pour se reposer avant de repartir voir s'il n'y aurait pas plus loin d'autres variétés de poissons. C'est partout pareil, partout les mêmes bêtes qui vous évitent, les yeux ronds et le bec pincé. Finalement, c'est une longue et paisible promenade parmi les bancs de poissons perroquets et les essaims de vairons de toutes les couleurs qui étincellent dans l'eau.

Soudain, je sens qu'on me tire par les palmes. Julica s'est agrippée à moi. Je me débats, je tente de savoir ce qui se passe. Je me retourne. Elle a échappé son tube, avale de l'eau à pleine bouche, s'étouffe, tousse et bat des bras de façon désordonnée et frénétique. Je la rattrape et la soutiens. Elle souffle dans son tube pour en expulser l'eau et recommence à respirer régulièrement mais continue à me faire des gestes désespérés en indiquant le fond.

Je me penche et je regarde. Il y a là un monstre qui ouvre une gueule gigantesque plantée de larges dents triangulaires, et qui semble faire du sur-place en nous fixant de ses gros yeux globuleux. On dirait un énorme poisson chat, une loche horrible. La bête mesure plus de deux mètres et sa gueule a plus de soixante centimètres de large.

Je m'efforce de ne pas trop m'énerver, mais la vue d'un barracuda est moins effrayante.

Je pousse Julica devant moi. Elle se calme un peu et réussit à adopter un rythme de nage régulier, elle avance posément, de plus en plus vite, prend de la vitesse et se dirige vers la rive de toute la force de ses palmes.

La bête est toujours là. Je ne tiens pas à lui tenir compagnie. Je m'éloigne d'elle le plus doucement possible. Laisser paraître son désarroi, montrer sa peur ou sa panique attire et provoque les prédateurs qui n'hésitent pas à monter à l'attaque d'une proie en perdition s'ils sont certains de leur supériorité. Surtout ne pas donner une impression de détresse. Je nage calmement mais vigoureusement et, ayant réussi à m'éloigner d'une vingtaine de brasses, je bats des pieds comme un moteur à claques, je me propulse vers la rive.

Le gardien du lac qui a vu ma femme affolée sortir de l'eau et qui me voit arriver comme une torpille me demande:

— *Qué se pasà, señor?*

De mon plus bel espagnol qui fait hurler de joie les foules mexicaines, je lui dis:

— *Uno enormo pescado con dentes terribiles... muy peligroso!*

— *Es Hannibal... no peligro, es Hannibal!*

Tout le monde connaît Hannibal, la mascotte du parc. On passe à côté et on le caresse. Il aime se faire chatouiller sous les nageoires ventrales. C'est un «poisson juif», comme on les appelle. En anglais, on dit a *jew-fish*. De gros yeux, une grosse tête, un gros nez, une grande gueule à grandes dents... absolument inoffensif. Il se nourrit de fretin et de plancton. Il bouge peu et avance lentement en avalant. Un dormeur de fond. Aucun danger!

— On retourne à l'eau? ai-je demandé à Julica.

— Laisse faire! m'a-t-elle répondu et, sur sa lancée elle a continué: Et pour la plongée de demain, c'est terminé, comprends-tu: *terminado. Es aqui la fina!* a-t-elle ajouté en se moquant de mon castillan. Pense à d'autres folies, trouve-toi d'autres plaisirs. Depuis que je suis assise ici que je me demande ce qui serait arrivé si j'avais rencontré cette horreur à cinquante mètres de fond. Je serais remontée à la surface comme un bouchon, de toute la force de mes palmes, et arrivée à l'air libre, j'aurais explosé, j'aurais même probablement claqué avant. C'est comme ça que les accidents arrivent, que les gens meurent. Tu rencontres un cauchemar à trente mètres sous l'eau, tu t'affoles, tu te catapultes vers le haut, tu te propulses et tu éclates en arrivant. Oublie ta petite excursion de demain matin, même si tu as déjà payé. C'est malheureux ce qui nous arrive. Tu me vois rencontrer une tête comme ça au fond d'une caverne à trente mètres de profondeur... J'en mourrais de saisissement... *over...* pense à autre chose et sortons d'ici!

EL REY

Pour Marc

Il avait été un jeune avocat fringant et arrogant. Un divorce brutal et inattendu l'avait mis à dure épreuve et l'avait fait mûrir prématurément. Il avait serré les dents, s'était ressaisi, avait temporairement mis de côté ses idées de grandeur et d'ascension sociale et avait concentré ses efforts sur la guérison de ses plaies d'amour-propre. Une fois le jugement définitif prononcé, avant de se relancer, il avait décidé d'utiliser ce qu'il avait réussi à sauver du naufrage pour se payer des petites vacances au soleil. Il partit donc pour Puerto Plata en République Dominicaine, une destination populaire et bon marché.

Il était assis dans l'avion, un vieux DC 8 fatigué mais qui tenait bon. Bientôt les affiches lumineuses qui enjoignent aux passagers de ne pas fumer s'éteignirent et les hôtesses, debout dans l'allée centrale, commencèrent leur gymnastique rythmique. Avec de grands gestes, ouvrant et fermant la bouche sans émettre un son, suivant les indications chorégraphiques de la voix neutre et internationale de la speakerine qui a enregistré la cassette, elles expliquaient les mesures de sécurité, comment utiliser le masque à oxygène et les vestes de sauvetage. Elles répétaient les gestes comme si elles pratiquaient leur ballet jazz quotidien. L'exercice terminé, elles annoncèrent l'heure de l'apéritif et du déjeuner et disparurent chercher les chariots de service.

On fit escale à Port-au-Prince. Ce n'était pas prévu lorsqu'il avait acheté son billet. Ce devait être un vol direct Montréal-Sosua, mais cette ligne est redoutable pour les surprises qu'elle vous ménage. L'avion se posa et le tiers des passagers descendit.

— Qu'est-ce que tous ces gens vont faire en Haïti? demanda-t-il à son voisin qui était resté assis et manifestement continuait jusqu'à Puerto Plata.

L'interpellé haussa les épaules et ne répondit pas. Il regardait devant lui sans prêter attention à ce qui se passait autour, comme s'il cherchait à l'intérieur de lui-même la solution à un problème vital.

C'était un homme taciturne et inquiétant, un Espagnol, peut-être, ou un Italien du Sud, les cheveux noirs, les sourcils et les yeux noirs, assez grand, massif et puissant, avec d'énormes mains. Il avait un nez de boxeur fracturé et mal réparé, le teint basané, et il était vêtu de façon ordinaire, comme s'il se rendait à son travail. L'homme ne parlait pas, ne cherchait manifestement pas à faire connaissance ni à lier conversation.

Il faisait chaud dans l'avion, terriblement chaud et les autorités haïtiennes ne permirent pas aux passagers de descendre dans l'aérogare durant l'escale.

L'avocat alluma une cigarette. Son voisin, sans parler, lui fit signe d'éteindre; on était sur le tarmac et on faisait le plein. Il était interdit de fumer. Ce fut une longue heure et demie d'attente aux côtés d'un homme massivement muet et qui ne bougeait même pas les yeux.

Heureusement, celui qui arriva et prit à côté de lui la place d'un passager qui venait de descendre était plus communicatif. Il était très familier.

— Vous allez à Puerto Plata? demanda-t-il.

— Oui.

— Une cure de sexe? La prochaine fois, choisissez Port-au-Prince; elles sont aussi jolies et beaucoup moins chères! Les vacances érotiques, il n'y a rien comme ça!

Il ne sut que répondre et regarda le nouveau venu d'un air amusé. L'autre, comme s'il avait été privé d'auditeur pendant trois semaines et tenait absolument à parler, continua. Ils se présentèrent et ne cessèrent de converser pendant l'envolée entre Port-au-Prince et Sosua.

— Où pratiquez-vous le droit. À Montréal?

— Non, à ***.

— Alors, dans le Norte, vous retrouverez un concitoyen.

— Qui donc?

— Vous le connaissez sans doute. Il opérait un club de nuit dans votre ville. En République, on le connaît sous le nom de Luis El Rey. Ça ne vous dit rien?

— Rien du tout.

— Faites un effort. Traduisez.

— Louis Leroy.

— Voilà, El Jife, le Boss!

— Je le connais, on l'accusait de toutes sortes de choses et il a cru bon disparaître.

— On m'a dit qu'il agissait comme prête-nom pour la petite pègre, les souteneurs, les revendeurs de drogue et autres petits malfaiteurs. Il a risqué de l'argent qu'ils lui avaient confié dans une affaire qui a mal tourné et il a tout perdu. Il est alors parti en courant se réfugier au loin. On dit que ses bailleurs de fonds ont mis sa tête à prix.

— Un contrat sur sa tête!

— On parle de quinze mille dollars...

— ... Quinze mille dollars! Pas un tireur ne prendra le risque pour si peu! Il habite Hispaniola, où l'on compte peu d'arrivées... Les avions sont peu nombreux. Quinze mille dollars plus les frais, je suppose; il y a le déplacement et le coût du séjour. Ces contrats-là prévoient tout!... On ne voyage pas en avion avec une arme sur soi, avec toutes les précautions que prennent les lignes pour éviter les détournements. Et si on cache l'arme dans les bagages, on ne sait jamais quand un douanier décidera de tout fouiller!

— Oui, mais ici dans les Caraïbes, avec Castro qui cherche à tout déstabiliser, on trouve aisément les armes qu'il faut!

— On risque d'être pris comme un rat dans son trou. Après le coup, il faut repartir. L'alerte est sonnée et il faut reprendre l'avion. Pas question de filer d'ici à pied, en voiture ou à la nage... non! Pour quinze mille dollars, il n'y a pas un tueur à gages qui ait le sens des affaires qui se risquera. Luis n'a rien à craindre. Vous semblez le connaître. Comment va-t-il?

— Il va bien... tout à fait bien. Il a grossi. Tout lui réussit et il porte beau. Il a rajeuni. Il est bronzé et se tient en forme.

— C'est un athlète. C'était un excellent joueur de hockey. Il avait une troupe d'admiratrices qui le suivait partout.

— Il a toujours su faire avec les dames et il n'a rien perdu de son savoir-faire. Si vous désirez de la compagnie, allez le voir. Il saura combler tous vos besoins. Vous décrivez ce que vous désirez, taille, poids, mensurations, couleur des cheveux, de la peau, des yeux. Il a tout ce qu'il faut. C'est tout juste s'il ne vend pas par catalogue, homme, femme, enfant, animal!

— Il s'occupe de prostitution?

— Allons, ne faites pas le naïf. Il s'en est toujours occupé, vous le savez. C'est dans votre ville qu'il a appris l'essentiel du métier. Il s'occupe de tout. Il est propriétaire d'un bar, d'un restaurant, il détient une participation dans un hôtel. Il fait aussi dans l'immobilier, l'import-export et le commerce de toutes sortes de denrées. El Rey se mêle de tout. À votre place, j'irais le voir plutôt que de chercher par vous-même! Allez voir Luis... Il est à Quizqueya, ce n'est pas loin de Puerto Plata, tous les *norteños* le connaissent.

— Je ne vais pas à Puerto Plata pour rencontrer Louis Leroy!

— Gaspillez une soirée avec lui. Vous trouverez ça instructif. Vous saurez tout et il lui plaira d'apprendre les dernières nouvelles de chez vous, les derniers ragots, les derniers cancans. C'est tout de même loin du Québec, Quizqueya. À votre place, je conserverais le journal qu'on vient de nous distribuer et je le lui apporterais.

— Il doit être de connivence avec quelqu'un, un pilote ou une stewardess qui voyagent régulièrement sur ce parcours et laissent les journaux à son nom à l'aéroport.

— Il se peut, mais, de toute façon, vous lui ferez plaisir. Il est sûrement bien organisé. Quand il est arrivé en République, c'était la confusion. Les filles de Puerto Plata, de Sosua, de Samana, de Quizqueya demandaient ce qu'elles voulaient à qui elles voulaient. Le tarif du «donne-moi ce que tu veux» s'appliquait aux touristes. Il est arrivé, il a réalisé ce qui se passait et a conclu un pacte avec les durs du cru, des durs pas trop dangereux, qui surtout n'avaient pas le sens de l'organisation comme lui. *La organizacion*. Il a d'abord classifié les filles, celles qu'on destinerait au marché local, celles qu'on réserverait aux touristes. Il a fixé les tarifs de chacune, déterminé les territoires, structuré le système. Un mois après son intervention, les profits avaient doublé. Il a convaincu le chef local de lui abandonner le marché des touristes contre une participation dans les affaires. Il possède le bar, l'hôtel, le restaurant. Les filles perçoivent des commissions sur tout. Même les chauffeurs de taxis sont dans le coup. Une petite merveille, son affaire!... Sans compter les hommes, les escortes masculines que ces dames touristes recherchent! Alors, avec son sens de l'organisation, il reçoit sans doute régulièrement les journaux de Montréal, mais ça ne fait rien. Il ne vous coûtera pas cher de lui apporter les journaux du jour.

On allait arriver. Le vol avait été agité. On avait sauté pardessus les hautes montagnes du centre de l'île. Les turbulences et les poches d'air n'avaient pas cessé et, quand on avait commencé à descendre, c'était comme si on avait dévalé un ravin de montagne au volant d'une jeep, comme s'il y avait des pierres, des trous, des sauts et des cahots sur le chemin. Quand l'avion se posa, ce fut un atterrissage subit et brutal et les gens applaudirent lorsque, après une longue course, les moteurs en renverse et les freins aériens sortis, l'avion s'immobilisa.

L'avocat se leva, ouvrit le compartiment au-dessus de son siège, prit ses bagages et salua son compagnon qui continuait vers Montréal. Il passa la douane et l'immigration dominicaines, monta dans un minibus et arriva au Holiday Inn de Playa Dorada où il allait séjourner pendant quinze jours. Le troisième passager, l'homme silencieux, était parti rapidement, sans un bonjour ni même un salut. Il ne le revit plus.

Dès le lendemain matin, il participait de bon cœur au programme d'activités de l'hôtel et se faisait des amis. Un des traits de son caractère était qu'il avait le contact facile et l'amitié rapide. Il était présent au cocktail de bienvenue que la direction offrit aux arrivants et, dès le premier jour, s'inscrivit aux diverses excursions qu'on proposait: voyage de plongée sous-marine, visite de Santiago et Santo Domingo. Il se trouva rapidement des compagnons tant pour ces petits voyages que pour jouer au tennis, au golf, ou pour faire de la voile. Il y avait abondance de jeunes femmes jolies et disponibles. Après la réception, tout le monde monta dans un minibus pour un petit tour de reconnaissance à Puerto Plata, la métropole de la Costa de Ambar, fondée par Christophe Colomb lors de son premier voyage.

Il aimait commencer sa journée dès sept heures du matin en allant plonger dans la mer. Le soleil était déjà haut et, alors que dans leurs chambres les touristes dormaient encore, les ouvriers et les employés des hôtels se rendaient à leur travail en passant par la plage. Parfois des femmes, un bébé sur la hanche, un panier sur la tête, suivaient l'homme qui allait devant, la machette au poing, pieds nus, le pantalon retroussé. Il ne manquait aux hommes que le bandeau noir sur l'œil pour leur donner l'apparence des forbans des siècles passés.

L'eau était bleue avec parfois de longues plages de lumière verte, iridescentes. Sur les récifs, au loin, on pouvait distinguer la silhouette d'un pêcheur qui lançait sa ligne ou celle d'un cueilleur d'oursins. Le sable était jaune et non pas blanc comme sur la côte ouest de la Floride et on n'y trouvait aucun coquillage, le barrage des récifs empêchant la vague de rouler jusqu'à la rive. Il n'y avait pas non plus d'oiseaux sur la plage picorant les détritus infimes que le flot amène, lave et ramène... pas un oiseau sur la plage, pas une aile dans le ciel, un ciel d'un bleu parfait, sans nuages, avec le soleil qui lentement devenait intense et réchauffait le sable où bientôt on ne pourrait plus marcher.

Il était arrivé depuis trois jours. Ce jour-là, après sa baignade du matin, il rejoignit les autres dans la salle à manger de l'hôtel. Après le petit déjeuner, le car de l'hôtel devait les emmener en excursion du côté de Sosua et de Quizqueya. Ce n'était pas loin, une centaine de kilomètres à peine, sur une bonne route qui traversait des collines plantées de canne à sucre où des hommes à demi nus travaillaient au soleil et où des attelages de buffles peinaient à haler des chariots surchargés.

Quand ils arrivèrent à destination, à peine descendus de l'autobus, ils furent assaillis par les négrillons, les mendiants et les revendeurs de breloques comme un banc de sardines attaqué par les oiseaux de mer. Les brocanteurs tournaient autour d'eux, leur proposant des colliers de nacre et de corail, des pendentifs d'ambre, des statuettes haïtiennes, du Coke, de la bière, des noix de coco. Des familles faméliques surgissaient, la mère un panier de bananes sur la tête, le père, un seau d'huîtres au bout de chaque bras, les enfants proposant des noix, des poissons, des sculptures de bois pétrifié, des tapis nattés. Les Québécois étaient figés, apeurés par cette apparition soudaine du tiers-monde affamé et implorant. Ils se tenaient les uns contre les autres, se protégeant, hésitant à repousser la meute et à la chasser, craignant les poux, la saleté et la masse de cette foule déguenillée. C'était effrayant. Les femmes paniquaient.

Plus loin, à l'écart, des hommes se tenaient immobiles. C'était les chefs sans doute, ceux qui avaient lancé la horde affamée à l'assaut de la richesse et à qui on rapporterait le produit des ventes, qui avaient distribué les objets et les marchandises et qui surveillaient de loin les opérations.

Les touristes étaient affolés. Ils n'osaient rien acheter, surtout pas de la nourriture dans ce pays où l'on n'ose même pas boire l'eau. Jamais ils n'auraient dû quitter leur plage protégée. Ils étaient blancs. Le soleil ne les avait pas encore touchés. C'est à leur pâleur qu'on les avait reconnus; des Nordiques frais descendus de l'avion. Plus loin, d'autres groupes n'étaient pas importunés. Ils étaient bronzés et on les savait aguerris. On se dardait sur le dernier arrivage.

Comme il s'était un peu éloigné de ses amis, la meute s'attaqua directement à lui:

— *Beer, Sir!*

— *Coke, Sir!*

— *Jewels, Sir!*

— *Coconut, Sir!*

— *Gracias, Sir!* leur répondit-il.

— Amulettes, l'interpella un Haïtien en français.

— Liquidation... Monsieur... bonnes affaires... tenta un autre.

— *Picturas!*

— *Musica de merengue!*

— *Gracias...*, leur cria-t-il, et comme ils persistaient, il hurla à pleins poumons pour être bien compris:

— *Fuck off!*

Ils comprirent, firent des grimaces et retraitèrent.

— *Muerte a los gringos!* lui cria-t-on.

Il revint vers les siens. Les hommes s'étaient ressaisis. Ils avaient disposé les chaises de plage en rond et avaient déposé leurs effets au milieu, caméras, sacoches, sacs à main, baluchons et s'étaient consultés. Deux hommes monteraient la garde pendant que les autres iraient se baigner. Les femmes avaient mis leur maillot de bain avant de quitter l'hôtel. Elles retiraient leur robe et se préparaient à entrer dans l'eau.

— Ils t'ont attaqué? lui demanda-t-on.

— Faut savoir se défendre, répondit-il.

Il retira son pantalon. Il était maintenant en maillot et en se relevant, il l'aperçut: El Rey était là qui inspectait la plage et dirigeait les opérations.

— Louis... Luigi! lui cria-t-il, en levant les bras et en agitant les mains. L'homme ne bougeait pas, immobile, impénétrable derrière ses lunettes de soleil. Il surveillait.

— Louis... pour l'honneur du Christ, qu'est-ce que tu fais ici? lui cria l'avocat.

L'interpellé se tourna et le fixa. En tenue sport, il avait sur la tête une casquette molle de militaire américain et avait l'apparence d'un capitaine de Marines surveillant le déploiement de ses troupes.

— Salut! se contenta-t-il de dire sans montrer d'étonnement ni d'intérêt.

— Louis... qu'est-ce que tu fais ici? lui demanda-t-il à nouveau en s'approchant.

— Moi, je suis chez moi... toi?

— Moi, je suis en vacances.

— Pas moi, je m'occupe de mes affaires.

— C'est toi qui organises ça, ce cirque-là?

— Cirque? Vous ne vous voyez pas, vous autres. Le cirque, c'est vous autres!

— C'est toi qui lances ces meutes-là sur nous. Tu ne pourrais pas les retenir un peu?

— Pourquoi les empêcherais-je de gagner leur vie? Je leur montre comment vous exploiter. Je choisis pour eux ce qu'ils peuvent vous offrir en vente.

— Du Coke et des saloperies....

— Du Coke et des hot-dogs, c'est tout ce qu'il vous faut... et de la bière et des huîtres pour mieux faire l'amour au motel, et des colliers de corail, de nacre et d'ambre pour prouver à la belle-mère qu'on n'a pas cessé de penser à elle! Qu'est-ce que tu as à te plaindre? Si le pays ne te plaît pas, retourne chez toi! Qu'est-ce que tu veux, que je leur fasse porter un tuxedo, que je les déguise en garçons et que je vous les envoie vous demander, après une révérence: *What will you have, Sir, whisky, rhum, planter's punch... vodka?*

Vous avez ça à l'hôtel. Ici, c'est le choc. Vous vous en rappellerez toujours, bande de braillards. Vous me faites «kier». De fait, tu peux dire à tes amis d'aller se baigner, de ne pas s'inquiéter, ils ne se feront pas voler; ils ne volent jamais ici, sauf si je leur en donne la permission et je ne la leur donne jamais... ou presque jamais! Ne vous inquiétez pas, il n'y a pas de vols ici et c'est parce que je ne veux pas de policiers sur la plage. Je les paie assez cher pour qu'ils restent chez eux. Ici, c'est moi qui assure l'ordre. Il serait bon que tes amis achètent quelques breloques. Mes bijoux sont aussi beaux que ceux de Puerto Plata ou de Sosua et ils coûtent moins cher. Vous n'avez qu'à vous ouvrir les yeux!

— Calme-toi, Louis. Ne t'excite pas. Je ne voulais pas t'insulter!

— Vous m'avez assez écœuré au pays que, quand je vois des Québécois qui arrivent ici, je me venge un peu. Ça me fait du bien de vous traumatiser. C'est pour cela que je lâche mes chiens sur vous!

— Tu veux dire que c'est spécialement pour nous ce traitement-là?

— Oui. Vous me dégoûtez. J'aimerais vous oublier. Vous venez me relancer jusqu'ici, alors payez pour!

— Vraiment! On peut repartir, si tu veux!

— Non. Je n'y tiens pas. Amusez-vous! De toute façon, je me suis amusé. Bientôt les Américains arriveront. Eux, je ne veux pas leur faire peur. Eux, ils ont de l'argent et ils achètent n'importe quoi. Les Canadiens sont mesquins et radins. S'ils le pouvaient, ils vivraient de l'eau des fontaines!

— C'est faux ce que tu dis. On paie l'avion, l'hôtel, les restaurants et on achète quelques souvenirs. De toute façon, moi, j'aimerais acheter une petite villa ou un appartement. Il y en a un ou deux dans le groupe qui cherchent, aussi.

Pourquoi a-t-il parlé ainsi? Pour se valoriser et se rendre intéressant? Pour que Leroy lui prête attention, le prenne au sérieux et cesse de le considérer comme un autre de ces touristes mesquins dont il se plaint? Quel intérêt a-t-il à rechercher la considération de ce fraudeur en fuite? Un peu de vanité bête. Il n'a ni l'argent ni l'intention d'acheter quoi que ce soit dans l'île. Il n'y a même jamais pensé. Maintenant seul dans la vie, il ne sait même pas ce qu'il fera de sa propre existence. Pour l'instant, il est en vacances pour un temps indéfini, avec un billet d'avion sans date de retour fixe, valable pour un an. Pas question de rester à Saint-Domingue une année complète, surtout pas au Holiday Inn. Il restera là quinze jours tout au plus puis il continuera vers Santiago et Santo Domingo. Ensuite il sautera d'île en île et descendra jusqu'à Trinidad. Il n'a aucune intention d'acheter une villa ici, mais Leroy a mordu: il y a sûrement deux ou trois touristes niais à détrousser. On conclut une vente rapide puis un contrat d'administration avec commissions sur les locations dont on ne rapporte qu'une partie. Ici, à Quizqueya, il contrôle ainsi un certain nombre d'immeubles qu'il loue lorsque les propriétaires ne les occupent pas.

— J'ai toutes sortes de propositions intéressantes: des propriétés sur le bord de la mer ou sur la péninsule ou en arrière dans les collines. Des hauteurs, on a une vue magnifique sur la baie. Beaucoup d'Américains, de Madrilènes, de Dominicains et de Portoricains à l'aise sont installés là. Il y a des Cubains de Miami qui viennent ici. Ils s'ennuient de leur île et ne peuvent pas y retourner, alors ils descendent ici. Ce sont des gens bien qui achètent des propriétés splendides dans les arbres et dans les fleurs. Le quartier est patrouillé par un service d'ordre privé. C'est surveillé, et quand tu n'occupes pas ta maison, je trouve des locataires. Quand tu viens, je te réserve une automobile, je m'occupe d'engager des cuisinières, des ménagères, des jardiniers. Tu arrives et tu es servi. Quand je loue, je loue avec tous les services, même une gardienne d'enfants ou une gardienne d'adultes s'il le faut... tout est fourni, je m'occupe de tout. Je vois à tout. Tu n'as pas d'autre souci que de ne pas rater ton avion de retour. Viens me voir à mon restaurant, je te montrerai ce que j'ai de disponible. Quant à tes amis, qu'ils ne s'inquiètent pas, qu'ils ne craignent rien. Personne ne les molestera ni ne touchera à leur caméra. Il y a même quelqu'un qui surveillera tout. Ne vous occupez plus de rien!

Sans bouger les pieds, il se retourna pour inspecter des yeux, une dernière fois, la plage, puis, lentement, il se mit à se mouvoir et se dirigea vers la sortie du parc. Les gens le saluaient. En bordure de la plage, sitôt passé les premiers grands arbres, dans l'ombre des frondaisons, tout le long et de chaque côté d'un chemin parallèle à la mer, les marchands avaient établi leurs étalages. Sur des braseros, des ménagères faisaient mijoter des soupes suspectes dans des chaudrons calcinés. Tous le saluèrent.

L'avocat se baigna avec ses amis. Les vagues étaient longues, l'eau claire et transparente et la houle venait s'étendre lentement sur la plage. Il y avait partout des enfants noirs qui se baignaient. Pour jouer, l'un se mit à leur lancer de l'eau. Il répondit en l'arrosant à son tour. Il joua à les lancer en l'air, à les faire culbuter et bientôt il y en eut six qui criaient et piaillaient autour de lui. Ils étaient beaux et rieurs. La mer était belle et le soleil était haut. À midi, il sortit de l'eau, se laissa sécher, puis quitta ses compagnons et se dirigea vers le restaurant de Leroy.

C'était un village délabré, un ramassis de cahutes de bois à toit de tôle. Les rues étaient asphaltées et il y avait des trottoirs de ciment. Tout était propre mais vieux et il n'y avait pas d'arbres, ce qui était déconcertant pour un Nord-Américain. Les maisons chaulées s'appuyaient les unes contre les autres sans discontinuer. Si on avait poussé sur la première, elles se seraient toutes effondrées. Le restaurant d'El Rey était situé sur l'unique place de la petite ville, face à l'église, en biais avec la caserne de la *policia*. Sur le square qui servait de marché public, il y avait partout des bancs et des flâneurs y discutaient. Le soleil était droit au-dessus des têtes et l'air vibrait de chaleur.

Le restaurant était entouré d'une véranda. Il entra. Des ventilateurs tournaient lentement et brassaient silencieusement l'air. Sur les murs, il y avait des nattes et des peintures haïtiennes. C'était sombre et, lorsqu'il entra, il eut de la difficulté à se retrouver dans l'ombre. Après le soleil aveuglant de l'extérieur, il ne distinguait rien.

— Salut! entendit-il, viens t'asseoir.

El Rey était assis sur un tabouret, accoudé à son bar.

— Qu'est-ce que tu prends?

— Une bière.

— Goûte la *Cerveza Presidente*. Elle a le goût amer de la bière qu'on brassait autrefois au Québec. Alors, tu viens ici pour acheter? Pourquoi ici?... Parce que le peso est bas, qu'on a ici les plus belles plages des Caraïbes et qu'on peut tout acheter pour une chanson! Tu arrives trop tard. J'étais ici avant toi!

— Je ne veux rien t'enlever. Je ne viens pas ici pour te faire concurrence! Je ne viens même pas ici pour y habiter. C'est un investissement que j'aimerais faire, j'ai un peu d'argent non déclaré au fisc à placer. Mes amis aussi.

— La région ne peut que se développer. L'aéroport international n'est ouvert que depuis trois ans. On a refait toutes les routes et la Banque mondiale a dégagé des fonds importants pour développer le tourisme. Il y a les plages et les montagnes. J'ai des options sur les meilleurs bords de mer et c'est moi qui négocie pour les gens d'ici. Ils s'en portent mieux, moi aussi. Auparavant, ils se faisaient rouler par les Yankees qui leur achetaient leurs plages à vil prix, les faisaient travailler pour rien. Depuis que je suis là, c'est différent; ceux qui veulent acheter paient plus cher, passablement plus cher. Les gens d'ici y trouvent leur profit et je me rends utile. Ceux qui pensaient acheter des bords de mer pour un sourire et un peso en sont quittes pour leur billet d'avion. Fini le bon temps. Je suis là, maintenant. J'ai mis de l'ordre dans tout ça. Ici, on ne peut pas dire que je me suis fait aimer de tous, mais les gens savent qu'il y a maintenant quelqu'un qui comprend ce qui se passe!

Il contrôlait tout, les petits commerces de la plage et du parc, le taxi, la location d'appartements, les services domestiques. Il avait tout pris en main. Il avait pris garde de ne pas porter ombrage aux chefs locaux qui, de fait, ne s'intéressaient qu'aux mini-commerces et aux mini-rackets. Lorsqu'il se mit à leur remettre leur part de bénéfices, ils n'arrivaient pas à comprendre, surtout pas Escobar, son vis-à-vis local, avec qui il avait passé un traité d'alliance. C'était la première fois qu'un *gringo* respectait la parole donnée.

Dans la salle du restaurant, il n'y avait que deux ou trois jeunes femmes qui attendaient on ne sait quoi, sûrement pas des clients avec la chaleur qu'il faisait. C'était l'heure de la sieste. Le restaurant était situé sur une butte face à la mer et les alizés le rafraîchissaient. Il faisait frais à l'intérieur, alors qu'à l'extérieur on cuisait. La ville allait sous peu s'endormir. Les magasins fermeraient. Les chiens allaient bientôt se coucher en plein milieu des rues pour y dormir, le museau étendu sur l'asphalte chaud. Seules bientôt les mouches ne dormiraient plus.

Les femmes partirent soudainement, peut-être pour aller s'asseoir à l'extérieur sur les fauteuils de rotin et s'y endormir paisiblement ou encore discuter en chuchotant. Il n'y a plus qu'un autre client dans le restaurant. Il vient de payer au garçon la bière qu'il a commandée. Il a rempli son verre, l'a rapidement avalé. Il sort une pièce et la pose sur la table. Le garçon est retourné à la cuisine, il reviendra plus tard après la sieste cueillir ses pourboires et éponger les tables.

L'homme se lève lentement et, soudain, se retourne. Il a une arme au poing, un revolver allongé d'un silencieux. Le jeune avocat le reconnaît, c'est l'homme taciturne de l'avion. Deux coups de feu rapides ont claqué qui n'ont réveillé personne dans la ville assoupie. Les chiens n'ont même pas ouvert un œil ou bougé une oreille. El Rey n'a pas bougé. Il a vu, il a compris puis s'est effondré. L'avocat, lui, est mort sans même savoir pourquoi sa fin était venue. On ne laisse pas en liberté le témoin d'un meurtre qu'on a commis et qui a pu vous dévisager pendant cinq heures dans l'avion. L'avocat a glissé puis, lentement, s'est affaissé sur le corps d'El Rey. Les ventilateurs ont continué à tourner lentement et le garçon n'est pas revenu. Il dormait dans son hamac et ne s'est pas réveillé. Puis l'homme est sorti.

La nouvelle se répandit immédiatement dans toute la colonie québécoise de la Côte de l'Ambre. On l'apprit presque instantanément à Samana, à Cabarete, à Sosua et à Puerto Plata. Chacun affirmait qu'il fallait s'y attendre, qu'il n'y avait rien d'étonnant à ce meurtre; il était prévisible et inéluctable. La mafia règle toujours ses comptes, où qu'on aille, où qu'on soit et les jours de Luis El Rey étaient comptés. Quant à l'autre, le petit avocat qui savait tout, il était là où il n'avait pas à être. C'était un petit plaideur minable qui disait avoir l'intention de s'établir dans les îles. Il était allé voir El Rey pour lui demander conseil. Il était, disait-il, attiré par les îles Vierges britanniques ou les Grenadines ou peut-être même par Dominica. Le chef de police classa rapidement l'affaire: c'était sûrement un coup de la mafia nord-américaine qui avait sans doute ses raisons. On fit circuler des photos de tueurs à gages connus, on surveilla les aéroports, on n'appréhenda personne. Le tueur s'était probablement enfui en passant la frontière haïtienne, ou peut-être avait-il loué un yacht pour atteindre Porto Rico ou un petit avion pour se rendre aux Turks et Caïcos! Peut-être attend-il encore dans un autre coin de l'île que tout s'oublie!

Le tueur n'était pas loin, il était tout près, à Santiago, à peine à quatre-vingts kilomètres. Personne ne l'avait vu sortir du restaurant et prendre son automobile garée un peu plus loin. Il avait attendu quelques instants à l'intérieur avant de sortir, pour voir si quelqu'un d'autre se présenterait qui déclencherait l'alerte. Personne ne vint. Il sortit alors tranquillement tout en restant sur ses gardes, monta dans l'automobile et retourna à Santiago. Il attendait là qu'on le paie. Il n'attendait pas que la mafia le paie, ce n'était pas elle qui l'avait engagé; elle ne s'occupe pas de menu fretin comme El Rey qui, de toute façon, était hors du circuit et à qui on n'avait pas grand-chose à reprocher, sauf d'être imprudent en affaires. La mafia n'avait rien à voir dans cette affaire, c'était Escobar qui avait engagé l'homme de main et devait maintenant acquitter le prix convenu. Mais Escobar ne se montrait pas et le tireur s'impatientait. C'est Escobar qui l'avait engagé. Il en avait assez de Luis El Rey.

— *Non sonomos gringos!* répétait à tous Leroy. Il en était un. Il se croyait supérieur et indispensable. Il avait fini par se croire le roi de la côte. Escobar avait appris de lui ce qu'il fallait savoir; de plus, il s'était mis à l'anglais et pouvait maintenant négocier lui-même. Il s'était donc débarrassé de son associé pour reprendre en main le contrôle du petit commerce, du taxi, de la prostitution. Quant à l'immeuble, au courtage, à la location, c'était trop compliqué pour lui et il avait décidé de laisser tomber complètement. La vie avait repris son cours. L'homme de main, celui qu'on avait fait venir de Montréal pour l'exécution, Escobar lui avait offert par un intermédiaire la moitié du prix convenu et le remboursement de ses dépenses. L'homme avait refusé, on ne lui avait donc rien payé. On avait continué à le surveiller. Un soir, on le suivit jusqu'à l'aéroport. Il quittait. *Adios muchacho!* Bon voyage, *señor!* Escobar avait pensé le faire trébucher, le livrer à la police, le dénoncer. Il avait même pensé le faire exécuter à la machette, mais pourquoi courir des risques. Il l'avait donc laissé repartir.

Sept mois plus tard, Escobar disparaissait. Il avait, dit-on, cédé ses intérêts et s'était installé à Panama, s'étant retiré des affaires. C'est ce qu'on répète dans les colonies américaines et canadiennes de Puerto Plata et de Sosua, mais ceux qui savent, même si le pays est chaud, ont froid dans le dos et, même s'ils ont le teint foncé, blêmissent. Escobar n'est pas à Panama. Il n'est jamais parti d'ici. Ils sont arrivés à trois, chuchote-t-on. Il y avait celui qu'on avait laissé repartir sans le payer et qui survint de Montréal. Un autre, un Cubain, arriva de Miami. Le troisième débarqua de Porto Rico. Ils réussirent, sans trop de difficulté, à s'emparer d'Escobar. Ils ont aussi capturé un de ses hommes qu'ils ont enfermé dans le coffre d'une Pontiac. Ils se sont rendus au bord de la mer, là où l'assaut continu des vagues creuse des grottes dans les falaises. L'eau est profonde et c'est là qu'on jette à la mer les déchets de l'abattoir et les rebuts de l'équarrissage des bêtes.

Ils firent descendre le renégat et lui ordonnèrent de se dévêtir. Le Portoricain tenait Escobar en respect, une mitrailleuse à la main. Escobar se déshabilla, le Canadien s'approcha alors de lui et lui crayonna le corps au crayon feutre comme s'il lui dessinait un veston sur la peau avec le col et la couture des épaules.

Escobar ne comprenait pas ce qui se passait. On fit sortir l'homme du coffre de la Pontiac et on lui fit comprendre qu'il fallait qu'il voie parce que quelqu'un devait voir, mais qu'il ne devait pas crier. On le fit s'agenouiller à six ou sept mètres d'Escobar, de telle sorte que l'homme à la mitraillette puisse les surveiller tous les deux.

Ni Escobar ni son témoin n'arrivaient à comprendre. Ils se demandaient tous les deux ce qui allait se produire. Puis ils virent le Montréalais sortir une machette aiguisée comme un rasoir. Il s'approcha d'Escobar et se mit à le débiter vif, à grands coups de sabre, en suivant le pointillé dessiné sur la peau. Ce fut la tête qu'il trancha en dernier. Il avait entendu dire que c'était ainsi qu'on procédait au Nicaragua et voulait essayer cette méthode. Puis il prit les morceaux et les lança à la mer. Les squales accoururent et les vagues se mirent à tourbillonner de coups de queues et de dorsales.

On en frémit encore à Quizqueya parce que, au bout d'un an, le témoin, qui n'en pouvait plus de taire l'histoire, se mit à la chuchoter puis, effrayé d'avoir parlé, prit peur et s'enfuit. On ne l'a plus revu depuis.

Un autre Québécois, Chiquito Normandin, a tenté de relancer les affaires. Il a repris le contrôle du petit commerce et des activités connexes. Il a racheté le restaurant, le bar et tenté de s'occuper de vente et de location d'immeubles, mais les affaires ne marchent pas comme avant. On est resté craintif, on est devenu prudent. On ne plaisante plus avec les Québécois. Avec eux on respecte sa parole, sinon ils vous taillent sur le dos un costume à votre mesure à même la peau, dit-on. On se souvient toujours de Luis. Sous son règne, les affaires allaient bien. Quizqueya regrette toujours son Roy.

El Hombre Volante

Son prénom à lui seul assure à Clovis Gascon sa renommée. Toute la francophonie le connaît par son petit nom. Il est aussi connu pour sa personnalité multicolore et jaillissante. Il ne passe pas inaperçu et voit à ne pas l'être. Il travaille à l'étranger où il nous représente et on ne le voit généralement au Québec que le temps d'un passage. Il est responsable, au-delà des mers, de la réputation et du rayonnement de notre modeste nation. Dans les pays lointains, on nous croit conformes à l'image qu'il projette et fait vibrer. C'est dire la surprise et le désarroi des gens qui viennent de loin, espérant trouver ici un foisonnement de Clovis. Nous sommes la négation de ce qu'il est. Nous sommes discrets au point de paraître effacés et la vantardise nous déplaît. Devant notre absence de faconde et de jactance et notre tendance au mutisme, nos visiteurs sont décontenancés: ils ne retrouvent pas leur Clovis.

Il est unique. Grâce à Dieu, il est unique! Ce ne serait pas pour des fins de propagande et de publicité qu'on l'aurait envoyé au loin, mais pour s'en débarrasser, ne plus l'entendre et ne plus en entendre parler.

En somme, lorsqu'on le délègue en France, c'est un bon tour qu'on joue aux Français qui excellent dans l'art de nous parachuter des personnes qu'on trouve encombrantes et importunes à Paris. Il vit donc au loin mais revient régulièrement, histoire de se rappeler à notre bon souvenir et de commettre quelques esclandres éclatants. Chaque fois, il réussit à atteindre ses objectifs.

Il arrive toujours avec une nouvelle histoire à raconter dont il se prétend le héros. On s'étonne chaque fois de le savoir encore vivant et le ministère ne comprend pas qu'il le soit. Tout le monde le soupçonne d'exagérer quand il raconte ses hauts faits. «Exagérer» est le terme qu'on emploie. Clovis est en fait un menteur de calibre olympique dont le titre est reconnu internationalement. Son aisance et son naturel sont exceptionnels. Il ment sans même sans rendre compte, comme il marche ou mâche du chewing-gum, ou mieux comme il digère, et sa digestion est régulière et facile.

La première fois qu'on le rencontre, on le trouve amusant. La seconde aussi. On est alors heureux de le revoir et de constater qu'il est bien tel qu'on l'avait perçu. C'est bien lui. Il n'a pas changé. On ne se trompe pas: il ne change pas, il empire. On le laisse alors parler pour voir jusqu'où il osera aller. Les Québécois sont de redoutables et cyniques auditeurs qui savent ne pas interrompre les discoureurs et mémorisent toutes les bêtises qu'ils débitent.

Je ne l'avais pas vu depuis quelques années lorsqu'il accourut vers moi à la sortie d'un concert à la Place des Arts. Je n'ai pas, cette fois-là, cherché à l'éviter, au contraire je l'ai assuré que je ne manquerais pas d'être présent à la réception qu'il donnait le samedi suivant. Pourquoi pas!

Il reçoit avec faste et chaque fois on est surpris des rencontres heureuses qu'on fait chez lui. Les gens courent ses soirées; ils sont sans doute curieux de savoir s'il est toujours le même et tiennent à connaître la dernière de ses histoires. Par ailleurs, pour ceux qui aiment le genre, il donne toujours un bon spectacle. On ne s'ennuie pas chez lui même s'il arrive qu'on en sorte enragé. J'étais mûr pour une soirée hors de l'ordinaire et impatient de connaître sa dernière invention. Julica le trouve sympathique et l'aime bien. Une autre raison pour laquelle il n'est pas le favori des hommes, c'est qu'il amuse les femmes. Il les fait rire. Elles le trouvent drôle et plein de vie alors que ses vantardises nous mettent hors de nous.

— Allons, détends-toi, proteste Julica. Ne sois pas si sévère. Vous êtes tous jaloux de lui parce qu'il sait s'amuser. C'est même réjouissant de vous voir tous le détester.

Quand il est là, elles l'entourent, l'écoutent, rigolent avec lui et ne le laissent pas. Étant célibataire de profession, il exhibe à chacun de ses séjours au pays une voyante dernière prise qui fait tourner les têtes. Toutes la détestent et s'emploient à la diminuer, alors que les hommes lui font la cour. Clovis, pendant ce temps, s'amuse sans retenue. Si vous aimez vous faire valoir, ne le fréquentez pas, vous aurez l'impression constante qu'on vous déserte pour lui, qu'on n'a d'yeux et d'oreilles que pour lui, et vous le maudirez. Julica assure que c'est là mon problème.

— Mais enfin, qu'est-ce que tu lui trouves?

— Il est rigolo.

— Tu le trouves amusant?

— Oui.

— Mais tout ce qu'il raconte, c'est des folies et tu le sais!

— Oui, je le sais...

— Et alors...

— Lui aussi le sait et il les raconte même s'il sait que je sais et on en rit tous les deux!

Ces échanges font d'exaspérants retours à la maison et se concluent généralement de ma part par une violente exclamation:

— Christ! J'arrive pas à comprendre ce que vous trouvez toutes à ce bouffon-là!

— Il nous plaît!

— Re-Christ! J'comprends rien.

Tous les hommes fuient devant le cataclysme qu'il représente. N'allez pas interpréter erronément mon exaspération. Tout va très bien entre Julica et moi. Je ne suis pas jaloux. Par ailleurs, il y a surabondance de femmes intelligentes et belles au Québec. Elles sont en effet une des richesses naturelles du pays.

Elles sont hors concours et interdites à l'exportation. On peut toujours se consoler. Quoi qu'il en soit, je ne suis pas jaloux mais il m'arrive de grincer des dents. Ce soir-là, j'étais décidé à m'amuser et je me suis rendu chez lui réceptif et prêt à rire. Sa dernière affectation avait été Belize. Y est-il vraiment allé? Personne ne peut l'assurer. On l'y aurait envoyé au secours d'une équipe archéologique américaine qui pratiquait des fouilles dans l'enchevêtrement des palétuviers et des lianes, parmi les singes, les perroquets et les iguanes. Au ministère, on espérait peut-être qu'il y crèverait, mais l'objet déclaré de sa mission était de ramener des pièces précolombiennes pour une exposition commémorant 1492. Clovis s'extirpa des embûches de la jungle plus vivant que jamais. Les scorpions et les serpents avaient fui devant lui et les moustiques porteurs de la malaria s'étaient empoisonnés de son sang. Il était radieux et enchanté de son expérience et se vantait du surnom que lui avaient décerné les péons quichés: *El Hombre Volante!*

— Tu t'es laissé descendre, la tête en bas, attaché par les pieds, en tournoyant du haut de leurs tours de bois?

Malgré mon incrédulité, je m'étais laissé prendre par son bagout. Il me fallait des explications. Je n'aurais pas dû. Et c'est mon manque d'à-propos qui a déclenché le spectacle qu'il nous avait préparé.

— Non, les *voladores*, c'est plus au nord, au Mexique. Je n'ai pas essayé ça, mais ça me tente!

Rire des femmes. Pour elles, il est l'incarnation de Tintin.

— Alors, pourquoi, *Hombre Volante?*

— Attends, il faut d'abord que vous goûtiez à mon *xtabentum.*

Prenant l'exemple sur Captain Cap, le copain d'Alphonse Allais, Clovis est un collectionneur d'alcools exotiques, de vins rares et de recettes de cocktails inavouables. «Rien d'alcoolisé ne m'est étranger», aime-t-il proclamer en vous servant de l'esprit-de-saké, un pisco volatil comme de l'éther ou un mezcal où un ver gigote au fond de la bouteille. Ce jour-là, c'était le tour du Yucatán et de Belize. Ces régions sont fameuses, non pour leurs tequilas ou leurs pulques qui sont des boissons aztèques, ni pour leurs aguardientes qui sont espagnoles, mais pour leurs alcools de miel, souvenirs des jours mayas.

— J'arrive de Belize. Vous savez qu'on m'a envoyé là négocier un prêt de stèles et d'artefacts précolombiens pour le Musée du Québec.

Belize, c'est là que les Anglais ont relâché les Indiens caraïbes dont ils étaient parvenus à s'emparer. Il était impossible d'en faire de bons esclaves. On les a rassemblés sur des navires et on les a jetés à terre dans les marécages de la côte. Ils survivent là et tirent sur tout ce qui bouge.

Frissons des dames, vite passés, il continue.

— À Belize, ils ne sont plus cannibales. Ils s'adonnent à la culture des bananes. On ne les voit jamais. Ce sont les Quichés qu'on voit, à ne pas confondre avec les Quechuas du Pérou. Les Quichés sont mayas. Ils descendent des constructeurs de Chichén Itzá et de Tulum. Ce sont leurs ancêtres qui offraient à leurs dieux le *xtabentum*, accompagné de gâteaux de graines d'amarante, pétris dans le sang coagulé des victimes, dont les corps, écœurés, c'est le cas de le dire, gisaient au pied des escaliers des pyramides du soleil...

Les femmes capotaient et viraient de l'œil. Pourquoi les Mayas ne l'ont-ils pas sacrifié lui aussi? «Tu es enfantin», me murmura Julica qui me voyait serrer les dents.

— Le *xtabentum*, vous savez, poursuivait-il, c'est peut-être la dernière fois qu'il vous est donné d'y goûter. On ne pourra bientôt plus le fabriquer. On ne trouvera plus de miel, au Mexique, ni dans le Sud des U.S.A. Une variété d'abeilles venues du Brésil monte à l'assaut de l'Amérique du Nord. Elles ne produisent pas de miel et leur dard injecte un poison violent. Elles s'insinuent dans les essaims des autres variétés qui cessent alors de produire du miel et deviennent aussi inutiles et néfastes que les guêpes ou les frelons. On tente de stopper leur invasion au niveau de l'isthme de Tehuantepec. Le long des routes qui traversent le Quintana Roo et le Chiapas en remontant vers le nord, on a disposé, à tous les cent mètres, des boîtes de couleur. Ce sont des trappes dans lesquelles les abeilles pénètrent et restent prisonnières. Il y en a sur toute la route qui va de Chetumal à Cancun. Mais rien ne semble pouvoir arrêter l'avance de ces monstres dont le vol est plus bruyant que celui du bourdon et dont aucun oiseau ne semble intéressé à se nourrir. Pendant que nous le pouvons encore, levons donc notre verre au dieu créateur à qui j'offre cette libation de nectar de miel en vous récitant l'incantation que l'on retrouve dans le *Popol Vuh*, le livre sacré des Mayas: «À celui-là qui existait seul dans la mer sans mouvement et l'étendue immobile du ciel, dans le silence et l'obscurité. Au Créateur, au Formateur, au Cœur du Ciel, car tel est le nom de Dieu qui jaillit de l'eau entouré de clarté...»

Tout le monde avait l'impression d'accomplir un geste propitiatoire et s'attendait à ce que le serpent à plumes monte par la cage de l'ascenseur. Le *xtabentum*... on dirait un mélange de pastis et de miel. Après la libation, je me suis permis de le ramener à son sujet, j'y tenais.

— *Y el Hombre Volante, qué es?*

— *La Cueva del hombre volante:* la grotte de l'homme volant! L'homme volant, c'est moi.

— Veux-tu dire que le dieu du soleil t'a changé en Batman?

Je sais que je ferais mieux de me taire, Julica n'arrête pas de me le dire, mais il faut que je dise des bêtises, je suis programmé pour ça.

— Il est vrai qu'à Belize on raconte que des hommes parfois se transforment, la nuit venue, en vampires, reprit Clovis, imperturbable. Mais je m'intéresse peu au folklore et aux maléfices. Je pourrais toutefois vous raconter une histoire qu'on m'assure être véridique, mais ce sera pour une autre fois. Revenons à notre grotte...

Un silence se fit et il raconta:

— J'ai rejoint à Belize le groupe d'américanistes qui avait obtenu un permis de fouille. C'était en pleine jungle. Des serpents et toutes sortes de bêtes nous tombaient sur la tête du sommet des arbres. Il fallait porter des bottes de cuir pour éviter les morsures des reptiles et des scorpions. Dans les étangs et les marécages, des alligators se laissaient dériver, immobiles comme des troncs. Quand le soleil se couchait, les moustiques partaient en chasse pour le repas du soir.

L'équipe procédait au déblayage des ruines d'un temple envahi par la végétation. Le sol était couvert de dalles et de stèles effondrées, rongées par la mousse, enserrées dans les racines. On jouait de la machette pour se débarrasser des végétaux, puis on travaillait au pic. On creusait des tranchées pour tenter de retrouver le sol d'origine. On mettait à nu ce qui semblait pouvoir être la base de monuments. On en était encore au défrichage.

On m'avait confié le soin de dégager une stèle. J'avais commencé par couper une à une les tentacules végétales qui l'emprisonnaient. En déblayant, je découvrais d'autres stèles recouvertes d'humus. Je levais haut mon pic pour tenter de l'enfoncer entre les pierres et ensuite l'utiliser comme levier pour soulever les dalles. Je prenais toutefois soin de ne pas endommager les sculptures. Nous tentions de les récupérer intactes. Mais voilà que j'ai cogné une pierre qui a rendu un son creux, comme un écho étouffé, comme si j'avais frappé une cloison. J'étais excité. Sans prendre garde, je lève à nouveau mon outil et je le rabats de toutes mes forces. Le pic s'est enfoncé dans la terre, le manche a suivi avec moi au bout et je me suis réveillé au fond d'un caveau funéraire rempli de poteries avec tout autour des restes de squelettes, des crânes, des armes d'obsidienne et, sur les murs, des fresques représentant des jaguars dansants, comme à Bonampak. Une découverte énorme et imprévue. J'ai crié et, de là-haut, on me répondit. On me demanda si j'étais blessé. Je répondis que non, que j'avais plané jusqu'au sol et m'étais posé en douceur sur une couche funéraire. Je n'ai jamais compris ce qui a amorti le choc. De fait, j'étais couvert d'ecchymoses et m'étais luxé un poignet. Je m'en tirais à bon compte. J'aurais pu me tuer ou me blesser gravement. Le chef des fouilles est descendu, glissant par une corde. Il avait apporté des torches électriques et nous avons procédé à l'exploration de la grotte.

La salle où j'étais tombé était l'entrée d'une immense caverne. On avait sacrifié des sentinelles qui montaient la garde, puis il y avait une grande salle couverte elle aussi de fresques, avec des stalactites qui pendaient du plafond et partout des dépôts de poteries et d'armes. En mon honneur, on a baptisé la caverne *La Cueva d'El Hombre Volante.*

— Avez-vous des photos? lui demanda-t-on.

— Non, pas encore. On doit m'en envoyer sitôt le rapport préliminaire remis aux autorités de Belize et à l'université responsable des fouilles. Ils ont droit à la primeur. Par ailleurs, la vente d'un reportage photographique complètera le financement de l'expédition. Personne n'a été autorisé à prendre des photos à titre personnel.

— Pas même l'inventeur de la caverne?

— Personne.

S'ensuivit de la part de tous une période de questions auxquelles il répondit avec brio et compétence. Vraiment nous pouvions être fiers. Notre représentant sur le terrain des fouilles avait su nous faire honneur et notre petite nation aventureuse et combien méritoire avait joué un rôle important... bla, bla, bla.

Je n'ai même pas souri et suis resté froid. Je n'ai rien manifesté. Je me suis retenu. J'étais fier de mon flegme et de ma discrétion. Un autre serait intervenu, aurait détrompé la foule crédule des femelles idolâtres. Moi non. J'ai gardé mon savoir et ma satisfaction pour moi. Sitôt sorti, cependant, après les remerciements traditionnels à notre hôte sur le pas de sa porte, je n'ai pas pu m'empêcher de communiquer mon secret à ma femme. Nous venions de sortir et je lui ai dit:

— Alors, tu la reconnais son histoire?

— L'histoire de la *Cueva d'El Hombre Planante?*

— ... *Volante*, tu veux dire, la caverne de l'homme en deltaplane, si tu veux!

— Extraordinaire, non? apprécia-t-elle.

— Tu ne la reconnais pas, ai-je insisté.

— Je ne vois pas de quoi tu parles.

— Rappelle-toi notre séjour à Cuba, Varadero.

— Les grottes de Bellamar à Matanzas.

— C'est ça!

— Penses-tu?

— C'est sûr. Tu te rappelles! La grotte a été découverte par un Chinois. C'était au siècle dernier, on construisait le théâtre municipal et l'entrepreneur était propriétaire d'une carrière d'où il extrayait la pierre destinée à la construction. Il avait engagé des travailleurs chinois qui portaient alors de longues tresses dans le dos. Un jour un coolie a levé son pic et quand il l'a rabattu, le sol a cédé et il est tombé en chute libre, accroché au manche de sa pioche. Il y avait un lac souterrain et il a failli se noyer. En allant le repêcher, on a découvert l'immensité de la caverne qu'on n'a pas encore réussi à explorer totalement aujourd'hui. Le contracteur et ses descendants ont fait plus d'argent avec la grotte qu'avec la construction du théâtre. Cent ans de droits d'entrée! Castro a mis fin à tout ça; aujourd'hui, c'est l'État qui perçoit. Tu te rappelles?

— Oui... et alors, tu ne crois pas que...

— C'est là qu'il a pris son histoire!

— Mais il n'y a pas de fresques à Bellamar!

— Il a ajouté les fresques comme il s'est ajouté lui-même. Rappelle-toi. Il était en poste à Cuba il y a quatre ans. C'est là qu'il a entendu raconter l'histoire de la grotte. C'est comme son histoire de requins qui viennent mâchouiller des coraux pour se débarrasser de leurs vieilles dents...

— Je me rappelle, c'est lui qui a découvert ces coraux qui n'existent qu'à un endroit dans le monde.

— Et tu te rappelles qu'on a entendu la même histoire à Venice, en Floride, où il avait séjourné l'année précédente.

— Oui... tu ne crois jamais ses histoires, toi.

— Au contraire, elles sont toujours vraies mais ce n'est jamais à lui qu'elles sont arrivées.

— C'est sans importance; elles sont amusantes et il s'en est fallu de peu qu'elles lui arrivent à lui. Par ailleurs, il t'arrive aussi d'améliorer tes histoires! Tout le monde le sait et personne ne t'en veut.

— Mais lui, il exagère. Un jour viendra où il nous racontera l'histoire de Jonas et prétendra que c'est lui que la baleine a avalé. Il faudra alors reprendre un chapitre de la Bible et l'intituler: «Clovis dans la baleine».

— Ce qui importe, c'est qu'une histoire soit bonne, non qu'elle soit vraie. L'histoire de la baleine, on la raconte encore, c'est donc la preuve qu'elle est bonne, peu importe qu'elle soit vraie ou fausse.

Rien à faire. Il a gagné. Il gagne toujours. Elles le défendront toutes. Finalement, je me suis résigné et j'ai admis:

— Tu as peut-être raison. Ce qui importe avant tout, c'est qu'une histoire soit bonne. L'histoire de Jonas, c'est une bonne histoire, mais c'est aussi la preuve qu'il y a trois mille ans, il y avait déjà des grandes gueules.

— Et trois mille ans après, on raconte encore leurs histoires!

Je suis jaloux. Je dois avouer que j'aimerais être un menteur aussi talentueux que Clovis. Depuis ce jour, je cherche une histoire qui m'assurera la célébrité et peut-être l'immortalité.

UN HOMME FIABLE

Avec qui Jessica eût-elle pu être heureuse?

Elle avait tout: la beauté, la santé, l'intelligence. Elle attirait les regards et les hommes. Spontanément les femmes la pressentaient et médisaient d'elle. Les hommes avisés et prudents, ceux qui craignent de se brûler, se tenaient loin d'elle. Elle était grande et mince, la tête couronnée d'une riche chevelure noire. Elle avait les yeux bleus des Irlandaises, le front volontaire et le menton décidé.

Elle donnait l'impression de savoir ce qu'elle voulait et de progresser vers son but avec certitude et ténacité. Il n'en était rien; tout au plus arrivait-elle à déterminer ce qu'elle n'aimait pas. Elle adorait retenir l'attention et l'intérêt des hommes; pourtant, s'ils l'approchaient, promptement elle les rejetait. Elle ne s'intéressait qu'à ceux qui ne faisaient pas cas d'elle. Elle se mettait alors en chasse et rapidement parvenait à fasciner celui qui semblait ne pas s'occuper d'elle. Une fois rassurée sur son pouvoir, elle laissait tomber. Elle n'était pas coquette, elle n'était pas flirt, elle était inquiète et peu sûre d'elle-même et constamment elle cherchait à mettre à l'épreuve son pouvoir d'attirance.

Elle allait de l'un à l'autre et s'était fait une sérieuse réputation d'allumeuse et d'agaceuse. Avec elle, il n'y avait jamais de lendemains.

Maurice ne la regardait pas. Sitôt qu'elle découvrit cette anomalie, elle entreprit d'y mettre bon ordre. Maurice était un garçon grand, fort et sérieux. Il n'était pas spirituel ni amusant mais il avait une qualité très prisée ici: on disait qu'il était fiable. C'est un vieux mot qui ne subsiste qu'au Québec, où la vie peut être plus dure qu'ailleurs et où il importe de savoir d'un ami si on peut compter sur lui ou non. On pouvait compter sur Maurice. Il faisait peu de promesses mais il tenait parole. Avec lui, un non était définitif, un oui engageait l'honneur. C'était un homme dur à la tâche et constant au travail. L'hiver, il montait bûcher dans la forêt. Le printemps et l'été, il s'engageait dans une scierie et, l'automne, il aidait son père aux travaux préparatifs à l'hiver. Il travaillait fort et économisait pour s'acheter un commerce. Une fois établi, il comptait prendre femme.

Comme Maurice ne regardait pas Jessica, elle se piqua de lui. Il fut évidemment flatté d'avoir été remarqué par une femme aussi belle. Toutefois, l'opinion de sa mère, dont il tenait toujours compte parce qu'il était respectueux et réfléchi, le fit hésiter.

— Jessica! demanda-t-elle. Qu'est-ce que c'est ce nom-là?

— Sa mère est irlandaise.

— Ce sont des femmes malcommodes et imprévisibles. On ne sait jamais à quoi s'attendre avec elles. Elles sont dangereuses. Ce sont des femmes versantes.

Il sourit en l'entendant utiliser ce terme de navigation pour décrire le tempérament de son amie. C'est vrai qu'elle était nerveuse et qu'il fallait agir avec précaution avec elle. Joyeuse, elle pouvait sur un mot qui la contrariait devenir subitement violente et emportée.

— Es-tu sûr qu'elle n'a pas du sang indien aussi. Celles-là sont des femmes instables et qui ne tiennent pas bien maison.

Sa mère, comme beaucoup d'autres, n'aimait pas Jessica et cette dernière n'éprouvait pas de sympathie pour celle qui allait devenir sa belle-mère. Pour une fois elle réussit à se contraindre et à se taire: ce refoulement de ses sentiments envenima son aversion. Elle ne laissait rien voir, elle avait décidé d'arrêter là ses vagabondages sentimentaux, de faire son choix et de fonder une famille. On répétait à Jessica que Maurice était un homme solide et stable et qu'avec lui elle serait en sécurité. Elle ne devait pas laisser passer sa chance: une occasion semblable ne se présente qu'une fois. Jessica finit par s'en convaincre. Elle ne le désirait pas avec emportement: Maurice n'était pas un Apollon qui faisait rêver. C'était un homme constant avec qui on savait à quoi s'attendre. Il ne vous entraînait pas en balade au septième ciel mais, avec lui, vous aviez la certitude que le nécessaire ne ferait pas défaut. Vous étiez sûre qu'il serait toujours là, qu'il écarterait tous les malheurs et vous assurerait protection et sécurité.

C'est cela qui la décida: l'assurance de sa force et son besoin de sécurité. Il l'épousa sans jamais avoir la certitude qu'elle l'aimait vraiment et elle se maria en se répétant qu'elle ne pourrait jamais trouver mieux. Dès leur nuit de noces, tous les deux regrettèrent le geste définitif qu'ils venaient de poser. Elle réalisa que les jours de rêverie et de fantaisie étaient passés, qu'il lui fallait dorénavant agir de façon réfléchie et ordonnée, elle qui, jusqu'alors, avait vécu au jour le jour.

Lui calculait, prévoyait et exigeait de l'ordre, de la propreté et de la ponctualité.

Quand il arrivait du travail, elle s'activait de son mieux et tentait de tout remettre en ordre mais elle n'avait pas de méthode et n'y parvenait pas. Il lui reprocha bientôt de mal tenir sa maison. À peine arrivé le soir, il inspectait tout.

— Qu'est-ce que tu fais de tes journées?

— Si c'est une bonne que tu voulais, c'était pas nécessaire de m'épouser!

Elle ne lui préparait même pas convenablement ses repas. Ce n'était pas par malice: elle n'entendait rien à la cuisine.

Jessica l'avait assuré, lorsqu'ils s'étaient mariés, qu'elle quitterait son travail pour s'occuper de la maison. Un mois après la cérémonie, elle retourna voir son ancien patron et lui proposa de reprendre sa place. Il ne demandait pas mieux et, le soir même, elle retourna à son travail de serveuse au bar de l'hôtel local.

— Où vas-tu? lui demanda-t-il.

— À l'hôtel, je recommence à travailler.

— Pourquoi? Tu trouves que je ne gagne pas assez?

— Non, ce n'est pas l'argent. Tu veux que je passe ma journée à m'ennuyer et à me morfondre à la maison!

Il en resta bouche bée. Que devait-il faire, lui donner une correction immédiatement? Il l'attendit et, ce soir-là, elle ne revint pas à la maison. Il veilla et, finalement, s'endormit sur une chaise. Le matin quand il se réveilla, il la découvrit dans son lit.

— Alors, quand es-tu entrée?

— Après mon travail.

— À quelle heure?

— À minuit.

— À minuit, c'est faux, j'étais debout et je t'attendais.

— Alors c'était plus tard.

— Sûrement très tard!

— La prochaine fois, ne te donne pas la peine de m'attendre!

Elle le regardait droit dans les yeux, le provoquait. «Ose lever la main sur moi!» semblait-elle dire. Elle était prête à lui arracher les yeux. S'il avait fait un geste ou un pas vers elle, elle l'aurait frappé avec tout ce qui lui serait tombé sous la main. Elle le détestait déjà à le tuer.

Maurice ne comprenait pas cette haine. Il ne comprenait rien. Pourquoi ce revirement? Il était piégé. Comment s'en sortir? Ici, on ne divorce pas. Les gens sont encore catholiques et pratiquants; sa famille le rejetterait. Même s'il ne respectait pas tous les commandements de l'Église, il était demeuré craintif. Il y a des lois qu'il ne discutait pas: on ne divorce pas, on ne se fait pas avorter. C'étaient là deux crimes d'égale gravité.

Alors, il ne lui restait plus qu'à partir, à s'en aller pour de bon. Il allait se trouver du travail au loin et laisser le temps agir. De toute façon, il n'avait plus rien à faire ici. Quand elle s'habilla avant de partir au travail, il la prévint:

— Je m'en vais.

— Où?

— Je ne sais pas.

— Pour combien de temps?

— Je ne sais pas. Je n'ai pas l'intention de revenir.

— Bon voyage...!

— Dis-moi où tu veux que je transporte tes effets, je vais remettre la clef et le logis au propriétaire.

— Je ne pars pas, moi.

— Tu veux conserver l'appartement?

— Oui, je reste, moi, je n'ai pas besoin de toi ici. Je serai même mieux sans toi. Ne t'en fais pas, je saurai payer le loyer. Pars. Tu me dégoûtes. Tu me répugnes. Notre mariage est ruiné. On se sépare et, au moment de se quitter, tu ne penses qu'à remettre la clef au propriétaire. Décampe, décolle, débarrasse, t'es même pas capable d'une bonne colère!

— Comme tu veux. Salut, je ne reviendrai jamais.

— Va au diable!

— C'est ici chez lui, c'est pour ça que je pars.

Il monta travailler sur les chantiers de la Côte-Nord. On bâtissait alors les premiers grands barrages hydro-électriques au nord de Baie-Comeau. Au printemps, il revint et passa quelques jours au village. Il tenait à s'assurer que sa mère ne manquait de rien.

— ... Et ta femme? lui demanda-t-elle.

— Je ne l'ai pas revue.

— Tu devrais aller la voir, peut-être a-t-elle changé d'idée.

— Je vais y penser.

Ce soir-là, il se rendit donc à l'hôtel.

— Tiens, la charogne est de retour. Quelle catastrophe te ramène? Tu ne viens tout de même pas m'apprendre que tu reviens à la maison?

— Je voulais savoir si rien ne te manquait!

— Rien qui vienne de toi.

— Alors, c'est tout, salut!

— Ne te donne pas la peine de revenir et trouves-en une autre qui voudra de toi. Moi, c'est une affaire classée!

Il enfonça sa tête dans son cou, comme pour mieux encaisser et repartit. Après le barrage Daniel Johnson, il monta à Terre-Neuve travailler aux chutes de la rivière Hamilton, puis il passa à la Baie-James. Il travaillait à double salaire, ne dépensait rien et empilait. Il ne savait que faire de tout son argent. Une année, il descendit vers les Îles. Il pensait rester quinze jours. Il retarda son retour et ne revint dans le Nord que deux mois plus tard. Là-bas, il s'était mis temporairement en ménage avec une femme de couleur qui s'était glissée dans son lit sans demander de permission et s'y était trouvée bien.

Elle était propriétaire de sa case et il s'y installa. Un jour, il décida de repartir; il ne pouvait pas rester là indéfiniment à ne rien faire. De retour au Québec, il passa par le village et arrêta voir sa femme.

— Te voilà encore. Je te croyais mort!

— Jessica, laisse-moi te parler. Si tu voulais, on pourrait essayer une autre fois, mais pas ici. On a trop de mauvais souvenirs ici. J'ai de l'argent. On descend dans les Îles. J'achète un petit hôtel et tu t'installes derrière le bar. Moi je m'occuperai de la cuisine et de la salle à manger. Je connais le métier; dans le Nord, je travaille comme cuisinier. On recommence. Il n'y a pas de raison pour qu'on vive comme des bêtes chacun de son côté.

— Pas question, mon blond! D'abord, il y a un homme dans ma vie et tu le sais. Tu le connais. C'est entre lui et toi que j'hésitais et j'ai fait le mauvais choix. Alors, pas question pour moi de crever pour une erreur de jeunesse. Quand je t'ai préféré à lui, il s'est mis à boire de chagrin. Il n'a pas cessé. C'est ma faute s'il boit, alors je m'occupe de lui. Je lui dois ça et je l'aime. Il n'est pas une maudite perfection ennuyante comme toi! Trouve-toi quelqu'un qui veuille de toi et fous-moi la paix!

Il ne broncha pas. Il la regarda dans les yeux et lui commanda une crème de menthe, c'était la boisson à la mode dans le village.

— Tu ne pourrais pas aller boire ailleurs, non!

— Mademoiselle, je voudrais une crème de menthe s'il vous plaît.

Elle le servit. Il la paya et ajouta un pourboire, puis il laissa son verre là et partit sans dire un mot.

— Viens plus jamais m'insulter ici! hurla-t-elle. Plus jamais, t'entends, charogne!

Il ne dit pas un mot, sortit, alla prendre ses bagages et remonta à LG-2.

Quatre ans de suite, il fit le voyage de la Baie-James aux Îles. Il travaillait dix mois puis descendait dans les Antilles où il retournait à la même femme.

La cinquième année, il revint à Montréal et lorsqu'il se présenta à la S.B.J., on lui apprit qu'on réduisait le personnel et qu'il n'y avait plus d'emploi pour lui. Maurice retourna donc au village. Sa quête de travail demeurant vaine, il campa tout l'hiver chez sa mère. Il n'avait plus besoin de s'activer. Depuis quinze ans, il travaillait dans la sauvagerie, à double ou à triple salaire, logé, nourri, sans dépense aucune ni occasion de dépenser. Il avait accumulé près de trois cent mille dollars de capital et n'en dépensait pas les intérêts. Personne, même pas sa mère, n'était au courant.

Il passa l'hiver au village, scandalisé par le comportement de sa femme. Elle vivait avec son amant qui était saoul six jours sur sept. Le septième, il cuvait son vin et reprenait ses esprits. C'était entre eux des scènes continuelles. Ils se battaient et hurlaient. Leur appartement était sale et jonché de déchets. Un ménage d'ivrognes.

Personne n'osait lui parler d'elle. Avec les parents et les amis, il discutait du Grand Nord et des Îles. Jamais il ne mentionnait son amie là-bas. Quelqu'un pourtant savait et avait dû parler parce qu'un jour, Jessica, ivre, l'avait interpellé en pleine rue.

— Paraîtrait que tu te consoles avec une négresse maintenant? A-t-elle un beau cul, au moins?

— Va vomir chez toi, traînée, lui répondit-il.

On la voyait de plus en plus souvent ivre dans la rue. À chaque congé, elle buvait jusqu'au coma. Un jour, elle descendit avec son compagnon à Montréal. Ils possédaient une vieille Chevrolet qui brûlait de l'huile et démarrait dans un nuage de fumée noire. Depuis deux ans, il ne travaillait plus, c'est elle qui payait tout. Au retour, ils étaient ivres tous les deux et alors qu'elle était au volant, elle rata un virage et percuta un poteau. Elle mourut sur-le-champ. Son compagnon s'en sortit indemne, sans une égratignure. Le dieu des ivrognes l'avait protégé.

Maurice apprit la nouvelle à la radio. Il se rendit immédiatement à l'hôpital et réclama le corps. Il demanda à une entreprise de pompes funèbres de s'occuper du service et de l'enterrement, puis, les arrangements pris, il se rendit au logis de sa femme où le soûlard trinquait toujours. Sans frapper, Maurice entra:

— Sors d'ici, ivrogne! Ma femme ne pouvait pas me supporter de son vivant, maintenant qu'elle ne peut plus dire un mot, c'est moi qui mène. Je m'occupe de tout mais je ne veux plus te voir. Si je t'aperçois au salon funéraire, à l'église ou au cimetière, je te casse les deux jambes. Je ne parle jamais pour ne rien dire. Je ne fais jamais de menaces et je tiens toutes mes promesses. Je te donne ma parole que si tu te montres, tu marcheras sur tes genoux le restant de ta vie.

Deux jours durant il fit face à sa honte. Pendant une journée, il la veilla au salon funéraire. Toute sa famille à elle défila. Tous lui serrèrent la main mais personne n'osa lui offrir ses condoléances. Les siens à lui ne se montrèrent pas. Il avait laissé savoir qu'il n'y tenait pas. Puis il y eut le service funèbre à l'église et l'enterrement.

Il suivit le corps jusqu'à la fosse et tint à rester là pendant qu'on jetait la terre sur le cercueil. Puis il resta seul. Il se pencha et lui dit:

— Ton beau merle siffleur t'a laissée tomber. Il t'a laissée toute seule. Moi je suis encore là. Moi je suis là jusqu'à la fin. Salut! Bonne chance!

Il se leva et partit. Il prit l'avion vers le Sud où on l'attendait. Il n'est plus revenu au pays. Avant de partir, il a pris des dispositions pour que sa mère ne manque jamais de rien et a laissé une adresse où le rejoindre en cas de malheur. Il est toujours là-bas. C'était un homme fiable, il l'est toujours.

L'INVITÉ DE TIMOR

À Anne Marie De Albuquerque
en souvenir de Goa, de Malacca et de Macao

I

On aime bien Maria Da Luz et en même temps on craint de l'aimer. Ses grands yeux noirs, qui évitent ceux des hommes, les attirent, bien sûr, mais le débordement possible de sa passion retient loin d'elle ceux-là qui hésitent à courir le risque.

— J'ai un conseil à vous demander, me dit-elle.

Elle vous inquiète bien un peu quand discrètement elle s'approche de vous pour murmurer une demande. On a toujours l'impression d'être son dernier recours: en cas de refus, ce sera rien de moins que la mort, la fin des temps. Elle vit une perpétuelle tragédie. Comme beaucoup de Latines, elle affectionne le noir et, quand on l'aperçoit, on se demande quel nouveau deuil l'afflige.

— J'ai un cousin à Timor.

Timor! Où est-ce? En Afrique? Non. Quand le Portugal avait encore un empire, c'était son pied-à-terre en Indonésie. Vasco de Gama l'a découverte, Camoens y est passé. Tout le monde connaît Bali: c'est quelques îles plus loin. La moitié de l'île était portugaise depuis les jours lointains où le grand vaisseau noir faisait la fortune de Macao, quand saint François-Xavier convertissait le Japon.

Ces temps sont bien oubliés, comme sont totalement oubliés les Portugais de Timor. Maria Da Luz y a là un cousin.

Timor. Je suis parti le vent plein les voiles, la coque penchée, la proue fendant l'eau sans bruit, comme seuls les hommes du Nord, fuyant le froid, les glaces et les brumes, savent filer.

— C'est le fils de mon oncle, un frère de mon père parti là et qui n'est jamais revenu. Mon oncle est fonctionnaire de l'État.

Il a trouvé son paradis. Heureux Portugal qui possède un collier d'îles et de ports tout autour de la terre.

Il y a sans doute là des palmiers, lents dans la brise, des plages de sable blanc, de longues vagues chaudes et des métisses mi-latines, mi-malaises qui doivent aisément faire oublier le pays natal. Il y a en tout homme du Nord un marin du Bounty qui rêve d'une île oubliée et de femmes à peau brune.

Maria désarme le rêve:

— Ce n'est pas un bon pays. Mon cousin veut sortir de là. La guerre approche, l'Inde a pris Goa, l'Indonésie veut Timor.

Goa est tombée, les Indiens l'ont prise.

Il y a aussi l'Angola, Sao Tomé, le Cap-Vert, où les descendants d'Henri le Navigateur tentaient de persister. Ils tentaient de retenir les perles que les anciens avaient laissées tomber sur la route des caravelles, le long des tropiques. Le cousin de Maria ne voulait pas se faire embrigader pour défendre les frontières de Timor, aller se faire découper à coups de machette ou mourir foudroyé d'une fléchette silencieuse dans un marais du Mozambique.

— Ils ne le laisseront pas partir, il est conscrit.

— Il peut rentrer au Portugal, y faire son service, ai-je suggéré à Maria. Qu'il se rende à Lisbonne en passant par Montréal. Rendu ici, il oubliera de reprendre l'avion pour Lisbonne. Oui, il pourra rester à Montréal: il n'a qu'à demander le droit de rester comme immigrant. Il ne peut pas faire sa demande à Timor, non plus qu'à Macao, où il n'y a pas de bureau canadien de l'immigration. En Asie, il ne peut présenter sa demande qu'à Hong-Kong ou Tokyo, mais il y a là des listes d'attente et il lui faudrait attendre pendant trois mois avant même d'être reçu.

Qu'il prenne donc un billet d'avion Timor–Macao, de là, une correspondance Hong-Kong–Lisbonne, en passant par Vancouver et Montréal. Pourquoi toujours voyager dans l'autre sens? Il pourra donc, se rendant à Lisbonne, saluer sa cousine Maria en passant à Montréal, et alors, il pourra décider de rester au Canada.

— On peut le faire?

— Oui. Enfin, on ne le peut plus maintenant, mais à l'époque la loi le permettait. Il est essentiel qu'il ait avec lui tous ses diplômes, ses résultats scolaires, un livret de banque à jour montrant ses économies, des lettres d'employeurs établissant qu'il est un travailleur fidèle, des cartes de compétence, s'il est artisan ou homme de métier.

C'est loin, Timor. C'est au-delà des Philippines et des Moluques, passé Bornéo et la Nouvelle-Guinée. Une île perdue dans une mer chaude qui endort ses rivages.

— Surtout, en arrivant à Dorval, l'aéroport de Montréal, qu'il prenne immédiatement un taxi et se présente à moi au bureau. Comme ça, on pourra étudier tout de suite ses papiers et entreprendre sans tarder les procédures adéquates. Y a-t-il une ligne aérienne qui dessert Timor, ou n'y a-t-il toujours que des caravelles à voiles blanches qui relient l'île au monde d'aujourd'hui?

— Il y a des avions. Je lui écris aujourd'hui. Il viendra ici. Quand il sera à votre bureau, il faudra me téléphoner, je viendrai immédiatement. Je ne le connais pas, je ne l'ai jamais vu, ce cousin; il se nomme João Manuel Da Silva De Andrade Coimbra.

Il y a au moins six autres noms qui s'ajoutent... Ce n'est pas un nom qu'il possède, c'est une histoire, une épopée qu'il récite.

Maria Da Luz est repartie et l'oubli est retombé sur Manuel, perdu au loin, au-delà de toutes les mers fréquentées.

II

Il y a un Chinois dans le coin du couloir qui attend assis sur sa valise. Il doit y avoir un siècle qu'il se dessèche là, résigné à son sort comme tous les Chinois semblent l'être. C'est sûrement un autre client de mon associé Duval. Tous les serveurs de soupes won ton et de chop suey de Montréal sont ses clients. Quand ils se présentent à son bureau, à huit ou douze, parce qu'ils ne viennent jamais seuls, chacun étant propriétaire d'une fraction de l'entreprise commune, chacun d'eux en sa qualité de mandataire de son clan respectif dirigé par une grand-mère avisée ou une aïeule encore plus vénérable et rusée... quand ils se présentent à son bureau, il règne sur tout l'étage un arôme de riz frit et d'amandes grillées qui provoque un réflexe pavlovien; ces midis-là, il faut que j'aille manger dans le Chinatown.

— *My name is João Manuel Da Silva De Andrade Coimbra; I am the cousin of Maria Da Luz.*

Il s'adresse à moi en anglais, ici, au Québec! Il ne pourrait pas parler cantonais et puer la sauce de soya comme tout le monde!? Maria Da Luz ne lui a pas tout raconté dans ses lettres. Ici, on parle français! Ils viennent ici nous prier de les accepter et ils s'adressent à nous en anglais! Qu'espèrent-ils donc? Où donc ont-ils appris à vivre? À Timor, évidemment, ou à Kuala-Lumpur, ou à Chittagong! Qu'ils retournent donc manger leur riz en anglais là d'où ils viennent tous. Dans trois ans, si on le laisse entrer, celui-là exigera le poing sur la table l'école anglaise pour ses enfants!

L'Angleterre a vaincu les Français, en 1760, avec ses Highlanders écossais qui ne disaient pas un mot d'anglais, battu les Américains, en 1812, avec ses mercenaires allemands qui ne parlaient pas anglais non plus et luttera contre le Québec jusqu'au dernier Italien ou dernier Portugais.

On ne peut tout de même pas le laisser dans le couloir, ce Chinois vert! Il est cependant impensable de lui parler en anglais à João Pedro Jacintho Manuel de tout-ce-que-vous-voudrez. Ici, au Québec, il faut qu'il se fasse l'oreille au français et vite, sans quoi on le refoulera dans les ténèbres extérieures et il ira parler le dialecte qu'il veut en Ontario, ou pis encore, en Alberta et si ça ne suffit pas, on l'enverra dans la géhenne absolue: Terre-Neuve ou les Territoires du Nord-Ouest. Là, où qu'il soit, il ré-apprendra vite le cantonais pour vite retourner chez lui ou se ré-fugier aux U.S.A. À quoi pense-t-il, s'adresser ici, au Québec, à un chrétien en anglais! Il faut en finir.

— *So, welcome in Quebec, Petro Anastasio João, Felipe E Manuel De Andrade... we'll make it short... Manuel, just Manuel... O.K. with you? Did you have a nice flight? Please, come in, I'll call Maria, she will be here in no time. She will, for sure, be most happy to see you safely here!*

Où a-t-il appris l'anglais, ce singe de course-là? Est-on rendu à cette extrémité qu'on parle anglais même à Timor!

— Maria Da Luz... ton cousin est ici. Pour un Portugais, c'est tout un Chinois. Tu m'apprendrais que c'est un Mongol d'Oulan Bator ou d'Alma-Ata, je ne te contredirais pas. Sa mère est chinoise, dis-tu? La moitié de son père aussi, et je ne suis plus très certain de ta propre couleur! Qu'est-ce que c'est que cette histoire dans laquelle tu m'entraînes tout doucement? Tu te mêles de trafic de Chinois? Tu les importes illégalement ici, pour ensuite les faire passer en fraude aux U.S.A. par le lac Memphrémagog? Apprends que ça ne marche plus. Ils surveillent la frontière près de Newport maintenant et le petit jeu est terminé... Je ne veux pas être mêlé à tes histoires louches. Un Portugais de race chinoise et qui parle anglais! Ça sent Hong-Kong et la combine de Chinatown. Il n'y a pas d'opium dans ton histoire toujours? Ton compatriote cousin, il ressemble plus à Mao qu'à Salazar! Arrive qu'on s'explique!

Pourquoi m'énerver tant? Après tout, c'est peut-être lui, mon petit Chinois de la Sainte-Enfance, acheté il y a vingt-cinq ans, pour vingt-cinq sous, et que les religieuses de la Propagation de la Foi qui me l'ont vendu en image ont fait baptiser solennellement.

Maria arrive. Ils se parlent en portugais. C'est peut-être vrai, leur histoire. Ils sont peut-être vraiment cousins! Comment un Chinois pourrait-il parler portugais? Il est beaucoup plus logique de penser qu'un Portugais puisse avoir l'air chinois! Son histoire est vraie. J'en ai maintenant la conviction. Ils ont l'air vrai, tous les deux. Penser que Maria ait pu s'adonner à un quelconque trafic est grossier. Elle est l'honnêteté même et ne commettrait un crime crapuleux que par amour. Elle est, par ailleurs, aussi facilement amoureuse qu'aisément déçue et elle ne déteste pas souffrir. Elle pleure alors tout doucement et noblement sur elle-même. Non, Maria Da Luz ne m'a pas menti.

— Il veut rester ici, mon cousin, dit-elle.

— Il est venu ici pour ça! lui ai-je répondu.

— Il est venu voir. Maintenant, il sait et il veut rester.

Il est malade, son Chinois, et elle, elle délire. Arriver à Montréal, fin novembre, à six heures du matin, dans la grisaille et le crachin, et décider, à neuf heures, qu'on aime ça! En février, ou en mars, sous un ciel rigoureusement bleu, le soleil étincelant sur la blancheur de la neige, quand tout le Québec ressemble à un drapeau du Québec, alors, oui, on peut aimer Montréal. En mai ou juin aussi, en juillet, de même qu'en août... de même qu'en septembre et en octobre, quand les montagnes sont rouges feu ou dorées, mais en novembre, non! Si le Chinois aime novembre, ici, il mourra d'amour pour le pays quand le printemps arrivera.

D'ici là, il grelottera. Il faudra l'habiller de la tête aux pieds: autrement, il ne résistera pas longtemps aux intempéries avec ses petits souliers de tennis et son imperméable de vinyle «made in Taiwan», sa chemise grande ouverte et ses petits pantalons minces. La colonie portugaise cotisera une fois de plus.

La partie n'est cependant pas encore gagnée; il reste à convaincre Sa Majesté La Reine, Chef de l'Empire Britannique, qu'un petit Portugais aux yeux plissés, tout souriant et mignon, baptisé en plus, peut lui être utile en son Dominion du Canada. «Que sait faire ton cousin?»

Comme tout immigrant, il sait tout faire, il est prêt à tout faire. Avaler du feu et cracher de la flamme, laver de la vaisselle, peler des pommes de terre, pelleter de la neige, couper du bois

106

dans la forêt, casser de la glace sur la terre de Baffin, épouser une Anglaise, lui faire des enfants. Il est prêt à tout!

Il est jeune. C'est un bon point pour lui. Il est manifestement en santé, assez grand, musclé. Bon teint, bon œil, toutes ses dents. On l'examinera comme seuls les maquignons savent le faire. On lui écartera les lèvres pour vérifier l'état de ses gencives, on l'auscultera, on le mesurera, on le pèsera. On scrutera son pipi. Il y en a même un, il peut toujours espérer que ce ne soit pas une madame docteur, qui lui plantera les deux doigts derrière les testicules et lui ordonnera: «Toussez!» On le fera courir sur place pour ensuite lui tâter le pouls. Alors qu'il sera excité et inquiet à en mourir, on lui bandera le bras droit pour vérifier sa tension artérielle. Puis on lui présentera un questionnaire:

Cochez
Maladies du cœur   oui _____   non _____
Diabète   oui _____   non _____
Maladies vénériennes   oui _____   non _____
Laquelle (Lesquelles)?
Choléra   oui _____   non _____
Danse de Saint-Guy   oui _____   non _____
Etc.
Et ensuite viendra la question finale:
Autres   oui _____   non _____

Il faut toujours craindre cette question traîtresse. Il existe sûrement une maladie secrète connue des seuls officiers de l'Immigration canadienne et qu'ils vous mettront sous le nez si, à la question «Autres», vous répondez par «Nil». Ils vous découvriront alors une petite grattelle semi-chronique, absolument insoupçonnée, qui leur permettra de vous culpabiliser. Ainsi, vous dira-t-on, on veut entrer au Canada et on commence par mentir à Sa Majesté La Reine qui s'inquiète, à bon droit, de la santé de ceux qui se déclarent prêts à la servir! Que vaudra un serment d'allégeance prêté par pareil parjure. Nul n'est censé ignorer la loi et une déclaration officielle d'état de santé a la même portée que si elle avait été faite sous serment selon les règles énoncées dans la Loi de la preuve en Canada. On commence sa carrière canadienne par un parjure. Beau début! Bel avenir! À la question «Autres», il ne faut donc pas répondre par une négation, il faut plutôt inscrire «Inconnu». Le fonctionnaire sera perplexe et le problème occupera sa pensée et son crayon.

— Qu'est-ce qui est inconnu?
— Je ne sais pas.
— Qu'est-ce que vous ne savez pas?
— Je l'ignore.

Il sera de plus en plus confus et, occupé à solutionner un problème insoluble, il n'aura pas la tentation de créer des complications pour, ultérieurement, avoir le plaisir de ne pas les régler.

Le Timorien n'aura aucune difficulté. En un rien de temps, on le déclarera bon pour le service. C'est un athlète, il a fait partie de l'équipe portugaise de hockey sur gazon aux Jeux asiatiques de Bangkok. Il n'y a pas un fonctionnaire, pas un médecin qui aurait été accepté dans l'équipe. «Bon pour le service!»

Ce ne sont là que des préliminaires. Le fonctionnaire qui aura reçu le certificat médical favorable se grattera alors la tête. Puis il sortira son mouchoir, pour mieux éclaircir ses lentilles, il ajustera solidement les branches de ses besicles sur ses oreilles et dira: «...»

Rien. Il ne dira rien du tout. Il se contentera de regarder le prévenu droit dans les yeux, pour découvrir ce qu'il cache et le faire avouer. Ainsi donc, on prétend, parce qu'on est jeune, beau et fort, pouvoir arriver comme ça, sans être invité et s'installer sans gêne sur cette terre réservée aux seuls présanctifiés. Il faut de l'audace et du culot! Il faut aussi une grande naïveté et une immense bêtise, à moins que ce ne soit un optimisme qui confine à la béatitude. Voyons d'abord qui vous êtes, on verra ensuite ce qu'on peut faire pour vous.

III

L'officier d'immigration qui accueillit Manuel João Miguel Felipe Ignacio de Sousa Santos Da Silva Coimbra De Andrade E Braganca n'est pas conforme à l'image type du fonctionnaire de l'immigration idéal; il en est une version revue, corrigée, améliorée et sélectionnée, variété huître choisie spécialement pour amateur averti.

Il inspire la confiance parce qu'il a l'allure bienveillante du Canadien standard, de petite bourgeoisie honnête, studieuse et méritante, qui ne pétille pas de pétulance et d'intelligence, mais qui peut vous réserver des surprises. C'est un Irlandais d'environ quarante-trois ans, moyennement grand, plutôt svelte sans être maigre, mais solide. Ses yeux sont bleus tirant sur le gris; il se peut qu'en Irlande, dans une prairie verte, ils virent au vert par temps gris. Ses cheveux sont châtains avec des filasses blondasses, saupoudrés poivre et sel sur le bas des favoris, parsemés aussi d'un certain nombre de mèches carrément blanches. C'est un être d'apparence incertaine, probablement imprévisible et de caractère versant. Il est vêtu d'un complet de tweed sobre et bien coupé, sa chemise est propre, sa cravate de teinte neutre est bien choisie.

Une personne à qui il venait de faire subir une entrevue de deux heures eut la surprise de ne pas le reconnaître dans la rue, une heure plus tard. Ce fut lui qui la salua. Il passe inaperçu; il s'avance masqué, camouflé. En automne, il disparaît complètement dans la grisaille du paysage canadien; il faut que sa silhouette se profile sur l'horizon pour qu'on la distingue.

Sur un fond de brique, on ne le voit pas. Il avance, imperceptible et n'en est que plus pernicieux.

Il est assis, l'air benoît et les mains jointes sur son pupitre, les deux pouces face à face, appuyés l'un contre l'autre, dominant Manuel, tel un jésuite inquisiteur. Il parle un français impeccable. Sa mère est sans doute québécoise, sa femme aussi, il n'y a qu'elles qui aient suffisamment de caractère pour résister à des êtres semblables et qui parviennent à rendre un Irlandais utile à quelque chose. Il a même dû fréquenter l'école française. Il se refuse sans doute à être totalement québécois et cultive cet accent guttural qu'affectionnent les francophones qui travaillent en milieu saxon. Leur français devient neutre et assourdi, comme monocorde, *recto tono*, diraient les Italiens. C'est une langue de bois précise et efficace qui peut devenir terriblement meurtrière. C'est une langue qu'on imagine pouvoir être utilisée par des robots ou des machines et, ailleurs qu'en Amérique du Nord, il est peu probable qu'on rencontre cet accent. Il parle méticuleusement, correctement et articule posément.

Il faut essayer d'être cordial, d'établir un lien, une ligne de communication. En bon avocat, je tâte le terrain par un aparté intime, en français, pour que le client ne comprenne pas.

— Dick, je t'emmène un de mes protégés. Je suis son parrain. Je l'ai acheté il y a vingt-cinq ans. C'était les Sœurs de l'Immaculée-Conception, chemin de la Côte-Sainte-Catherine, qui organisaient ces ventes-là. Tu te rappelles, trente sous qu'on les payait. Et voilà qu'il m'arrive ici, c'est le cousin d'une de mes anciennes, Maria Da Luz. Je ne peux rien refuser à Maria, j'en ai trop à me faire pardonner.

Il n'est pas souriant. Il a une face carrée façonnée en béton gris. Il s'appelle O'Flanagan, sa famille paternelle doit venir de l'Ulster où il faut payer les gens pour les voir rire. Il ne doit pas apprécier mon gros humour normand ni ma familiarité. Il doit manger maigre aussi, et, malgré l'abolition du jeûne, il doit y avoir du poisson sur sa table chaque vendredi; le premier vendredi du mois, il doit communier et faire le bilan des indulgences qu'il accumule à intérêt composé. Il doit aussi boire, en cachette, seul et ne pas le révéler à son confesseur.

— Très drôle, se limite-t-il à commenter.

L'entrevue sera longue et pénible. Il faudra bien toutefois trouver un moyen de l'infléchir.

— Nom, âge, sexe, citoyenneté, poids, taille, couleur des yeux et des pieds, signes particuliers...

Ça commence à nouveau.

— Nom, sexe et âge du père et de la mère, citoyenneté des parents, relation avec le requérant, maladies...

On n'en finira jamais. Puis, commence l'enquête sur la vie privée:

— Où, quand, comment et à quel âge êtes-vous né? Pourquoi et combien de fois?

C'est par ces incantations qu'on remplace aujourd'hui au Canada les litanies et les rogations: «*Te Rogamus audi nos!*» Il faut se remémorer ses premiers pas, si c'est possible, sa première tétée. Était-ce bon? Dire pourquoi, en termes appropriés. Il faut ensuite raconter ses écoles, ses succès, ses malheurs, produire ses diplômes, s'exprimer en anglais, lire un texte en anglais. L'examinateur doit cocher «oui» ou «non» si, dans son opinion, le sujet peut être considéré comme parlant, écrivant, comprenant, lisant l'anglais, et ajouter dix points pour chaque réponse affirmative; cocher «oui» ou «non» et ajouter dix points, dans chaque cas de réponse affirmative, si le sujet parle, lit, écrit et comprend le français. Si le sujet ne sait pas lire, ne parle pas du tout, ne comprend rien et qu'il n'y a aucune espérance qu'il parvienne à comprendre un jour, multiplier tous les points antérieurement accumulés par le requérant par deux et ajouter vingt points. Cet immigrant pourra pelleter de la neige et on a besoin de pelleteurs de neige et de rien d'autre ici!

Manuel, comme un chevreuil engagé dans un steeple-chase, franchit tous les obstacles en s'en jouant.

— Oui, mais...

Chaque fois que Manuel De Coco marque un bon point, prestement Dick fait surgir une nouvelle objection. Il est jeune, oui, donc, sans expérience. Il est éduqué, oui, un autre chômeur intellectuel en puissance. Il parle portugais, chinois, malais, anglais, oui. Il parle trop et ne parle pas français. Il est en bonne santé. Oui, on s'en reparlera janvier gelant. Il a de la famille ici pour l'aider. Oui et c'est un pensez-y bien; «ils» ont tendance à se multiplier. Il n'est pas seul, ils sont légion.

Quand il sera lui-même bien installé, il fera lui-même venir ici la moitié du Szechuan. Dieu sait si les Chinois savent avoir des parents et des enfants. Ils fabriquent dans les deux sens, ces gens-là. Ils ont toujours autant d'ascendants que de descendants. Ça vit à dix-huit dans deux chambres, dormant à tour de rôle sur des poches de riz. Ils mangent le riz sur lequel ils couchent et, quand une centenaire meurt, il faut la réexpédier tout embaumée au pays des ancêtres, et alors c'est toute la délégation qui vient de là-bas prendre les arrangements et qui ne manque pas de tenter de s'incruster ici.

— Évidemment que je lui ai dit, s'il avait les cheveux bleus et les yeux blonds, la gueule carrée et les pieds plats, les choses seraient beaucoup plus faciles, surtout s'il arrivait d'Édimbourg, de Londres, de Rotterdam, de Hambourg ou de Göteborg!

— Qu'insinuez-vous?

— Moi... rien du tout!

— Alors, exprimez-vous clairement. Je ne peux pas admettre que vous m'insultiez comme vous le faites!

— Je n'ai rien dit d'offensant.

— Traiter un fonctionnaire canadien de raciste est offensant pour le pays et pour le fonctionnaire.

— Je n'ai rien fait de tel!

— C'est bien ce que j'ai entendu et compris!

— Jamais... Jamais... Ce serait stupide, malhabile et indélicat. Vous insulter, alors que le sort de mon client est entre vos mains. Non... j'ai tout simplement dit que mon pauvre Chinois vert, s'il n'était pas vert ocre mais qu'il était rose comme tout le monde, il aurait la vie plus facile. S'il avait le nez droit, les joues rouges et les yeux ronds, il lui serait plus facile de vivre parmi nous.

— Excusez-moi, je vous avais mal compris.

Il n'a pas mal compris du tout et il n'y a pas eu de malentendu. Je l'ai traité de raciste et il a marqué le coup parce qu'il en est un, moi aussi... Il sue et il pue la supériorité raciale et culturelle des barbares occidentaux, moi aussi. Je m'occuperai de moi-même un peu plus tard, pour le moment, c'est de lui qu'il s'agit. Pour lui, il n'est même pas question de mettre en doute cette supériorité. C'est plus qu'un dogme, c'est une donnée factuelle, historiquement, scientifiquement contrôlée. Cette supériorité a définitivement été démontrée à Treblinka et à Sobibor. Il vient cependant d'être mis en garde. Comme beaucoup, la crainte de prêter flanc à une critique aussi infamante peut le forcer à la compréhension. Ces gens-là sont comme des loups, un brandon enflammé les rend prudents. Non! le Canada, terre d'accueil, admet tous les hommes, sans distinction de langue, de couleur, d'origine, de race et de religion.

— Au fait, quelle est sa religion?

— Catholique romaine, évidemment, il est portugais... *Remember St. Francis Xavier...*

— Ah! bon...

Lui aussi, Dick, est catholique et fervent pratiquant. En bon Irlandais, il doit se nourrir de retailles d'hosties et se saouler au vin de messe. Même à jeun, il pue l'encens. Être protestant ne l'améliorerait pas, il n'en serait que plus intolérant. On devrait interdire aux Irlandais la pratique de toute religion et l'usage de tout alcool; ils ne supportent ni l'une ni l'autre.

Manuel est catholique, c'est tout de même un bon point.

— Vous ne croyez pas, monsieur O'Flanagan, qu'il est impie d'interdire l'accès du Canada à qui que ce soit pour quelque raison que ce soit?

Il n'en revient pas qu'on puisse émettre une opinion aussi extravagante. Jamais il n'a contesté la loi. Il respecte les décisions des législateurs de son pays. Comment peut-on oser penser qu'une loi votée par le Parlement Souverain du Canada puisse être impie.

— Vous devez être un séparatiste fanatique, vous, monsieur... Moi, je respecte et j'honore le gouvernement de ce pays et j'honore ses lois, je n'ai pas pour but de détruire ce pays.

— L'obéissance aux lois, c'est un plaidoyer que d'autres avant vous ont tenté de faire valoir.

— Comment pouvez-vous m'assimiler à ces meurtriers qui ont assassiné...

— Je n'assimile rien à rien. Les gouvernements changent les lois aussi souvent que les peuples changent les gouvernements et, finalement, on reste avec soi-même, et je vous dis en toute sincérité qu'une loi qui exclut un être humain, quel qu'il soit, de l'accès à une terre, quelle qu'elle soit, est inique et impie, la terre est à tous! Dieu l'a créée pour tous! Tous les hommes sont également fils de Dieu et ont les mêmes droits, et priver un être humain d'un droit absolu que Dieu lui a octroyé est un vol, un crime, et pis si le refouler là d'où il vient équivaut à le condamner à une mort presque certaine! Et ce n'est pas sous le prétexte d'obéir à une loi votée légalement que vous pourrez aller, la conscience en paix, communier à la grand-messe!

— Monsieur, vous êtes un dangereux anarchiste.

— Je ne crois pas que nous ayons le droit d'interdire l'accès de ce pays à un naufragé qui nous arrive d'une île surpeuplée, affamée et terrorisée!

Il me regarde et me hait. Il hait celui qui vient troubler sa paix et déranger ses certitudes. La race des avocats est dangereuse. Tous les coups bas leur sont permis, tous les moyens sont bons pour protéger la peau d'un client, et ils ne croient même pas en ce qu'ils plaident. C'est vrai, je ne crois en rien de tout ce que j'ai plaidé, s'il fallait qu'on accepte ici tous les Jamaïcains, tous les Pakistanais, tous les Chinois qui veulent arriver, il ne nous resterait plus qu'à retraverser les mers et à retourner d'où l'on vient.

Il faudrait alors qu'un bon morceau de moi-même retourne en Normandie, un autre au Poitou, un membre ou deux en Écosse et une mèche de cheveux, disons le scalp, resterait ici, *because* l'inévitable aïeule indienne du commencement des temps! Que voulez-vous qu'on fasse ici de tous ces gueux noirs, jaunes et bruns, sales et mal élevés, qui puent le cari et se nourrissent d'inqualifiables restes? Les avocats plaident quand même et n'hésitent pas à contester la moralité des lois qu'il approuvent et l'intégrité de ceux qui les appliquent, et ils scandalisent.

— Je crois, Maître, que ce que je viens d'entendre est suffisant pour ma journée. Je vous convoquerai à nouveau sitôt que j'aurai reçu le rapport médical.

IV

Le soleil a traversé les nuages de Dublin et éclairé la grisaille de Belfast. Monsieur O'Flanagan rayonne. Que s'est-il passé? Il a dû rêver à ce que je lui ai dit. Il a dû se sentir accusé, pointé du doigt, maudit et damné: oser enfreindre la loi de Dieu qui ordonne d'accorder refuge et assistance à tous les malheureux. L'âme inquiète, il a dû passer des nuits blanches à se retourner dans son lit, puis il a pris sa décision: il fera tout pour que João passe.

O'Flanagan jubile, il n'a pas eu à forcer trop sur les points et la candidature de João, malgré tout...

— Malgré quoi? l'ai-je interrompu.

— Rien... rien... tout est parfait! Le rapport médical est parfait, Maître, parfait! Par ailleurs, j'ai vérifié toutes les données et le Senhor Coïmbra est acceptable sous tous rapports. Il ne lui reste plus qu'à établir sa parenté avec cette dame qui parraine, pardon, qui «marraine» sa venue au pays et qui se porte garante de lui.

Que s'est-il passé? Il est arrivé un miracle; la grâce l'a touché, il est devenu compréhensif et hospitalier! Ou peut-être a-t-il bu! Maria Da Luz s'avance.

— Mon père et le père de Manuel étaient frères, voici mon passeport d'origine et le certificat d'état civil de mon père. Manuel a les documents correspondants.

Ils tendent les pièces au représentant de l'État. O'Flanagan pâlit, rougit, bégaie.

— Impossible... impossible!

Il fallait que la catastrophe survienne. *«Filho illegitimo»*, dit le document. C'est inscrit en toutes lettres. La parenté ne peut être que légitime. Il n'y a donc pas de parenté légale entre Maria Da Luz et Manuel, elle ne peut donc pas le cautionner; il faut être parent. Le bel officier portugais et sa Chinoise n'étaient donc pas mariés. Il fallait que ça arrive, la même vieille histoire commune à tous les Sahibs qui ont rencontré la belle Bengalie, puis l'ont abandonnée sur la véranda du bungalow, avec une mince pension pour services rendus. Ils sont repartis se marier dans le Wiltshire où les attendait une fiancée blonde et rose dans une maison proprette et fleurie. Que les gentilshommes français et les autres ne lèvent pas le nez et ne jettent pas la première pierre; combien de marins, combien de capitaines, qui sont partis joyeux pour des courses lointaines, se sont encanaqués là-bas? Combien d'Annamites, combien de Tonkinoises, combien de mousmés, combien de vahinés? Combien de belles Indiennes aussi?

— Mon oncle vit encore avec sa femme. Il est toujours au Timor, avec elle, proteste Maria Da Luz.

— Alors... et ils ne se sont jamais mariés.

— Ils ne le peuvent pas.

Quel épouvantable drame apprendra-t-on sous peu? Elle est l'épouse légitime du roi de l'île voisine, ou la Chinoise serait-elle la sœur du Portugais, parce qu'un grand-père mandarin, un jour... Quel secret de famille s'apprête-t-on à nous dévoiler?

— Elle n'est pas chrétienne et la loi de l'Église interdit à un chrétien d'épouser une païenne... et l'État portugais respecte et impose la loi de l'Église. Ils vivent ensemble à Timor. Ils ont cinq enfants mais ils ne sont pas mariés parce que lui est catholique et elle, bouddhiste... et elle ne veut pas se convertir pour ne pas offenser ses ancêtres.

Dick verdit, blêmit. La loi de l'Église! Il en mourra! On peut toujours tricher un peu avec la loi du pays, d'autant plus qu'elle a été promulguée au nom d'une souveraine protestante, chef de la ligue antipapiste, mais la loi de l'Église! Un Irlandais meurt mais n'enfreint pas la loi de l'Église, sauf si elle se mêle de réglementer la consommation de l'alcool, ce que l'Église n'a jamais osé faire. Pauvre petit Chinois! Qu'il s'apprête à revoir son île luxuriante aux palmiers couverts de cacatoès caquetants et la mer aux longues vagues ourlantes.

Pourtant, il se raidit. Il se révolte; l'Église serait infâme d'imposer ainsi une autre tache originelle à un enfant innocent.

— Vous êtes catholique? demande en anglais O'Flanagan à João.

— *Yes, sir*, répond João.

C'était juste pour vérifier, pour bien s'assurer. L'Église n'a pas pu commettre une telle infamie. Sur les certificats de baptême, on n'inscrit pas le mot «illégitime». De toute façon, le baptême purifie de toute souillure antérieure. Le responsable de cette inscription ignominieuse est l'État portugais. Jamais l'Église n'aurait commis une telle horreur. Maintenant qu'il a réussi à mettre l'Église hors de cause, O'Flanagan s'insurge et peut donner libre cours à son sens humanitaire.

— Maître, n'est-il pas interdit, ici, à un officier de l'État civil d'inscrire sur un registre officiel un qualificatif aussi infamant? N'est-il pas illégal d'inscrire «illégitime»?

— Ici, c'est interdit.

— Alors, la règle n'est-elle pas, en droit québécois, de considérer une inscription illégale comme non écrite?

— Ici, oui.

— Ici, c'est la loi d'ici qui s'applique et je ne tiens donc pas compte de cette inscription illégale. J'accorde donc le droit à monsieur João Felipe Manuel Da Silva De Souza Santos Coimbra De Andrade E Braganca de rester au pays à titre d'immigrant reçu, avec possibilité et droit de devenir citoyen canadien dans cinq ans, et plus rapidement encore s'il épouse une citoyenne canadienne.

— Merci, monsieur O'Flanagan.

V

Peut-être Maria Da Luz sait-elle ce qu'il est advenu de Manuel de Timor. Personne ne l'a jamais revu.

Il n'a même pas pensé à remercier O'Flanagan. Il a pris le papier qu'on lui tendait et est disparu dans le pays comme un lapin dans les conifères. Le rideau des arbres s'est refermé sur lui et la neige a effacé ses traces. Il y a sans doute une citoyenne canadienne qui s'occupe de lui quelque part, ou plutôt non; il s'est trouvé une tanière et vit tapi là, économisant sou à sou pour faire venir son père, sa mère, puis ses frères, leur femme et leurs enfants et le dernier arrivé emmènera sans doute avec lui une petite Chinoise que João a connue dans sa jeunesse et qu'il a mariée par procuration. Alors, on recommencera et on fera venir ici le père et la mère de l'épouse, ses frères et sœurs et leurs conjoints et leurs enfants et la grand-mère qui vit encore et tout ce monde passera les tests et sera accepté. Les fonctionnaires canadiens, vraiment... dans une génération ou deux, on aura tous les yeux plissés! C'est ce que je me disais, et j'allais me lever et entreprendre une campagne lorsque j'ai pensé que si mes fils épousaient des Asiatiques, j'aurais les plus beaux petits-enfants au monde et je ne cesserais jamais de les cajoler et de jouer avec eux. Alors je me suis rassis et j'ai décidé de laisser faire.

Timor n'existe plus. Après cinq cents ans, les Portugais en ont été chassés et le souvenir de Vasco de Gama et de saint François-Xavier y est effacé. On n'y récite plus *Les Lusiades* et les caravelles n'y abordent plus.

L'Irlande éternelle, elle, vivra toujours. Le whisky et la religion la maintiennent en vie.

LA TERRE PROMISE

À Sosua, un vieux juif à la barbe incertaine descendait, son chapeau sur la tête, le chemin qui mène à la mer.

J'étais sur les rochers et je lançais ma ligne. Il n'y a qu'un Québécois pour traîner partout son attirail et espérer qu'il y ait des poissons dans toutes les eaux. Rien ne mordait. Tant mieux! Qu'aurais-je fait de mes prises? Devant moi, le mont Isabela profilait sa masse mauve clair sur l'azur du ciel. Le soleil plombait et la légère brise des alizés n'arrivait pas à faire bouger les palmes. Le temps s'était arrêté, immobile dans sa perfection.

Le vieux juif persistait dans sa progression et parvenait à la Puntilla où il se choisit un banc sur la terrasse qui domine la baie. Je n'existais pas pour lui. Je faisais partie du paysage comme les mouettes qui glissent dans l'air. Il regardait et contemplait puis lentement s'assoupit et somnola. La tête lui tombait sur le côté et il s'endormait, le chapeau écrasé sur son épaule. Il faisait si bon.

Je lançais toujours machinalement ma ligne. Au bout d'un moment, il s'est réveillé et m'a souri.

— *No bite!* m'a-t-il dit en anglais, me prenant pour un Américain.

— *Nothing*, lui ai-je répondu.

— *It's so good to be here*, a-t-il continué.

J'ai rembobiné mon fil et décroché mes hameçons. J'ai appuyé ma canne contre le muret de la terrasse et je me suis assis à côté de lui. Il y a une petite colonie juive, ici à Sosua, et son existence m'a toujours intrigué. Je lui ai demandé en anglais:

— Depuis quand y a-t-il des juifs, ici, en République Dominicaine?

— Depuis Colomb! me répondit-il sans broncher.

Pourquoi me répondait-il ainsi? Pour se moquer de moi, pour me mystifier ou pour éviter d'avoir une fois de plus à raconter l'histoire de l'établissement des siens ici? Il persistait à me fixer, comme s'il souhaitait que je continue à lui poser des questions.

— Allons, il n'y avait pas de juifs ici du temps de Colomb! ai-je protesté.

— Colón lui-même était juif! répondit-il sans hésiter.

Il était manifestement heureux de m'avoir étonné et d'avoir suscité une controverse. Il lui plaisait d'entamer une discussion.

— Colón juif! ai-je protesté en prononçant le nom de l'amiral comme lui-même l'avait fait. Le Christ était juif; personne ne le nie, mais Colón qui se signait chaque fois qu'il fallait hisser une voile, qui s'habillait en pénitent et qui hantait les monastères, allons donc!

— Voyez, quand on en fait trop, c'est qu'on veut faire croire! répliqua-t-il.

— Colón juif! Il était l'envoyé et le mandataire des souverains les plus catholiques de l'Europe, Ferdinand et Isabelle les Catholiques, terreurs des Maures, des juifs, des Marranes et des hérétiques, ceux qui ont réorganisé l'Inquisition et chassé les infidèles d'Espagne. Ils n'auraient jamais confié à un juif une expédition stratégique.

— Les juifs pouvaient se convertir! Il y en a qui firent semblant, les Marranes. C'était des juifs séfarades qui pratiquaient publiquement la religion catholique mais demeuraient secrètement juifs. Ce sont eux que l'Inquisition devait démasquer.

— Et Colón en était un!

— Probablement!

— Et son nom véritable était Cohen, m'apprendrez-vous dans quelques instants! Cohen, passe toujours, mais si vous tentez de me faire croire que le nom véritable de Cristobal Colón était Moshe Rosenberg, vous aurez quelques difficultés.

— Ne riez pas de moi, voulez-vous. Ne vous amusez pas à mes dépens!

Je lui ai souri et j'ai haussé les épaules, lui témoignant par là que j'avais beaucoup de respect et d'amitié pour lui, même si je n'étais pas prêt à partager certaines de ses convictions. Je ne voulais même pas le contredire ouvertement ni trop le ridiculiser. Sa lubie ne dérange personne et elle est même amusante. Ce midi-là, j'ai raconté à table la conversation du matin et un convive de l'hôtel m'a interrompu.

— Ils racontent tous la même chose. De retour à Montréal, l'an dernier, j'ai rapporté cette histoire à un ami juif originaire de Salonique. Les juifs de Grèce et de Turquie viennent d'Espagne d'où ils ont été expulsés en 1492. Quatre siècles après la déportation et l'exil, ils parlent encore une forme d'espagnol, le *ladino*. Cet ami m'a raconté la même histoire et s'est étonné d'apprendre que je n'étais pas au courant. Tous les juifs méditerranéens savent ou prétendent que Colón était juif et qu'il avait été mandaté par ses coreligionnaires pour trouver une terre où ils pourraient se réfugier!

— Une autre des grandes légendes d'Israël! Un nouveau chapitre de la Bible, s'est moqué un compagnon de table qui avait suivi notre conversation.

Le lendemain, je suis redescendu sur la pointe pour tenter à nouveau ma chance à la pêche. Mon compagnon de la veille arriva bientôt et, au lieu d'aller somnoler sur son banc, il se dirigea vers moi.

— Bonjour, pas de poissons aujourd'hui non plus! J'ai apporté avec moi quelques documents qui peuvent vous intéresser.

Des livres, des photocopies d'articles de journaux et de revues, en espagnol, en anglais, en hébreu et en yiddish, qu'il se mit à commenter et à m'expliquer. Il mettait à me convaincre cet acharnement des gens du Livre qui tiennent à toujours appuyer leurs thèses d'un écrit, comme si l'écrit créait à coup sûr une présomption de véracité.

— Vous savez que les juifs ont été chassés d'Espagne en 1492, me dit-il.

— Oui.

— Il fallait bien qu'ils aillent quelque part.

— Ils se sont réfugiés en Hollande, en Afrique du Nord, en Grèce et en Asie Mineure... ai-je répondu.

— Chez les autres, temporairement. Chez des peuples non catholiques qui étaient prêts à donner asile aux persécutés, mais ces juifs-là espéraient déjà avoir un jour un pays à eux.

— C'était légitime.

— Alors trois juifs convertis, Luis de Santangel, Deza et Cabrero ont financé l'expédition de Colón. Santangel a prêté à la couronne espagnole le million de maravédis qu'elle a investi dans l'aventure. Martin Alonzo Pinzón et Colón ont investi l'autre million, probablement lui aussi prêté par Santangel et ses amis parce que Colón était impécunieux. En cas de succès, la couronne se réservait la majeure partie des bénéfices tout en accordant certains privilèges à Colón: il devenait vice-roi des provinces découvertes et son titre était hériditaire. De plus, il recevait dix pour cent des bénéfices. En cas d'insuccès, Colón perdait tout, mais Santangel se remboursait de ses mises de fonds à même les biens confisqués aux juifs et dont la liquidation lui avait été confiée. Les souverains réalisèrent tellement de bénéfices à même ces réalisations qu'en 1497, par *Cedula Royal*, ils abandonnèrent, à titre de prime de reconnaissance, à Luis de Santangel la propriété de tous les biens confisqués aux juifs dans le royaume de Valence...

— En somme, un juif profitait de la persécution de ses frères!

— Ou bien lui remettaient-ils leurs biens... et qui vous dit qu'il ne les a pas retournés à ceux à qui on les avait confisqués?

— Ce serait intéressant de le savoir, ai-je répondu.

— Il n'y a rien de certain, dans toute cette histoire. Tout est un peu faux, même le nom du bateau. Il n'y eut pas de Santa Maria; le nom de la caravelle était Maria Galante. En français: Marie-la-putain! Une offense! Un blasphème! Les terres nouvelles découvertes, on s'empressa de changer le nom de la ca-

122

raque avant de chanter le Te Deum. Et saviez-vous qu'il n'y avait pas de prêtre catholique dans l'expédition, qu'il y avait un rabbin parlant chaldéen et hébreu, en plus de l'espagnol et du *ladino*? On sait son nom: Luis de Torres, et il est mort ici. Colón avait perdu un navire et ne pouvait rapatrier tout son monde. Il fit construire un fort et y laissa une quarantaine d'hommes, dont le rabbin. Quand il revint un an plus tard, tous les hommes avaient été tués par les Indiens et le fort avait été brûlé... Luis de Torres, le premier religieux à traverser l'Atlantique et à mourir en Amérique, était un rabbin!

— Il y a décidément des juifs partout et ils sont les premiers partout et toujours!

— Ne me raillez pas. Vous ne voulez pas m'entendre. Lisez, lisez. Vous n'aurez peut-être pas ma foi mais vous douterez de celle que vous avez.

Et il continuait, énumérant ses arguments sans se préoccuper de vérifier si je l'écoutais ou non.

— La Charte royale octroyée à Colón, appelée la Capitulation de Santa Fe, fut signée à la même date que l'ordre d'expulsion des juifs, le 30 avril 1492, par un autre juif converti qui portait presque le même nom que Colón: Juan de Columa...

— Un autre Cohen? ai-je demandé.

Il ne se laissa pas interrompre et continua:

— Les juifs avaient trois mois pour quitter l'Espagne; jusqu'au 30 juillet 1492. Tous ceux qui se trouveraient en Espagne après cette date étaient passibles du bûcher. Les juifs ont obtenu un délai supplémentaire de trois jours, jusqu'au 3 août. Le 30 juillet est un anniversaire effroyable, c'est la date commémorative des deux destructions du temple de Jérusalem, par Nabuchodonosor et Titus; le neuvième jour du mois d'Ab, selon notre calendrier. Une date maléfique. Toute entreprise commencée ce jour-là est vouée à l'échec et à la perdition. Les juifs ont obtenu un délai pour ne pas avoir à partir ce jour-là, un délai de trois jours. Colón est parti le 3 août, une demi-heure avant le lever du soleil, comme tous les juifs. Du même port, douze caravelles chargées de juifs ont pris la mer en même temps que lui.

Colón était juif, il a attendu comme les autres parce que lui aussi craignait la malédiction.

— C'est une coïncidence, une autre. Colón était chrétien; il pouvait partir quand il le voulait. Peut-être n'était-il pas prêt le 2 août ou peut-être ce jour-là la mer était-elle mauvaise! Colón juif, avec un nom comme le sien. Christophe: celui que porte le Christ!

— Mieux que ça. Il portait le Christ sur son épaule comme le Christ porta sa croix!

— Vous saurez toujours trouver un argument de plus.

— Vous n'utilisez pas un argument honnête.

— De toute façon, quelle différence? Les juifs ne sont pas venus ici!

— Non, nous ne sommes pas alors venus! La lie et les déchets de l'Europe se sont rués ici pour tuer, exploiter, violer et rançonner. Ce n'était plus la Terre promise, c'était l'enfer.

En quarante ans, de 1492 à 1532, la population indienne de l'île est tombée d'un million à six mille âmes. On ne les considérait pas comme des âmes, on doutait qu'ils en aient une. Les Espagnols démembraient les enfants au sabre pour en donner les morceaux à leurs chiens. Les Indiens en ce temps-là ont subi aux mains des chrétiens un sort pire que le nôtre il y a quelques années! Non, les juifs ne sont pas venus ici; ils ont évité cet enfer!

— Comment se fait-il que vous soyez, vous, à Sosua?

— Je le dois à Porfirio Rubirosa, mon ami Porfirio. Vous en avez sûrement entendu parler, c'était le plus bel homme de l'Europe et des Amériques. On a tout dit sur lui et surtout médit. Quand je peux en parler en bien, je n'y manque pas; il m'a sauvé la vie!

— On n'entend plus parler de lui, lui ai-je dit.

— Il est mort depuis longtemps, depuis vingt ans au moins; un accident d'auto à Paris. Vous savez qu'il avait épousé la fille de Trujillo, le président de la République Dominicaine? Son beau-père l'avait nommé ambassadeur à Paris. Porfirio parlait bien le français; il avait fait ses études en France.

— Ambassadeur! Ambassadeur à Paris! Je croyais que c'était un dandy, un fêtard, un coureur de dots et un marieur de milliardaires et d'actrices: Odile Rodin, Zsa Zsa Gabor, Doris Duke, Barbara Hutton...

— Ça aussi! Les femmes en prenaient pour lui. C'était un grand sportif, bon cavalier, joueur de polo, aviateur, coureur automobile. Elles l'adoraient. Il était le roi de Paris. Même s'il avait divorcé de sa fille, Trujillo lui conserva son estime et son poste. Quand je l'ai connu, il était le mari de Danielle Darrieux. Il m'a sauvé la vie. Écoutez bien ce qui est arrivé. En 1937, Trujillo avait fait exterminer les Haïtiens de Saint-Domingue. On le surnommait le «boucher des Noirs» et il y eut des plaintes à la Société des Nations. Alors il a chargé son gendre de lui refaire une réputation. En 1938, à Évian, alors qu'Hitler accélérait la persécution des juifs allemands, Rubirosa, parlant au nom de son beau-père, a étonné le monde: Raphael Trujillo offrait asile à cent mille juifs. Instantanément on ne parla plus que de Trujillo le bienfaiteur du genre humain. Les Américains étaient heureux, les leaders juifs reconnaissants. Même les Haïtiens n'osaient plus se plaindre. Sans admettre quelque responsabilité dans les massacres, Trujillo avait versé cinq cent cinquante mille dollars de dédommagements au gouvernement haïtien. Pour avoir la paix du côté de Port-au-Prince, il réussit même à y faire élire Élie Lescot, son ami et son débiteur, président d'Haïti. Le monde entier louait *El Benefactor*. Les Américains et les organisations juives ont commencé à ramasser des fonds. Trujillo a donné le territoire de Sosua. Personne ne voulait venir là. On attendait cent mille juifs, il en vint mille ou douze cents. Je fus un des derniers à arriver. Porfirio m'a convaincu de partir, m'a fourni en deux jours passeport et visa, et j'ai quitté l'Europe en passant par l'Espagne.

— Seulement mille juifs sont venus!

— Mille, quinze cents, pas plus. On ne voyait pas le danger, on ne croyait pas au danger. La République Dominicaine, c'était loin, et Sosua, c'était à l'autre extrémité de la République, sans bonne route pour y arriver. Il n'y avait rien là-bas. Il ne fallait pas céder à la panique et aller s'expatrier à l'autre bout de nulle part pour y manger des noix de coco! Personne ne voulait venir ici, ni en 1492 ni en 1942. Ici, il n'y avait que de la canne à sucre, des bananiers et des cocotiers. Aussitôt ici, on n'avait qu'un but, repartir, d'autant plus que nous ne pouvions pas épouser qui nous voulions. Trujillo insistait pour qu'on s'intègre et exigeait qu'on épouse des filles du pays. Pas question de faire venir ici nos fiancées. Quand j'ai appris ça, je suis reparti. Je voulais que mes enfants soient juifs. Pour être juif, il fallait que la mère soit juive. Au bout de deux ans, je suis reparti, comme beaucoup d'autres, je suis parti pour New York. J'ai eu tort; une fois marié, j'aurais dû revenir ici.

— C'est beau ici.

— C'est la Terre promise. Je ne m'en suis rendu compte qu'une fois parti.

J'ai défait mon sac à pêche. J'y conserve toujours une bouteille de rhum et deux verres, parce que j'aime le rhum et que, à l'occasion, il faut célébrer une belle prise. Je sortis ma bouteille, lui tendis un verre qu'il ne refusa pas.

— À la Terre promise! ai-je proposé.

— La Terre promise, vous savez où elle est?

— Selon vous, c'est ici...

— ... La Terre promise, elle est toujours ailleurs; elle est toujours plus loin. On n'y parvient jamais!

— Allons donc! Vous avez raison; c'est ici et nous y sommes.

Je levai mon verre.

— Pourquoi pas, dit-il. Viva Porfirio Rubirosa et la Republica!

— Et viva Cristobal Cohen! ai-je suggéré.

Nous avons éclaté de rire et avons vidé nos verres. C'était en Terre promise. Le temps était immobile. Le mont Isabela se profilait sur l'azur du ciel.

Il porte un nom presque japonais. Jacob Lindenblum, Jacob Fleur-de-Tilleul. Il est originaire de Linz en Autriche et habite maintenant New York. Chaque année il vient à Sosua où il y a tout juste assez d'hommes du peuple élu pour former un Minyan et, devant la mer, il s'assoupit et rêve de Colón et de Luis de Torres.

VISA PARA UN SUEÑO*

I

On dirait une parfaite statue de bronze et, sur la plage, quand il passe, les hommes comme les femmes se retournent; les hommes par envie, les femmes parce qu'elles se demandent si elles ne devraient pas, malgré les risques et les inconvénients, se laisser tenter. Il est Noir et c'est mal vu, et tout se sait si vite. Il y en a qui, quoi qu'il advienne, ont décidé de ne pas résister. Elles se jettent à son cou, l'aguichent et l'agacent, mais il sait ce qui l'attend s'il se fait prendre avec une cliente: la porte! Le patron ne badine pas.

— Enrique, pas de bêtises avec les clientes, pas de romances, pas d'aventures, sinon, *adios!* Je ne veux pas d'histoires. Je ne veux pas de scandales, ni de complications. *No me gustan complicaciones!* S'il y en a une qui veut absolument de toi, qu'elle déménage ailleurs. Si je te surprends avec une femme qui habite le complexe, c'est toi qui déménages!

Il s'agit là d'un ensemble immobilier tenu en copropriété à Sosua, en République Dominicaine. Le patron l'a construit puis l'a vendu appartement par appartement à des compatriotes canadiens qui conservent l'usage de leur unité d'habitation neuf semaines par année et la lui louent le reste du temps. Il a conservé la propriété d'un appartement et, de chez lui, il gère les lieux. Il voit à tout d'assez loin mais donne à ses gens l'impression qu'il surveille tout de très près.

Enrique est son homme de confiance. Il voit à l'entretien et aux locations. Il dirige le personnel, surveille les réparations, accueille les clients à l'aéroport et tient les livres. Il voit à tout. Il est l'œil du maître qui, pendant ce temps, peut voir à ses autres projets.

Enrique est bien payé et tient à son emploi. Il ne répond donc pas aux avances. Il sourit à toutes et en reste là. Le patron n'est pas d'un naturel sévère mais sa fonction de mandataire des propriétaires qui lui envoient enfants, parents et amis, séjournent eux-mêmes régulièrement dans leurs appartements et tiennent à ce que les lieux conservent une bonne réputation, l'oblige à imposer une discipline assez stricte.

Enrique gagne largement de quoi vivre pour un salarié dominicain: dix mille dollars par année pour tout faire en trois langues: espagnol, anglais et français; de plus, il s'occupe de la comptabilité. C'est beaucoup d'argent pour Sosua. À Montréal, il en gagnerait cinq fois plus mais il n'aurait ni le soleil ni la mer chaude toute l'année. Pour ce qu'il en profite!

Cette année-là, il était venu en mai, en provenance du Québec, un Galicien qui avait loué la suite numéro trois. Il venait en République pour se chauffer au soleil et se refaire le moral en parlant sa langue. Dès son arrivée, il se mit à discuter avec Enrique. Il aimait se faire valoir et éblouir les autochtones en leur décrivant les richesses du pays qu'il habitait. Il aimait montrer son argent et adorait se sentir respecté. Il n'était pas méchant mais il appréciait qu'on l'admire et qu'on l'envie. L'estime qu'on lui témoignait en République le réconfortait. Lui qui, au Québec, n'était qu'un immigrant parmi les autres et qui devait trimer comme un forçat, ici, à Sosua, on le jalousait et il aimait faire envie. Il ressentait les mêmes satisfactions en Espagne, mais il préférait ne retourner dans son pays d'origine qu'à des intervalles de plus en plus espacés. Ses parents étaient décédés et il ne lui restait plus là que des frères, des sœurs, des cousins et quelques tantes. Il lui fallait, sous peine d'offenser ses proches, habiter dans la famille. Cette obligation impliquait qu'il devait passer d'une maison à l'autre, faire le tour de la parenté en distribuant les cadeaux d'usage qu'on attend recevoir d'un *Norte-Americano* bourré d'argent. Il y avait plus. Depuis qu'il vivait en Amérique, son mode de vie avait changé et celui du village ne lui convenait plus. Sa femme, une Québécoise indépendante et délurée, barmaid dans un grand hôtel de Montréal, n'était pas à l'aise chez lui et s'intégrait mal à la communauté des *mujeres*. Les aînées n'appréciaient pas la voir prendre place parmi les hommes et donner péremptoirement son avis, le tout avec cet acccent risible qu'elle avait et qui ne s'améliorait pas d'une visite à l'autre. De fait, elles la jalousaient sans raison. Lucie parlait peu, se contentant de s'asseoir aux côtés de son homme et d'attendre patiemment la fin des palabres. Elle avait contre elle d'être trop voyante, d'en montrer un peu trop alors qu'au village les femmes s'habillent modestement et, passé un certain âge, ne portent plus que du noir.

Ici, en République, personne ne passe de commentaire sur sa tenue, son comportement ou son accent. Manuel, c'est le nom de son mari, peut converser dans sa langue et elle peut communiquer en français ou en anglais avec les autres touristes. Il y a plus de soleil ici qu'en Espagne. L'eau et la plage sont plus belles. C'est moins loin et moins cher et surtout il n'y a pas ici de belles-sœurs chatouilleuses et envieuses.

Viva la Republica! De plus, il y a des restaurants, des hôtels, des discothèques, alors qu'en Galice il faudra repasser dans vingt ans. Même l'espagnol des Galiciens n'est pas toujours compréhensible. Ils ne devraient peut-être pas critiquer l'accent des autres mais plutôt commencer par s'entendre eux-mêmes. Bref... Pour le moment, elle se laisse dorer au soleil sur une chaise longue installée près de la piscine en sirotant un daiquiri glacé. Manuel converse avec Enrique devant qui il ne peut résister à la tentation de réciter la nomenclature de ses biens, dont il précise la valeur au peso près.

S'il a une auto? Bien sûr, il possède même une maison, à Saint-Hubert, près de Montréal. Son auto, il l'a payée treize mille cinq cents dollars, soit vingt-sept mille pesos, sa maison lui a coûté quatre-vingt mille dollars canadiens, cent soixante mille pesos. Ils ont la télé, un réfrigérateur, un magnétoscope, une lessiveuse automatique, un lave-vaisselle, et tout... et tout! À Montréal, un garçon de table (c'est son métier) et sa femme barmaid peuvent se payer tout ce qu'ils désirent et il leur reste suffisamment d'argent pour prendre des vacances en Espagne ou en République. Il faut dire qu'ils ne déclarent pas leurs pourboires au fisc. Il est permis de tricher un peu, on survit ainsi plus aisément!

Enrique écarquille les yeux. Il savait, il a toujours su, que les Canadiens et les *gringos* vivent bien. Jamais, cependant, il n'avait réalisé qu'un immigrant pouvait lui aussi parvenir à l'aisance. Au Canada, un homme n'est pas condamné à végéter indéfiniment au même niveau de pauvreté. Enrique avait toujours cru que seuls les Anglo-Saxons et les Européens du Nord, sans trace de sang maure ou noir, vivaient bien, les autres étant réduits à les servir et à vivre de restes, comme les Chicanos ou les Portoricains. Le Canada n'est pas comme ça, protestait Manuel. Il y a plein de Sikhs, de Pakis, d'Arabes et de Chinois qui prospèrent. Même les Haïtiens s'en tirent bien.

— *Haïtianos?* lui fait répéter Enrique, incrédule.

— *Haïtianos, si!* répète Manuel.

Si les Haïtiens parviennent à bien s'en tirer, lui, Enrique, fera fortune sans difficulté. En République, les Haïtiens sont des parias incultes qui travaillent pour un dollar par jour, vivent comme des bêtes dans leurs villages de cahutes, et on les renvoie de force chez eux sitôt la saison de canne terminée. On ne veut pas d'eux en République et, malgré tout, il en reste toujours quelques-uns. L'État haïtien vend ses sujets à l'État dominicain quinze dollars pièce et ne s'en préoccupe plus. Des sauvages. S'ils s'en tirent bien au Canada, alors...

— Ils ont la télé? demande Enrique.

— Tout le monde a la télé, répond Manuel.

— Et des autos?

— Tout le monde a son auto!

— Et des frigos et des appareils ménagers?

— Tout le monde a tout ça!

— Et ils ont du travail?

— Oui, et quand ils n'en ont plus, il y a l'assurance-chômage, puis, quand les prestations sont épuisées, il y a le bien-être social. Les soins médicaux sont gratuits. L'école l'est aussi. Personne ne meurt de faim. Tout le monde est logé, éduqué!

— Même les Haïtiens?

— *Porqué no?* Ils travaillent comme tout le monde. Ils travaillent même plus que les autres. Qu'est-ce que vous avez tous contre les Haïtiens? Ils travaillent comme des bêtes et ne sont ni voleurs ni violents. Ils sont braillards; il faut tout de même qu'ils aient un défaut! Ils travaillent et, quand ils ne craignent pas de retourner au pays, ils vont visiter la famille dans les mornes et dans les cayes, puis reviennent travailler et vivre à Montréal.

— Les Haïtiens...?

— Oui...

Enrique n'arrive pas à le croire.

— Comment peut-on émigrer au Canada? s'enquiert-il précautionneusement.

— Ça, c'est une autre histoire...

— Mais les Haïtiens, comment font-ils?

— Ils ont commencé il y a longtemps. Il faut qu'un premier parvienne à entrer, puis il fait venir sa famille, son père, sa mère, ses frères, ses sœurs, les parents de sa femme... et chaque nouvel arrivant fait venir les siens.

— Moi, je n'ai pas de famille là!

— Alors, il faut que ce soit toi le premier.

— Comme toi!

— Moi, je ne suis pas pressé de faire venir ma tribu. J'ai assez de celle de ma femme. J'aiderai un de mes petits-neveux, peut-être un jour, mais nous, les Galiciens, nous ne sommes pas comme les Portugais; nous ne descendons pas de l'avion village par village.

— Les Portugais?

— Oui, mais eux aussi sont arrivés il y a longtemps, et les familles ont suivi, et les villages. Toute la population des Açores est rendue au Canada, et les Grecs aussi. S'ils continuent, il n'y aura plus personne au Péloponnèse, tous au Canada!

— Je ne connais personne au Canada, comment peut-on y entrer?

— Il y a bien des façons. Si tu es riche, il n'y a pas de problème, on t'ouvrira la porte et on se prosternera devant toi. Si tu arrives avec de l'argent, que tu investis, que tu crées de l'emploi, on t'accueillera avec empressement. Les millionnaires chinois de Hong-Kong, les richards sud-américains, les Sikhs et les Pakis fortunés entrent sans difficulté. Bienvenue aux riches. On les surveille pour bien s'assurer que l'argent reste et se dépense sur place, qu'il ne repart pas pour Hong-Kong en aider un autre à entrer. Si tu as de l'or, pas de problème. Après trois ans de séjour, tu acquiers la citoyenneté et alors tu peux faire entrer ta sœur et son mari. Trois ans plus tard, ton beau-frère pourra commencer à faire venir sa propre famille et c'est parti, le pompage est amorcé!

— Mais moi, je n'ai pas d'argent!

— As-tu un diplôme?

— Un diplôme ordinaire, dixième année.

— Tu n'es ni ingénieur ni mécanicien spécialisé. Tu n'as pas de métier spécial?

— Non.

— C'eût été une autre façon. Les diplômes comme l'argent ouvrent les portes. Si tu n'as ni famille au Canada, ni argent ni diplôme, il te reste une possibilité: tenter d'entrer comme réfugié. Il ne semble cependant pas y avoir de problèmes politiques graves, ici. Ta vie est-elle en danger?

— Je ne fais pas de politique.

— ... Si tu avais défendu la liberté, la religion, la démocratie ou ton groupe ethnique, si on t'avait persécuté, tu aurais peut-être eu une chance. On t'aurait peut-être accordé l'asile.

— Non, je ne fais pas de politique. C'est inutile et trop risqué. Je ne vois pas pourquoi j'exposerais ma vie. Je ne suis pas un héros!

— Alors, si tu désires réellement vivre au Canada, il ne te reste qu'une solution: entrer illégalement, te cacher et vivre ainsi jusqu'à ce qu'une amnistie soit proclamée et alors tenter de t'en prévaloir pour te faire accepter. C'est ce que j'ai fait.

— Tu es entré illégalement?

— Oui, mais alors, c'était plus facile. Ils ne surveillaient pas les entrées aussi méticuleusement qu'aujourd'hui. Je suis venu en vacances mais je les ai prolongées et je ne suis jamais retourné chez moi. Je suis disparu dans le paysage. J'ai travaillé partout sans droit, sans statut et sans protection. On m'a exploité tant qu'on a pu. J'ai vécu comme une bête. Un jour, le Canada a offert l'amnistie et la citoyenneté à tous ceux qui se déclaraient et acceptaient de sortir de la clandestinité. À deux conditions: être en bonne santé et ne pas avoir de dossier judiciaire. J'ai fait confiance au pays.

— Comment entre-t-on illégalement au Canada?

— Je ne sais pas. Il ne faut surtout pas arriver en avion. Ils vérifient tout et refoulent tous les suspects. En bateau, c'est la même chose. L'idéal serait de sauter en parachute dans la forêt! La meilleure méthode est d'arriver à pied, mais il y a une difficulté, il faut d'abord entrer aux U.S.A., ce qui n'est pas donné non plus. Par ailleurs, une fois aux U.S.A., pourquoi ne pas y rester? Il est plus facile de s'y dissimuler et de disparaître: il y a au moins vingt millions d'Hispanos aux États-Unis.

— Oui, mais les Américains n'aiment ni les Espagnols ni les Noirs, et si on a la moindre goutte de sang noir, on cumule deux malédictions. Il n'y a alors plus de place pour nous!

— Ne rêve pas, Enrique, au Canada ce n'est pas tellement différent. Ils ne détestent pas les Espagnols; il y en a peu et ils ne constituent pas une menace. Quant aux Noirs, on fait de grands efforts pour paraître tolérants à leur égard. Par ailleurs, tu es plutôt pâle... Somme toute, tu serais possiblement mieux au Canada, surtout avec ces amnisties offertes à intervalles réguliers par lesquelles ils pardonnent tout... Mais il fait froid!

— De toute façon, je suis bien ici, conclut Enrique.

Ce n'est pas vrai. Il n'est pas bien. Ici, il piétinera sans espoir d'avancement. Indéfiniment il fera du sur-place. Ici, on ne bouge pas. Ceux qui ont dominé domineront toujours. Ceux qui possèdent, possèdent tout, et ne laissent rien aux autres. Chacun indéfiniment restera à sa place, même à force de travail on n'arrive pas à monter. Personne ne bouge. Tout en bas de l'échelle, en bas même du premier barreau, il y a les travailleurs haïtiens des *bateys*, ces campements de coupeurs de canne à sucre. Ils n'ont pas de statut, ils n'existent pas. Ils n'ont même pas le statut d'esclaves. Ce sont des fantômes qui travaillent, qui meurent et disparaissent. Ils n'auront jamais vécu. Plus haut, à peine au niveau du premier barreau, il y a les péons, les paysans. Eux existent légalement et, lorsqu'ils meurent, il arrive qu'on enregistre leur décès. À peine plus haut, il y a le misérable prolétariat des villes, innombrable, guenilleux, famélique. Puis plus rien... Puis, plus haut, beaucoup plus haut, quelques commerçants et quelques ouvriers plus ou moins spécialisés, de petites gens, néanmoins, plus près de la misère que de l'aisance. Enfin, il y a les autres, les quelques autres qui possèdent tout, les gros commerçants, les gros propriétaires, les militaires de haut rang et les professionnels. Ils sont peu nombreux et sentent que la colère populaire un jour finira par éclater et que les Américains seront trop occupés ailleurs pour intervenir et rétablir la stabilité de l'oppression. Ces gens-là sortent leur argent de l'île et l'investissent à Miami. Plus on monte, plus le teint s'éclaircit. Au sommet, tout le monde est presque blanc et les femmes ne sortent pas au soleil de crainte de brunir.

Aux U.S.A., il y a trop de haine et de brutalité. En République, il n'y a même pas l'espérance de l'espoir. Au Canada, chacun peut avoir sa chance. Il reste à pouvoir entrer là!

Il faut parvenir à y mettre le pied. Une fois arrivé, Manuel l'aidera. Si Manuel ne l'aide pas, d'autres n'y manqueront pas. Depuis quelque temps, Enrique collectionne les noms, les adresses, les numéros de téléphone. Finalement, et il ne faut pas l'oublier, il peut compter sur Paul, le patron, originaire du Québec et qui a encore toute sa famille là-bas. Il connaît bien les cousins de Paul qui viennent ici à tour de rôle. C'est Enrique qui va les accueillir à l'aéroport et qui les installe. Ils ne refuseront pas de l'aider. Ils sont tous dans la restauration ou l'hôtellerie et Paul ne peut que leur dire du bien de son gérant.

Il veut partir. Il faut qu'il parte. Il n'est pas question de rester en République.

Au bout de son mois de vacances, Manuel est retourné au Canada. Il a laissé à Enrique son adresse, son numéro de téléphone et l'a assuré de son aide. Pour la première fois, Enrique a pu parler en espagnol avec quelqu'un qui a vécu au Canada. Pour la première fois, il a parlé du Canada avec quelqu'un qui connaît le pays et qui n'est pas canadien. Il n'a plus d'illusions. Il sait maintenant combien il est difficile d'y entrer, mais là-bas on peut espérer prospérer.

Il est décidé. Sa résolution est prise: il part.

Manuel parti, Enrique a commencé à épargner ses pesos. Il a trouvé du travail supplémentaire dans un restaurant de Sosua fréquenté par les touristes. Tout le monde va là. Tout le monde va manger sous l'immense toit de palmes tressées. Même les jeunes qui habitent l'un ou l'autre des appartements qu'il gère fréquentent l'endroit. Avec eux, il a adopté une attitude professionnelle: courtoisie, politesse, empressement et distance. Il ne se permet aucune familiarité mais rend tous les services qu'il peut, en particulier celui de changer leurs dollars en pesos. Il transforme de la sorte son argent en monnaie américaine qu'il entasse dans une cachette. Ce petit commerce constitue en quelque sorte une troisième occupation. Au taux qu'il change l'argent, il réalise de bons profits.

Il ne parle à personne de ses projets; le patron pourrait l'apprendre et ce serait l'indisposer: il compte sur Enrique.

Les touristes, de toute façon, ne peuvent l'aider à solutionner ses problèmes d'immigration. Ils n'y ont jamais fait face et ne connaissent même pas la loi. Ils vont et viennent à leur gré et entrent aux U.S.A. ou au Canada sur simple présentation de leur permis de conduire ou de leur certificat de naissance. Leur premier passeport est celui qu'ils ont demandé pour venir ici.

Un Dominicain n'entre pas aussi aisément au Canada. En plus d'un passeport, il lui faut présenter un visa d'entrée, même pour une simple visite. Ce visa, il doit en faire la demande à Santo Domingo, à l'autre extrémité de l'île. Le consulat procède alors à une enquête et, en fait, n'accorde jamais le permis. Inutile d'y penser. Les Canadiens ne soupçonnent pas à quel point les portes de leur pays sont fermées. Ils ont même des difficultés à faire entrer au pays les enfants légalement adoptés ailleurs. Tout le monde à Puerto Plata connaît le cas d'un bambin de trois ans toujours en pension deux ans après la sanction de son adoption. Les parents n'arrivent pas à obtenir pour leur enfant le droit d'entrée dans le pays.

Inutile d'en parler. C'est un pays fermé, un champ de neige gardé. N'entre pas qui veut. Il doit pourtant y avoir un moyen de passer. Il continue à réfléchir, à économiser et à faire parler les Canadiens. Au travail, il demeure distant et discret mais, lorsqu'il prend congé, il se rend à Cabarete. C'est le rendez-vous des planchistes du Québec. Il y a là deux hôtels, trois ou quatre restaurants et deux clubs de voile tenus par des Canadiens. Partout, sur la plage, on parle français. Tout le Québec de la planche à voile passe par Cabarete. Il y en a même qui couchent sur la plage et entretiennent toute la nuit des feux pour éloigner les chiens rôdeurs qui tournent autour des campements.

Enrique n'a ici que des amis. C'est un virtuose de la planche. Il monte une courte planche de mer à voile démesurée qui ne porte son homme que par grand vent. Il s'envole alors, planant au-dessus des vagues, et se rend au-delà des récifs courir sur la houle. Il arrive sur la plage vers dix heures. À onze heures, chaque jour, le vent se lève. Il soufflera jusque vers seize heures pour alors tomber complètement. Ils s'élancent à quinze ou seize, en file comme à la parade, passent les premières déferlantes et montent vers le large. À cinq ou six cents mètres du rivage, ils franchissent la barre des récifs de corail où se cassent les grosses vagues de l'Atlantique. Ils passent entre les brisants et chevauchent les collines fuyantes qui s'arrondissent et s'avancent majestueuses et nonchalantes pour soudain trébucher sur un haut-fond et s'affaler, s'étendre et s'allonger, l'écume fuyant devant elles sur le banc qui casse la mer et protège la baie. Au loin, on voit leurs voiles surgir puis disparaître et soudain partir comme des flèches, le mât arqué vers l'arrière, et traverser le paysage d'un trait comme si un requin était à leur poursuite.

Requins... *tiburones!* Ne jamais en parler. Il n'y en a pas ici. Jamais de mémoire de Sosueño ou de mémoire de chef planchiste on n'en a vu à Cabarete. Pas une attaque. À Puerto Plata, oui! C'est loin, à soixante kilomètres d'ici. Là, il y a des requins mais il faut expliquer pourquoi. De tout temps, depuis l'époque de Colomb qui a, dit-on, fondé le port, on a lancé du haut des falaises que domine le fort San Felipe les carcasses, les déchets qu'il était trop pénible d'enfouir et, chaque soir, c'était le repas des squales qui venaient de la haute mer et tournaient en rond en attendant qu'on les serve. Mais, aujourd'hui, c'est fini, autrement les touristes n'oseraient pas se baigner sur la plage qui longe le Malecon. Quand on a construit Playa Dorada, on a cessé d'attirer les requins pour le repas du soir.

Ici à Cabarete, jamais on n'a fait ça! D'abord, ces bêtes ne fréquentent pas la baie. Jamais elles ne franchissent les barrières de corail où elles risqueraient de s'éventrer. On ne rencontre ici que des poissons lunes, des badauds croqueurs de coraux qui jouent à cache-cache dans les volutes des algues et parmi les arbustes vivants auxquels il pousse de jolies fleurs. Çà et là, on voit de grosses masses brunes et rondes, creusées de circonvolutions comme des lobes de cerveaux, posées sur le sable des fonds, énormes boules coralliennes cachées dans les algues comme ces têtes olmèques qu'on découvre sur le continent, perdues dans l'enchevêtrement des lianes.

Des requins à Cabarete? Jamais vu. Inconnus. Des poissons multicolores, oui. Et les planchistes jouent sans crainte dans les vagues et courent sous le vent, Enrique parmi eux. Il y a plein d'amis et, quand le vent tombe, il boit de la *cerveza* avec eux sur la plage ou mange en leur compagnie dans une de ces cambuses qu'ils louent en groupe. Il arrive aussi qu'ils se rendent tous à la Pizzeria québécoise, de l'autre côté du chemin qui longe la mer, ou au resto primitif tenu en plein air par une vieille canaille de Français qui, autrefois, aurait été pirate ou flibustier, et qui prétend avoir échoué ici, rejeté par la mer. Il n'a aucun talent de cuisinier et n'arrive à attirer la clientèle que par la vigueur et la couleur de ses invectives et de ses incantations.

Enrique s'efforce continuellement d'en savoir plus sur le Canada. À tous il demande de lui faire parvenir des cartes routières, des livres sur le pays, de la documentation gouvernementale. Il n'apprend pas grand-chose d'eux. Quand ils sont sous le soleil, les Québécois ne tiennent pas à parler de la neige et du froid, et cherchent plutôt à tout oublier. Enrique piétine.

II

En revenant un soir en *publicó*, le minibus communautaire dans lequel on s'entasse à douze alors que le maximum prévu est six ou sept, il surprit une conversation. On disait qu'à Nagua, à quatre-vingts kilomètres de là, une expédition se préparait. Un groupe avait convaincu un nautonier, qui faisait visiter le lagon Gri-Gri de Rio San Juan aux touristes, de les traverser à Porto Rico.

— Pourquoi Porto Rico? s'enquit Enrique.

— C'est une dépendance des U.S.A., un État associé, semi-indépendant mais dont les citoyens ont libre accès aux États-Unis.

— Oui, et puis...

— Il y a presque deux millions de Portoricains à New York. Il y en a de fortes concentrations à Miami, Washington, La Nouvelle-Orléans... partout. Les Portoricains parlent espagnol et sont de couleur, comme nous. Il y a donc des Dominicains qui se rendent à Porto Rico, s'y procurent de faux papiers et traversent aux U.S.A., se faisant passer pour Portoricains. À New York, personne ne leur demande d'où ils viennent, même pas les policiers. Ils habitent Harlem et se perdent parmi les Portoricains.

— Et ils mènent des vies terribles! commenta Enrique.

— Et ici, quelle sorte de vie mène-t-on? lui répondit-on.

— Personne ne meurt de faim ici!

— Façon de parler. On mange des mangues, mais il n'y a que ça, et du rhum!

— C'est beaucoup, suggéra Enrique, et le pays est beau et chaud et on est entre nous.

— Alors, reste! lui suggéra-t-on.

— Qui veut partir? leur demanda-t-il.

— Pourquoi veux-tu savoir? Tu veux les dénoncer!

— Non, sûrement pas. J'aimerais voir des gens qui partent valises sur la tête, qui se rendent au port et traversent la mer en barques à fond plat!

— Si tu veux les voir, trouve-les. Moi, je ne dis plus rien.

— Quand partent-ils?

— Demain ou après-demain, le premier jour de mer calme, sans vent ni vagues.

Il revint à Sosua juste à temps pour changer en dollars U.S. ce qu'il lui restait de pesos. Ce soir-là, il fit discrètement sa valise, n'y entassant que le strict nécessaire. Le lendemain, dès le chant du premier coq, à quatre heures du matin, il était debout, prêt à partir. Il se rendit sur le bord du chemin et attendit le passage de la première voiture.

À cinq heures, un camionneur le fit monter et le déposa au-delà du pont qui traverse la rivière Yaque, là où débute le chemin de montagne qui se rend à Vega en passant par Moca. Enrique descendit. Il n'eut pas longtemps à attendre, une voiture s'arrêta, et il monta. Il parvint à Gaspar Hernandez où il prit une camionnette de livraison qui le laissa à Rio San Juan. Il était six heures du matin. Il monta dans le premier *publicó* qui passait et se rendit à Nagua. À sept heures et demie, il y était.

Il regardait avec attention le paysage. C'était peut-être la dernière fois qu'il passait ici. Le Norte est un beau et bon pays. Comment se fait-il qu'on n'arrive pas à y vivre convenablement? Malgré sa beauté et sa richesse, la misère et l'horreur ont régné ici depuis que Colomb a fondé La Isabela à son premier voyage. Aujourd'hui, la côte est presque déserte. Sauf à Sosua et Cabarete, il n'y a personne sur ses plages immenses où on peut monter à cheval et galoper en suivant la ligne des vagues. Le chemin suit presque partout la côte, traversant des pâturages où paissent les buffles et les zébus entourés de hérons et d'aigrettes.

139

On traverse des plantations de bananiers, on longe des rizières où les paysans courbés en deux repiquent les plants. Des ânes et des vaches paissent dans les fossés. Partout des poules picorent le long de la route et s'enfuient affolées lorsque passent les scooters pétaradants. Partout des enfants nus jouent devant les huttes à toits de palmes.

Le Norte, c'est le paradis. Un pays si fertile et si bien arrosé que des piquets de clôture poussent des branches et des fleurs. C'est un pays où les arbres sont heureux. Pas les hommes!

Enrique veut le fuir. À Nagua, il paiera son passage. Il donnera tout ce qu'il a pour pouvoir monter dans la barque et franchir le détroit qui sépare la République de Porto Rico. Ils arriveront de nuit. Ils se cacheront, puis se sépareront, chacun pour soi. Avec le peu d'argent qu'il lui restera, il s'achètera une cachette, un refuge pour se donner le temps de connaître les gens, de se faire une place en attendant de trouver le moyen de traverser à Miami, d'où il montera vers le Nord. De Harlem, il téléphonera à Manuel pour convenir d'un rendez-vous. Il s'approchera de la frontière et la passera à pied, boussole à la main. Il n'y a rien de plus facile. Il n'y a qu'à marcher franc nord, on ne peut que finir par traverser la frontière.

Il n'a pas idée des marécages qui l'attendent ni des rivières mal gelées qu'on doit traverser et dont la glace cède, ni de... ni de tout ce qui l'attend. C'est la meilleure chose à faire, pense-t-il, marcher vers le nord. Il n'y a pas de chiens à la frontière. Tous les Québécois se tordaient de rire quand il a posé cette question. Il n'y a pas de barbelés, il n'y a même pas de patrouilles. La contrebande se fait en camion par des chemins ouverts secrètement et entretenus discrètement. On fait passer par là des *containers* de caisses de bouteilles d'alcool, des réservoirs remplis d'essence, des chargements de téléviseurs. Personne ne passe la frontière à pied, sauf à Niagara, pour voir l'autre section des chutes. Il n'y a que les illégaux pour tenter de passer à pied.

Enrique regarde courir le paysage. Il ne reviendra ici qu'en touriste, espère-t-il, une fois qu'il aura réussi à régulariser sa situation au Canada. Il présentera alors à son retour sur l'île un passeport en règle et on le laissera entrer avec le sourire sans lui poser de questions. Quand il reviendra chez lui, au Québec, il n'aura ni à se cacher ni à se dissimuler; il passera devant le guichet de l'Immigration canadienne la tête haute et le regard franc.

Enfin Nagua! C'est une petite ville laide aux maisons en blocs de ciment surchauffés par le soleil. Les murs sont enduits d'un crépi ocre qui cède par plaques, révélant le jeu des joints de mortier et les défauts de construction. Les bâtisses sont des cubes à toits plats, sans couleur et sans charme. Les volets sont clos pour ne laisser pénétrer ni la lumière ni la chaleur. On devine des intérieurs collants de moiteur où l'on se réfugie pour s'écraser dans les hamacs en attendant la fin du jour. Des chiens peureux et faméliques, pelés, les côtes saillantes, longent les murs, exténués par la canicule qui liquéfie l'asphalte des rues. Il n'y a rien de plus maigre ni de plus affamé qu'un chien dominicain. Il a tellement faim qu'il n'arrive même pas à dormir à midi quand les rues fondent au soleil. Tout est désert et silencieux sauf le centre du bourg où les marchands, installés sur les trottoirs, offrent de tout et vendent ce qu'ils peuvent à ceux qui peuvent payer. Il y a là sur le pavé ou le trottoir des tas de mangues, des piles d'ananas et d'autres fruits que les tropiques produisent, papayes, sapotes, pamplemousses âcres. Des viandes saignantes, que sucent les mouches, sèchent au soleil.

Enrique est descendu et s'est approché d'un marchand.

— Le bateau qui va à Porto Rico, il n'est pas parti, encore?

— *No sé!* lui répond-on partout.

Personne ne sait ou plutôt tout le monde sait et personne ne parle: on ne se confie pas à un étranger. Qui est-il, que veut-il? On ne veut pas être mêlé à cette histoire hasardeuse. On aurait même préféré n'en rien savoir. Les gens sont muets et distants. Ils ne parlent pas et se détournent. Finalement, il interpelle un gamin qui semble le suivre partout:

— Tu sais, toi, si la barque est partie?

— *No sé!* répond l'enfant.

Enrique n'hésite plus, il fait au gosse une proposition à laquelle aucun *chiquito* ne sait résister.

141

— Dix pesos pour toi si tu m'emmènes à la barque!

— *Viene usted!* répond le gamin, et il court par les chemins caillouteux. Il se dirige vers le bord de la mer, s'éloigne de la ville, prend une petite route qui traverse les dunes et contourne les marécages. Il arrive au bord de la mer à un endroit où les vagues cassent sur des falaises qui tombent à pic dans la mer. Il suit un sentier et parvient à une crique bordée d'une plage de sable. Tirée sur le rivage, une barque qu'une petite foule encercle.

— *La barca!* dit le gamin.

Enrique tient parole, il paie, puis il descend vers la plage. On le voit venir de loin. Un homme se détache du groupe et l'interpelle:

— *Que quiere usted?*

— Ce que je veux: savoir s'il y a de la place pour moi. Je suis prêt à payer.

— Je ne crois pas qu'il y ait de la place.

— Qui est le capitaine?

— C'est moi.

— Alors, vous devez savoir s'il y a de la place ou pas.

— Toutes les places sont vendues et s'il y en a qui se décommandent, tant mieux, on pourra plus aisément bouger à bord. Je ne remets rien de ce que j'ai reçu et nul ne peut céder sa place à un autre. Je n'accepte à bord que ceux qui m'ont payé leur place!

— S'il y en a qui se décommandent, je vous paierai une place plein tarif. C'est combien?

— Deux mille pesos.

— Deux mille pesos, c'est beaucoup!

— Oui, et avec les risques que je prends: confiscation de la barque, prison, perte de mon permis de guide à Rio San Juan, c'est peu. Je ne négocie pas!

— Parfait! Je suis preneur si vous avez de la place.

— Alors, payez! Il y en a un qui a décidé de ne pas venir.

— *Porqué?*

— *Porqué? La mujer, los ninos y la madre y todos los santos!* Tous les saints du ciel sont intervenus pour le convaincre de ne pas partir. Il en a même sali son fond de culottes!

— Alors, je paie et moi je pars. N'espérez pas revendre ma place à un autre!

— Vous connaissez quelqu'un à Porto Rico?

— Non. Je m'arrangerai là-bas.

— Prêt à tout!

— Oui!

— Dieu vous aide.

Pour le capitaine, ce n'est pas une aventure, même pas une expédition. C'est à peine une traversée, un simple aller-retour monotone comme un trajet d'autobus. Il prend son chargement d'hommes et de femmes et les rend à bon port. Là, il reçoit livraison d'une cargaison d'appareils télé, de magnétoscopes et de radios transistors et revient. Il a ses commanditaires qui se sont même engagés à le dédommager en cas de coup dur. Là-bas, à Puerto Rico, les garde-côtes l'attendent pour l'intercepter. Il les déjouera, c'est là son moindre problème. Ceux qui lui livrent les marchandises qu'il doit rapporter s'occupent d'attirer les forces de l'ordre sur une fausse piste. Au retour, pas de problème avec les autorités dominicaines, le prix de la non-intervention est déjà convenu. C'est un aller-retour sans histoire. Il s'arrêtera à Samana, ou plus exactement à Las Galleras, à l'entrée de la baie. C'est là qu'on l'attendra. Il livrera la marchandise et on le paiera. Puis il reviendra à Rio San Juan et continuera à promener les touristes sur le lagon.

Enrique est arrivé juste à temps. Le *capitán* fait le voyage régulièrement, à toutes les deux ou trois semaines, le temps de recruter de nouveaux passagers. On partira vers onze heures. Il espère arriver vers quatre heures du matin à Higuey, au bout de l'île, face à Porto Rico. On y passera le reste de la nuit. Demain, vers deux heures de l'après-midi, on tentera la traversée du détroit. Il n'y a que quatre-vingts kilomètres à franchir. On abordera Porto Rico de nuit, quelque part entre Aguadilla et Mayaguez. C'est là qu'on les attend. Comme chaque fois, on les fera monter dans un bus et on les éloignera du point de débarquement. Il n'y a que les garde-côtes américains qu'il faut savoir éviter. Il n'y a pas de pirates ici pour vous rançonner et faire disparaître hommes, bêtes et bateaux comme aux Bahamas. Pas de risques de se faire attaquer, aborder, détrousser et couler. Ici, le seul problème, c'est de savoir qui payer.

Enrique est descendu sur la plage. Il ne vente pas, mais les vagues battent le sable. La barque est tout entière montée sur la rive, au-delà de la portée des lames qui s'étendent jusqu'à la limite de la mer haute. Il faudra tantôt que tous s'y mettent pour la faire pivoter, la haler vers la mer et la mettre à flot. Il n'y a pas de rouleau pour la faire descendre au-delà des premières houles, là où l'on peut faire démarrer les moteurs et prendre le large. Tout autour, les voyageurs sont assis sur leurs bagages. Il y a là une douzaine d'hommes et trois ou quatre femmes. C'est beaucoup pour une petite embarcation non pontée d'à peine huit mètres de long. C'est tout juste s'il y a des bancs. Il n'y a en fait que des planches que le patron enlèvera, au retour, pour faire de la place aux caisses qu'il doit charger. «*Vamos!*» finit-il par commander.

Il a décidé de ne pas attendre les retardataires. Tant pis pour eux. Il confisquera leur dépôt. Il y en a toujours que la peur rejoint au dernier moment, qui se désistent sans prévenir, qui restent chez eux, assis devant leur porche, la tête entre les mains, et qui ne se présentent pas. Cette fois-ci, il y en a trois. Il a déjà revendu l'une des places. C'est un profit net. Tant mieux. Si tous ne viennent pas, il y aura plus de place pour ceux qui restent. Les passagers pourront faire semblant de bouger.

Au signal, les hommes se sont levés. Le *capitán* dirige la manœuvre. Ils s'arc-boutent et, au commandement, ils poussent et forcent. La barque tourne rapidement et bientôt la proue indique la mer. Ils la font maintenant glisser. Les femmes viennent prêter main-forte. Il faut que tous s'y mettent. Comment fait le *capitán* pour tirer la barque sur le sable quand il revient seul? Les commanditaires l'attendent sans doute avec les treuils et les rouleaux qu'il faut.

Poussée et halée, la barque s'ébranle et glisse sur le sable qui descend vers la mer. Elle a bientôt la proue dans l'eau. Sur un signe du patron, l'un des hommes entre dans la mer, une ancre sur l'épaule. La barque flotte maintenant. L'homme continue à avancer, il a de l'eau à la taille et les vagues lui montent aux épaules. Il avance et passé la première déferlante, il jette l'ancre, la corde d'amarre se tend et la chaloupe fait face aux vagues. Le *capitán* baisse les deux moteurs hors-bord, tourne la clef, les fait démarrer. Ils tournent régulièrement.

Les passagers retournent au rivage et reviennent, leurs bagages sur la tête. Ils se hissent dans le bateau. Un homme monte sur la proue, se tient prêt à haler le câble et à lever l'ancre. Tous sont maintenant à bord. Le *capitán* engage l'un des moteurs. L'homme de proue remonte l'ancre. On dépasse le point d'ancrage, le *capitán* engage le second moteur et on s'éloigne, montant et descendant dans les rouleaux.

Ce sera long et pénible. Ils sont entassés, à l'étroit, collés les uns sur les autres, appuyés épaule contre épaule. Ils se touchent des coudes, des genoux. Pourvu que personne n'ait le mal de mer!

Ils viennent à peine de partir et ne trouvent déjà plus leur place. Ils n'ont pas d'abris, à peine des chapeaux de paille tressée et le soleil est là, qui chauffe et fait bouillonner le sang dans le crâne. Les casquettes de baseball à longue visière ne suffisent pas, les passagers les trempent dans l'eau pour les rafraîchir. La route sera éprouvante sous le soleil et, quand la nuit tombera, surgira l'angoisse des écueils. Ils descendront à terre, espèrent-ils, fourbus, courbaturés et éreintés, pour un repos de quelques heures avant de se relever pour affronter le pire: traverser le détroit, déjouer les vedettes de la *Coast Guard* et parvenir à la Terre promise.

Ils longent la côte; la côte anglaise de l'île, peuplée de descendants d'esclaves américains. Ils doivent passer les îles de la Baleine et la pointe sud de la presqu'île de Samana. Puis ils traverseront la baie, suivront la côte jusqu'au cap de Higuey. Pourquoi n'être pas tout simplement partis de Samana ou de Las Terrenas? C'est tellement plus près de Porto Rico. C'est que là tout se sait, tout se dit et se répète.

De plus, on ne part pas de Samana. Rendu là, on ne bouge plus. On devient pierre ou plante et on s'étale sans sentiment devant la mer. Rien ne bouge, rien ne respire à Samana, c'est le bout du monde où tout s'arrête.

Ils suivront la côte, ne s'en éloignant pas de plus de cinq cents mètres. Ils espéreront éviter les bas-fonds, les récifs et les bancs de sable ou de corail. Le capitaine connaît bien le trajet, dit-il, il a ses repères. Chaque nuit, assure-t-il, on allume pour lui des feux-repères sur les caps et les promontoires, et il connaît son chemin. C'est sa vie à lui aussi qu'il risque et il y tient. Son sort sera le leur et il entend parvenir à bon port et réaliser les profits escomptés.

Le capitaine ne voyage pas dans l'inconnu. Il connaît toutes les passes, toutes les îles, tous les écueils. Depuis sa prime jeunesse, il fréquente ces côtes et son père avant lui et avant son père, les autres qui les ont tous précédés. Il y en a qui savent lire les livres, le capitaine, lui, sait réciter la côte. Ne craignez rien. Calmez-vous avec le rhum qui procure la somnolence et l'oubli. Ils ne s'en privent pas et bientôt ils dodelinent tous de la tête sous le soleil au gré des vagues qui les bercent. Chacun prend ses aises, son bien-être ne trouvant sa limite que dans l'animosité et les coups de poing de ses voisins.

Soudain, une détonation met fin aux rêves. Une explosion suivie d'une jaillissement de flammes à l'arrière du bateau. Les moteurs et les réservoirs ont pris feu et tout a sauté. On ne voit même plus le capitaine qui a été catapulté en l'air. On lui en veut de ne plus être là pour donner les ordres. Il s'est dissous dans l'explosion. Et le feu avance. Le capitaine n'est plus là. Deux ou trois autres ont été éjectés avec lui, le feu gagne, la barque s'embrase. Panique.

Il y a le feu à bord et tout le monde crie et se pousse vers la proue. Le bateau s'enfonce par l'arrière et les gens refluent vers l'avant. Un homme prend un seau et tente d'éteindre le feu. Il y parvient mais la barque s'enfonce et la proue s'élève. L'embarcation est maintenant en travers de la vague. Les femmes hurlent et les hommes jurent. C'est fini. Ils mourront tous. Ils se regardent et savent qu'ils mourront tous.

Enrique sait nager. Il nage bien et n'hésite pas. Il enlève ses souliers, tire son pantalon et plonge. Le voyage est terminé. Il faut maintenant revenir chez soi. Il nage avec détermination vers le rivage. Il est le seul à avoir plongé. Les autres sont restés accrochés à la barque qui a maintenant chaviré et qui dérive. Enrique n'a jamais nagé aussi énergiquement. Il ne pense qu'à atteindre le sable, parvenir à la route qui longe la mer et, ce soir, être à son poste. L'escapade est terminée.

Il ne lui a pas fallu grand temps pour arriver au rivage. Heureusement pour lui, il n'y a ici ni récifs de corail ni écueils de pierres coupantes pour vous lacérer les pieds et les membres. Il a pris pied sur le sable et y a enfoncé les mains pour résister au ressac. Il s'ancre dans la plage fuyante pour ne pas être ramené vers la mer par le reflux. Le flot se retire, il résiste. Il s'appuie l'avant-bras sur la cuisse pour se relever, s'élance et remonte vers la rive. Il parvient au haut de la dune. Il est sauf. Il éclate de tension. Il s'écrase et reprend son souffle, puis il regarde.

La barque est toujours là. On dirait qu'elle s'éloigne, que les courants l'emportent vers la haute mer. Personne ne semble avoir tenté de le suivre. Ceux qui ne sont pas déjà noyés s'agrippent aux bordages et aux membrures. Combien sont-ils qui survivent encore? Il distingue mal et n'arrive pas à les compter. Douze, peut-être. Il faudrait leur venir en aide.

La route qui suit le bord de la mer jusqu'à Narvez avant de s'engager dans les terres et traverser l'isthme passe là tout près, à cinq cents mètres peut-être. Il se redresse et s'élance. Il est pieds nus dans les broussailles. Il y a là un sentier qui s'élargit. Il parvient à une bourgade, un rassemblement d'une dizaine de huttes à claire-voie couvertes de palmes. Il voit les cases, se met à courir et à crier. Il est nu ou presque. Il n'a qu'un caleçon et la ceinture de cuir dans laquelle il cache son argent. Il n'a rien perdu. Il a tout sauf sa valise dans laquelle, de toute façon, il n'emportait que des vêtements de rechange, sa brosse à dents, son rasoir, son blaireau et des objets d'utilité courante. Il a sauvé l'essentiel, sa vie et son argent. Quoi d'autre existe?

Les gens l'ont entendu crier et sont sortis de leurs paillotes. Essoufflé, il explique ce qui est arrivé et un homme part à cheval vers on ne sait où prévenir la *policia*.

Il arrive à s'acheter un short et un t-shirt déchiré. Comment se fait-il qu'il ait pu en trouver un ici? Il demande une ceinture, on lui fournit une ficelle. Il la serre, la noue et repart. Où allez-vous? demande-t-on. Vers Nagua. Il faut prévenir et chercher du secours. L'homme monté à cheval en trouvera. Qu'importe, il doit lui aussi faire son devoir. Une dizaine de déguenillés le suivent jusqu'à la route. On est loin, ici, au milieu du pays plat des rizières. Les rares bus viennent de Sanchez et passent toutes les deux heures... quand ils passent. À l'heure prévue, le *publicó* est là. Il y a parfois de ces miracles...

— Où allez-vous? lui demande-t-on, incertain de l'accepter, le véhicule étant bondé au-delà de sa capacité.

— Rio San Juan!, répond-il.

C'est un trajet long et payant. Il se rend au bout de la ligne. On le laisse monter, quelqu'un descendra sans doute à l'un ou l'autre des prochains arrêts.

— *Gracias!* remercie-t-il.

S'il peut seulement ce soir parvenir à Gaspar Hernandez, le village où habite sa mère, il pourra se reposer un peu, s'acheter des vêtements. La *madre* ne posera pas de questions. Il n'aura donc pas de réponses à fournir.

À un arrêt, à Rio San Juan, il parvint malgré tout à se procurer une paire de jeans. Il s'acheta aussi un t-shirt portant en lettres multicolores le slogan de la République: «*No Problem!*»

Ce matin, il est passé par ici. Il croyait bien ne plus jamais revoir ce paysage. Il fait chaud. Malgré la ventilation et les courants d'air que procurent la vitesse et les fenêtres ouvertes, il fait chaud: on sue, ça pue dans l'autobus. On passe par Nagua où descendent des passagers. On a dû prévenir la *policia* du désastre parce qu'à la halte, on en parle déjà. Le cavalier est sûrement parvenu jusqu'ici. Enrique ne tient pas à ce qu'on l'identifie. Personne pourtant ne pourrait le reconnaître, sauf le gamin qui l'a guidé ce matin. Il y a aussi le cavalier. Enrique se tient coi, ne parle à personne et ne pose pas de questions. Il espère que personne au courant de la tragédie ne montera dans le bus. Il veut retourner chez lui, reprendre son travail et éviter toute question. S'il est découvert, il ne pourra pas éviter les journalistes. Son nom et sa photo paraîtront sur la première page des journaux de Santo Domingo et Santiago. Il sera connu et ne s'en remettra plus. La police l'interrogera et on ne le laissera plus en paix. Son patron le congédiera.

Rester anonyme et inconnu. Rentrer chez soi comme si de rien n'était. Il y parvint. À Nagua, seule une grosse femme monta, qui ne savait rien et ne semblait préoccupée que de ses cabas. À San Juan, le terminus, il descendit à la croisée des chemins, entra au *super-mercado* s'acheter des biscuits. Il commençait à avoir faim et aussi il voulait vérifier s'il ne pourrait pas s'acheter d'autres vêtements au magasin général. Rien. Il se contenta d'une chemise kaki comme en portent les militaires et de *running shoes*.

Après ses achats, il retourna sur le chemin attendre un *publicó*. Un camionneur s'arrêta et le fit monter. Il se rendait à Puerto Plata. Enrique ne descendit pas chez sa mère mais continua jusqu'à Sosua. Il arrêta à un restaurant et commanda des brochettes de poulet. Il ne recherchait pas la compagnie. Pour se calmer un peu, il s'acheta une bouteille de rhum, ce qu'il ne faisait jamais. Puis il entra chez lui, s'abattit sur son lit et, pendant dix heures, dormit d'un sommeil sans rêve avoisinant le coma.

Comme l'aurait dit un client américain qui avait loué un appartement la semaine précédente: *Back to square one!* Et personne ne sut ni ne soupçonna son aventure.

III

Le lendemain, il est retourné au travail.

— Où étais-tu hier? lui demanda le patron.

— J'ai dû aller voir ma mère. Elle ne se sentait pas bien et j'ai dû l'accompagner à Moca chez son médecin. J'ai tenté de la convaincre d'aller à Rio San Juan ou à Puerto Plata se faire soigner. Rien à faire.

En trois ans, c'était la première fois qu'il s'absentait. Enrique était un employé fidèle et loyal. Le patron savait qu'il serait difficile à remplacer et le traitait bien.

— J'espère qu'elle va mieux!

— Espérons, se contenta de répondre Enrique.

Il garda pour lui son secret. Il l'avait échappé belle. Quand il apprit par les journaux l'horreur du drame, il se mit à trembler. Il était midi, l'heure du déjeuner et de la sieste. Comme à son habitude, il s'était réfugié dans une unité d'habitation vacante. Il aime y manger, se reposer et lire les journaux de Santiago et de Santo Domingo.

Le récit du drame faisait la première page de tous les journaux. Le cavalier a rejoint la gendarmerie, laquelle a alerté l'armée. Un avion militaire a décollé de l'aéroport de Sosua. Un avion! Pourquoi ne pas avoir dépêché un bateau? Il n'y en avait pas, semble-t-il, ni à Nagua ni à Cabrera. Les Dominicains ne sont pas marins et, sauf à Samana, les barques de pêche et les embarcations de plaisance sont rares. Il est évident que l'aviateur ne pouvait pas les aider. Il ne fit que constater l'horreur et décrire ce qui se passait dans son poste de radio. La barque chavirée a dérivé au gré du vent et des courants sans jamais se rapprocher de la rive. Il y avait encore une dizaine de personnes qui survivaient en s'agrippant aux bordages. Puis, l'effroyable s'est produit: les squales ont attaqué. *Tiburones!* criait le pilote. Il volait bas, voyait bien et distinguait la pointe des caudales qui fendait l'eau. Ils ont réussi à décrocher un premier homme, puis un autre. Ceux qui restaient tentaient de monter sur le dos de la barque. Ils se nuisaient les uns les autres, perdaient prise et glissaient à l'eau où les requins les happaient. L'eau rougissait de sang et d'autres bêtes accouraient qui attaquaient à leur tour avec frénésie. Dans sa machine, le pilote hurlait. Il fonçait sur les requins, volant presque au ras de l'eau, et les prenait en chasse. Il montait et piquait. Ses efforts étaient inutiles. Les squales continuaient à tournoyer, à attaquer et à se battre entre eux, se disputant des morceaux d'hommes. Bientôt, il ne resta plus sur l'épave qu'un homme seul, assis à califourchon, qui tendait les bras au ciel et remontait ses jambes pour qu'elles ne touchent pas l'eau. Tard dans la nuit, il fut secouru par une vedette qu'on avait dépêchée à Nagua par la route, montée sur une remorque. Dans l'auto qui l'emmenait à toute vitesse vers l'hôpital, le survivant hurlait sans arrêt et ne cessa de crier et de trembler que lorsqu'un médecin militaire lui fit une piqûre qui l'expédia dans le bien-être de l'inconscience. Quand il se réveilla, les reporters ne purent l'interroger. La police ne put rien tirer de lui. Il n'ouvrait la bouche que pour hurler! Le journal laissait entendre qu'un autre passager s'en serait tiré mais qu'il était disparu. Personne ne connaissait son nom. On croit que dix-huit personnes ont péri.

Enrique referma le journal et prit son café. Personne ne saurait jamais que le rescapé inconnu, c'était lui. Il s'efforça de rester calme. Il redescendit à son poste, un bureau près de la piscine, et ouvrit sa grammaire anglaise. Où qu'on soit, l'anglais est utile. Il syntonisa un poste qui, du matin au soir, diffusait de la musique de merengue, se concentra sur l'étude des verbes irréguliers et la journée passa tranquillement. Il y avait peu de clients. C'était la mi-novembre. Le soir, il mangea au restaurant puis revint se reposer chez lui. Vers dix heures et demie, il se leva et se rendit à la Noche Magica, la discothèque du quartier Charamicos. C'était vide. Il remonta la rue, descendit à la plage et traversa à El Batey. Il y a là aussi une discothèque. Personne là non plus sauf quelques professionnelles qui attendaient le client. Il prit une bière à une terrasse de restaurant et y rencontra un ami qui le ramena derrière lui sur son scooter.

Le lendemain, il était un peu plus calme. Après le travail, il alla manger à la Casa Azul, sur la grand-route. Puis, il se rendit à la Discoteca qui venait d'ouvrir sur la route qui mène à Cabarete. C'est une immense construction recouverte d'un toit de palmes tressées qui la coiffe comme un chapeau chinois. Il entre et inspecte la salle. S'il repère des amis, il va s'asseoir avec eux, sinon il s'assoit seul à une table et commande une bière. Parfois, il se lève et invite une femme à danser, toujours des Dominicaines. Les Nord-Américaines viennent là accompagnées d'escortes qui tiennent à jouer le rôle de chiens de garde, protecteurs, jaloux de la vertu et de la santé des dames qu'ils accompagnent et qu'ils comptent bien se réserver.

Un soir qu'il était seul, quatre Canadiennes prirent place à la table d'à côté. Il les reconnut parce qu'elles parlaient français. Il était certain que ce n'étaient pas des Américaines. Trois d'entre elles se levèrent bientôt; on les invitait à danser. La quatrième resta seule à boire son *planter's punch* et à s'ennuyer. Elle semblait contrariée et craintive de rester seule. Elle ne se sentait pas à l'aise au milieu de cette foule noire et métisse qui dansait avec frénésie.

Elle était dépaysée, presque apeurée. Pourtant, elle ne semblait ni frêle ni timide. C'était une grande blonde, bien en chair, assez forte, un peu molle peut-être, aux yeux bleus incertains. C'était vraisemblablement une femme sans attache, une femme en disponibilité. Elle n'était sûrement pas sans expérience mais peut-être n'était-elle ni capricieuse ni trop exigeante. C'était une blonde solide et bonne fille, pas nécessairement amusante mais indubitablement pleine de bonne volonté. Le genre de bonnes grosses blondes qu'on a tendance à éviter parce qu'on n'arrive plus à s'en défaire, qui souffrent sans protester. Si elles criaient et mordaient, on s'y attacherait plus facilement, mais elles se défendent mal et finissent par vous agacer; elles sont toujours là et rien ne se passe.

Elle traînait sûrement deux ou trois déboires sentimentaux majeurs, sinon plus; des hommes l'avaient quittée parce qu'ils s'ennuyaient. Ils n'avaient sans doute rien à lui reprocher; ils en avaient tout simplement assez d'elle.

Il s'enhardit et l'invita. Elle accepta. Elle n'avait pas été assez rapide pour s'excuser et refuser.

Elle était blanche, laiteuse, comme seules les vraies blondes le sont parfois. Elle était arrivée la veille ou l'avant-veille de Montréal; le soleil l'avait à peine touchée. Elle devait s'enduire de lotion solaire à forte concentration de paba. Elle avait à peine doré. De loin, dans l'éclairage de la discothèque, elle lui avait semblé jeune, pas adolescente, mais jeune femme de vingt-deux ou vingt-trois ans. De près, elle montrait beaucoup plus son âge.

C'était une jeune femme qui bientôt ne le serait plus. Assez rapidement, elle deviendrait une pulpeuse femme mûre. Il lui parla français. Elle en fut étonnée et lui sourit, puis elle s'abandonna et ils dansèrent toute la soirée ensemble. Quand ils voulaient se reposer, ils ne retournaient pas à leurs places respectives mais s'assoyaient à une table restée libre. Elle voulait goûter au rhum. Il lui commanda un daiquiri assez fort qui lui mit de la couleur aux joues et lui fit briller les yeux. Elle était jolie. Elle était tout étonnée et amusée de danser avec un Noir et de pouvoir converser avec lui. On l'avait prévenue. On lui avait conseillé de s'abstenir d'accepter les invitations à danser des indigènes. Après, ils ne vous laissent plus et se croient tout permis. Et voilà qu'elle dansait avec un Noir de langue espagnole, qui se conduisait très correctement. C'était un très bel homme. Plus jeune qu'elle, manifestement. Elle avait trente-quatre ans, un âge glorieux, mais un âge autour duquel les femmes se retrouvent souvent seules. C'était son cas. Elle était seule, ici, ce soir. Elle était venue seule en République, seule, c'est-à-dire avec une amie mais en célibataires toutes les deux. Elle devait être seule depuis un certain temps. C'était une jeune veuve, une jeune divorcée ou une jeune désertée. Elle avait déjà été mariée; Enrique en avait la conviction. Elle l'était peut-être encore.

— *Casada?* lui demanda-t-il, puis il précisa en anglais: *Married?* parce qu'il ne connaissait pas le terme français.

Il lui posa la question en lui prenant la main et en faisant semblant de faire glisser une bague à son annulaire.

— *No! Finito! Viva la libertad!*

Elle était très fière d'avoir pu dire ces quelques mots et rigolait. Il rigola lui aussi. Il était très heureux de sa réponse. Ils dansèrent collés l'un contre l'autre le reste de la soirée et il l'embrassait dans le cou. Elle ne le repoussait pas. Elle ne pensait pas. Elle se laissait aller. Elle se laissait dériver, s'abandonnait. La voix un peu criarde d'une de ses compagnes la rappela à la réalité.

— Tu viens, nous partons! intervint-elle, d'un ton impératif et dédaigneux, comme si elle lui laissait savoir qu'il était temps de mettre un terme à ses enfantillages.

— J'arrive, donnez-moi cinq minutes.

— *Como se llama usted? What is your name?* lui demanda-t-il.

— Mariette.

— Mariette, *why don't you stay here?* Restez.

— Il faut que j'aille; ce sont elles qui ont l'auto. As-tu une automobile?

— *Mañana viene usted aqui. Come here again tomorrow. No, tomorrow, I go and get you.* Où habitez-vous?

— Hôtel Miramar.

— Demain, je vais vous chercher à huit heures. *We go and eat, then we go and dance. O.K. at nine?* Quel appartement?

— Vingt, *twenty.* Demain, à neuf heures, tu seras là. *You promise.*

— *Si!*

— Quel est ton nom?

— Enriquillo, comme le dernier Indien libre de l'île.

— Enriquillo, tu me plais beaucoup.

Il ne comprit pas, mais devina. Elle s'approcha de lui et l'embrassa, puis rejoignit ses amies qui l'attendaient. Il ne put s'empêcher de la suivre jusqu'à la porte du dancing.

— *Mañana!* lui cria-t-il, alors qu'elle montait dans l'auto. C'était l'un des deux mots d'espagnol qu'elle connaissait. Elle répondit par l'autre: «*Si*». Les autres mots qu'elle avait utilisés plus tôt lui étaient venus spontanément. Elle les avait inventés sur mesure et n'était même pas certaine que c'était de l'espagnol!

Quel âge a-t-elle? se demandait Enrique. La trentaine avancée, sûrement. On lui distingue déjà des pattes d'oie au coin des yeux et elle a quelques rides dans le cou. Une Dominicaine de son âge aurait l'air beaucoup plus vieille. Les Nord-Américaines tiennent à rester jeunes. Elles luttent contre le temps et réussissent. Et puis, elles sentent bon. Il était encore étourdi par son parfum. Il respira ses doigts. L'arôme persistait. C'est encore une femme jeune. Elle a peut-être des enfants. Elle a sûrement des enfants même si elle est divorcée. Il est inconcevable qu'une femme mariée n'ait pas d'enfants. Ici, à moins d'être stériles, ce qui est rare, elles en ont toutes cinq ou six. Il a déjà été marié lui-même, si peu longtemps qu'on pourrait dire qu'il a à peine été marié. Le mariage s'est terminé par une bataille à coups de casseroles et un divorce rapidement prononcé a mis un terme aux émotions. Il était jeune alors, dix-neuf ans, divorcé à vingt et un et c'est à peine s'il se souvient d'elle. Où est-elle aujourd'hui, Manuela? À Santiago, a-t-il entendu dire. Un divorce sans enfants. Il n'a jamais été pressé de se remarier et a su profiter des bonnes fortunes qui ont passé. Il n'a jamais été intéressé ni à en abuser ni à les faire durer. Tout a une fin et tant mieux quand c'est fini. Mariette, c'est la première blonde à laquelle il touche. Une de ses premières Blanches. Elle sent bon. Elle est chaude dans les bras et douce sous les doigts.

— Ne sois pas stupide, Mariette, la disputa son amie dans l'automobile. Ce sont tous des gigolos. Une femme qui sort avec un de ces gars-là est vite classée: c'est une femme qui s'en paie un.

— Yvonne, je suis majeure. C'est toi qui m'as entraînée ici, mais ne te sens pas responsable de moi et ne crois pas que tu aies autorité sur moi. Laisse-moi tranquille, je m'amuse bien et, d'ailleurs, j'ai envie de m'en payer un!

— Mais il n'a pas plus de vingt, vingt-six ans, cet enfant-là! Et tu sais, gare aux M.T.S. C'est courant ici. C'est même exceptionnel quant ils n'en sont pas atteints. Les gars qui se tiennent dans les discothèques à l'affût des touristes sont tous infectés.

Mariette haussa les épaules et ne répondit pas mais, dès le lendemain matin, elle se rendit au bureau de la gérance de l'hôtel et demanda qu'on lui permît de changer de chambre. Elle ne voulait plus cohabiter avec son amie. Elles ne s'entendaient plus, expliqua-t-elle. On acquiesça à sa demande et on lui remit une clef. Elle revint à l'appartement qu'elle occupait avec Yvonne et commença à ramasser ses affaires.

— Qu'est-ce que tu fais? lui demanda son amie.

— Je fais mes bagages et je m'en vais.

— Où, à Montréal?

— Non, dans une autre chambre.

— Qu'est-ce qui te prend. Je t'ai offensée?

— Non, je veux tout simplement être seule.

— Écoute, ma petite fille, commença Yvonne. Tu es sur le point de faire une folle de toi avec ton nègre. Ressaisis-toi. Avoir su que tu étais vulnérable à ce point, je ne t'aurais jamais demandé de m'accompagner. Le premier homme qui t'a souri t'a complètement fait chavirer. T'es en train de couler à pic. Les hommes qu'on rencontre ici, quand on retourne à Montréal, ils se rendent à l'aéroport en cueillir une nouvelle fraîchement arrivée. Ils font ça pour le fric. C'est pour eux un moyen de subsistance.

— Je ne paie pas. Je n'ai aucune intention de payer et il ne m'a rien demandé.

— Grande folle, ça ne tardera pas. Tu ne perds rien pour attendre!

Mariette regarda son amie.

— Tu as déjà payé, toi?

— Je n'ai pas à répondre à cette question.

— Madame est offensée!

— Madame est amoureuse. Madame défend son beau. C'est pas vrai! Il t'a déjà expédiée au ciel et tu veux y retourner! Tu décolles vite! Ma pauvre fille. Amuse-toi, ce n'est pas interdit mais ne deviens pas folle. Tu as toujours été une grande amoureuse un peu stupide et grande ouverte. Ressaisis-toi.

Vraiment, c'est enfantin. Une fille de ton âge. Surveille-toi bien. On ne les oublie pas facilement, surtout quand on ramène à la maison un petit microbe tenace que nos médecins n'arrivent pas à identifier. Prends tes précautions. Tu risques de te gratter longtemps. Ils sont porteurs d'animaux spéciaux, coriaces et imprévisibles.

Je te parle comme ça parce que je me rends compte que tu vas faire une grosse bêtise. Je tenais à te mettre en garde mais à la façon dont tu réagis, il vaut mieux qu'on se sépare. Je ne tiens pas à te devoir quoi que ce soit, j'aimerais donc payer ma part de la surcharge. Dis-moi combien je te dois!

156

Yvonne est sèche, sévère et autoritaire. Elle a des attitudes de mère supérieure. Mariette ne veut pas répliquer. Elle pourrait la confondre, lui mettre sous le nez ce qu'elle sait de ses aventures passées et engager une bonne dispute qui finirait par des cris et des menaces, mais Mariette n'y tient pas. Enrique ou pas, elles en seraient probablement arrivées à la même confrontation pour une raison ou une autre, pour n'importe quelle mauvaise raison. Mariette, après deux jours, n'arrive plus à supporter la nervosité agressive de sa compagne. Elle prend ses deux valises et, pour lui faire plaisir et lui donner satisfaction, lui dit: «Tu as peut-être raison, tu as probablement raison et je devrais t'écouter mais c'est plus fort que moi. Il faut que je me paie une folie. Ciao!»

Elle lui tourna le dos et se rendit à sa nouvelle chambre. Elle s'installa puis sortit et passa la journée à se faire chauffer autour de la piscine. Vers six heures, peu avant la chute du soleil dans la mer, elle entra chez elle et entreprit de se manucurer, de se parfumer, se maquiller. Elle repassa sa robe, s'habilla, s'examina dans le miroir et recommença tout. Longtemps avant l'heure elle était prête. Elle s'installa pour lire mais n'arrivait pas à se concentrer. Elle se levait, se rassoyait, se relevait, piétinait. Elle trouvait le temps long et s'impatientait. À sept heures, elle sortit et s'installa dans le jardin à un endroit d'où elle pouvait surveiller la porte de l'appartement qu'elle partageait auparavant avec Yvonne. C'est là qu'elle avait donné rendez-vous à Enrique et il ne savait pas qu'elle était déménagée. Il faisait déjà noir et les lumières venaient de s'allumer autour de la piscine.

Elle venait de s'asseoir lorsqu'il arriva à la porte de son ancien appartement. Elle se leva promptement et l'appela.

— *I couldn't wait, I left work earlier today!* dit-il.

— J'ai changé de chambre ce matin, viens que je te montre.

Elle l'entraîna. Devant la porte, elle chercha avec fébrilité la clef dans son sac, finit par la trouver, s'acharna contre la serrure et parvint finalement à ouvrir la porte.

— C'est ici, lui dit-elle en le précédant à l'intérieur.

Il ferma la porte derrière lui et commença à l'embrasser. Elle laissa tomber son sac par terre et l'enlaça.

157

Enrique ne s'attendait pas à ce qu'elle prît si violemment goût à lui. Il se laissa emporter. Elle était blonde et sa peau était blanche et rose et ses yeux bleus et sa peau était douce et ses mains se mirent à l'aimer.

Quand il se réveilla, il se leva pour prendre dans la poche de son pantalon qu'il avait laissé tomber sur une chaise un écrin qu'il lui tendit. «Je voulais te le donner après dîner.» Elle ouvrit la boîte et en sortit un pendentif. C'était une goutte d'ambre, couleur miel, où était emprisonnée une mouche.

Elle était surprise et elle le regarda. Il souriait. Elle ne parlait pas. Malgré elle, les paroles d'Yvonne l'avaient ébranlée et finalement elle s'était faite à l'idée que son amie avait probablement raison. Alors... pourquoi se priver? Aussi bien profiter de lui et des circonstances, même le payer, s'il le demandait. Ce n'était, semblait-il, pas le cas, Yvonne s'était trompée. Elle en était heureuse et reconnaissante. Elle se tourna vers lui et l'embrassa.

— J'ai une auto, la camionnette du condo. Je t'invite à Puerto Plata, au restaurant.

— Pourquoi si loin? lui demanda-t-elle.

Ils descendirent vers Sosua, où il gara l'auto dans la rue principale. Ils se promenèrent puis finalement entrèrent au Marco Polo, sur la falaise. Il y avait là devant eux une grosse lune chaude et paresseuse sur fond de nuit. Ils ont mangé à l'extérieur sous un charme immense dont les branches s'étendent et couvrent toute la terrasse. Ils ont mangé lentement. Le vin les a presque endormis, puis ils sont retournés à l'auto, sont remontés vers la discothèque où ils ont dansé jusqu'à la fermeture. Puis ils sont revenus chez elle. Il est entré.

Le matin, il repartit et se rendit directement au travail. Chaque soir, il venait la prendre et ils allaient souper, puis danser, à Sosua, Playa Dorada ou Puerto Plata. Un soir, ils se rendirent à Santiago. Il tenait à payer au moins sa part. Son revenu ne lui permettait pas de tout payer chaque soir, même s'il lui restait sa réserve de dollars U.S., rescapés du naufrage de Nagua. Il lui avait fallu s'acheter de nouveaux vêtements, des souliers, se rééquiper à neuf; il avait même perdu son rasoir. À son retour de Nagua, il ne lui restait plus que ce qu'il avait décidé d'abandonner: de vieilles chemises, de vieux pantalons, des livres, des sandales. Au moins un soir sur deux, le patron lui laissait la camionnette, les autres soirs, ils prenaient des taxis, sauf une fois, un mercredi, quand Enrique prit congé. Mariette loua alors une automobile, ils allèrent à Cabarete, Rio San Juan et Playa Grande. Jamais Enrique ne parla de son accident. Elle resta quinze jours et, chaque soir, il fut avec elle. Ils n'arrêtaient pas de parler et elle fut surprise de constater qu'il était au moins aussi scolarisé qu'elle. Ce n'était pas un analphabète ni un illettré.

Elle passait ses journées à l'attendre. La veille de son départ, elle n'arrêta pas de pleurer. Elle tenta de prolonger son séjour d'une semaine mais ne parvint pas à trouver de place dans l'avion de la semaine suivante. Par ailleurs, il lui fallait retourner à Montréal et voir à sa boutique. Elle avait un petit magasin de vêtements féminins, une clientèle établie et fidèle. Une amie avait accepté de la remplacer pendant deux semaines. Elle aurait pu l'accommoder une semaine de plus, mais pas plus longtemps.

— Je reviendrai, ne cessait-elle de dire.

Et pourquoi pas lui? Pourquoi ne viendrait-il pas la visiter à Montréal? Lui, venir à Montréal l'hiver? On était en octobre. Il lui fallait demander un passeport, puis obtenir un visa d'entrée... et pour le visa, ce n'était pas si facile.

Il serait plus simple et moins coûteux qu'elle revienne, elle. En janvier, s'il venait à Montréal, il faudrait l'habiller de la tête aux pieds; il ne pourrait même pas sortir de l'aérogare en tenue dominicaine, avec le froid qu'il fait, il prendrait son coup de mort. C'est donc elle qui reviendrait. Elle était très amoureuse et n'arrivait pas à se rassasier de lui. Elle ne savait pas comment elle pourrait vivre sans lui les trois prochains mois.

Le lendemain, il l'accompagna à l'aéroport. Jusqu'au dernier moment, il la suivit.

— Je reviendrai le lendemain de Noël, le prévint-elle, ou je serai ici pour le premier de l'an et resterai un mois. Trouve une petite villa ou un appartement au bord de la mer à Cabarete ou dans la montagne et réserve-moi une automobile. J'irai te conduire et te chercher chaque jour au travail. Si tu peux, obtiens une, deux ou trois semaines de congé. Nous pourrions aller à Samana, à Santo Domingo ou à la Romana. Essaie...

Elle ne cessait de l'embrasser et de pleurnicher devant tout le monde. Elle s'essuyait les yeux, se mouchait, l'embrassait à nouveau. Les amies avec qui elle était venue ici faisaient comme si elles ne voyaient rien et manifestaient la plus grande discrétion, ce qui ne les empêchait pas de ricaner et de s'échanger des regards ironiques pendant qu'elle ne les voyait pas. Avant de franchir la porte, elle l'embrassa une dernière fois, violemment.

— À Noël! Attends-moi. Je serai là. Je te téléphonerai, je t'écrirai. Dis-moi que tu seras là!

— *Sure, count on me!*

Elle passa la porte. Dans la salle d'embarquement, elle fit face à Yvonne.

— Il n'est pas vilain. Qu'est-ce que tu comptes faire maintenant?

— Ne t'inquiète pas pour moi, j'ai toujours su me débrouiller!

— Ma pauvre fille, tu es complètement folle! conclut Yvonne sans même rire.

Le visa d'entrée au Canada se gagne à l'église ou à la mairie, et Enrique l'obtiendra. À son arrivée à Montréal, il n'aura pas besoin de faire appel à Manuel le Galicien; Mariette s'occupera de tout.

---

* Chanson dominicaine: paroles et musique de Jose Luis Guerra.

TROIS MOMENTS DE LA GUERRE FRANCO-ESPAGNOLE

*«Il est permis de violer la vérité historique
à condition de lui faire de beaux enfants.»*

Alexandre Dumas

St. Barth

C'est à l'improviste qu'il survint. Nous habitions un appartement du Club Nautico, à Sosua, et si nous en sommes partis, c'est
que nous ne supportions plus de l'avoir comme voisin. Nous
sommes même, prétextant une obligation soudaine, retournés à
Montréal pour n'en revenir qu'un mois plus tard nous installer
discrètement de l'autre côté de la baie, à El Batey. Il était insup-
portable, pathétique et amusant, tout à la fois, et ne nous lâchait
pas d'une semelle, ce qui finalement nous a décidés à quitter les
lieux.

Quand il a surgi, il y avait à peine trois jours que nous étions
installés au Club. Je ne savais pas qu'il résidait en République.
Je l'avais d'ailleurs perdu de vue depuis six ou sept ans et je le
croyais aux Bahamas. Nous ayant entendus parler français, il
monta sur la véranda, les yeux fermés, les bras tendus comme le
Christ de Rio et s'exclama:

— Enfin, quelqu'un ici parle la langue de Dieu!

Puis il ouvrit les yeux et s'aperçut que c'était moi. Les bras
lui tombèrent, il dit:

— Yves, vous en République! C'est un miracle.

Je ne l'avais jamais auparavant entendu parler de Dieu ou de
la Vierge. Ces mots ne faisaient pas partie de son vocabulaire
habituel. Il avait manifesté jusque-là peu d'intérêt pour les
choses de la religion. Julica et moi étions surpris de cette entrée

en scène inattendue, ma femme surtout, qui ne connaissait pas Bastien.

— Que fais-tu ici? lui ai-je demandé. Entre, viens t'asseoir. Qu'est-ce que je peux t'offrir: un rhum, un gin?

— Je vais plutôt, dit-il, boire tes paroles. Si tu savais, si tu savais le bien que tu me fais en me parlant français après ces mois et ces mois d'anglais et d'espagnol. Et je parle tellement mal l'espagnol! Quand, passant devant votre porte, je vous ai entendus parler, je n'ai pas su résister et je me suis invité. Et c'est toi!

Il n'avait pas beaucoup changé pendant toutes ces années. Il était grand, massif et jovial. Il était en forme et rebondissait de plaisir. À Montréal, il était très conscient de sa fortune et de son rang social. Il était généralement hautain et distant, quoiqu'il m'ait toujours manifesté beaucoup de sympathie, mais c'est plutôt une connaissance qu'un ami. Sa richesse était légendaire et beaucoup de gens faisaient des bassesses pour lui être présentés ou être admis dans son cercle d'amis. Ici, c'est lui qui courait après les invitations. Pour des raisons fiscales, il avait quitté le Canada et s'était retiré dans les Îles. Chaque année, il évitait ainsi le paiement d'une fortune en taxes et impôts. Il se croyait à l'abri et voilà qu'il s'était fait épingler par une *señorita* de Santiago qu'il nous présenta quelques minutes plus tard.

On ne pouvait être plus latine qu'Altagracia. Elle avait de la classe et de la superbe mais, l'instant d'après, la grande dame pouvait devenir criarde et turbulente au point d'en paraître vulgaire. Un jour, elle s'habillait tout de noir; le lendemain, elle éclatait de couleur. Elle était diverse et imprévisible. Elle était plus jeune que lui mais il n'était pas son papa-gâteau. Elle ne l'avait pas épousé pour sa fortune ou son statut social, elle était aussi bien, sinon mieux nantie que lui, appartenant à une vieille famille du Cibao, enrichie dans le sucre et le rhum, qui avait toujours su réinvestir judicieusement ses profits. Depuis quelques années, ils achetaient des immeubles en Floride et c'est là que Bastien l'avait rencontrée. Elle le trouvait amusant, caustique et plein d'invention. Il savait aussi être prévenant et attentionné, qualités qui manquent autant aux Yankees qu'aux machos Latinos.

164

Il s'était donné la peine de tenter de la charmer et eut la surprise de réussir. Depuis, il se promène partout, sa victoire accrochée à lui. Elle l'a épousé parce qu'elle était un peu folle: lui, il l'avait demandée en mariage parce qu'il était aussi un peu fou. Il est certain que ni l'un ni l'autre ne s'attendait à ce que l'autre dise oui. Ils se sont en quelque sorte épousés par surprise ou par distraction, mais leur mariage est une erreur qui dure. Ils continuent à vivre ensemble, lui parce qu'il ne recommencerait pas une autre aventure, elle parce qu'elle est convaincue qu'elle ne trouverait pas mieux dans les mers du Sud. Ils forment un couple mal assorti, turbulent et invivable qui fait la terreur et le désespoir de leurs amis.

Altagracia est avocate. Elle a étudié le droit et l'économie à Santo Domingo, aux U.S.A. et en Angleterre. Elle parle parfaitement le français pour avoir séjourné deux ans en France où l'un de ses cousins avait, longtemps auparavant, fait partie de l'équipe de polo de Porfinio Rubirosa.... Ruby, qui a organisé l'installation, ici à Sosua, d'une colonie de réfugiés juifs pendant la dernière guerre. Elle parle mieux le français que son mari ne parle l'espagnol. Ma connaissance du castillan est fragmentaire et rudimentaire, celle de Bastien est caricaturale. Il n'essaie même pas de parler convenablement et semble même prendre plaisir à mettre en valeur sa mauvaise prononciation en l'exagérant avec un inqualifiable accent québécois. Son sabir ibérojoual fait fuir l'assistance et hurler sa femme, le tout à sa plus grande satisfaction... mais au Club Nautico, il nous parla en français et ce n'est que plus tard que nous l'avons découvert dans toute sa splendeur.

Ce soir-là, tous les quatre, nous sommes allés célébrer nos retrouvailles au Restaurant Marco Polo et l'abondance des daiquiris et des *planter's punches* facilita le passage d'une langue à l'autre, du français à l'espagnol et vice-versa. À partir de ce soir-là, nous l'avons eu quotidiennement sur le dos et la vie devint impossible. Il s'est jeté sur nous comme un naufragé sur une bille à la dérive et il s'agrippait sans aucune intention de lâcher prise. Partout où nous allions, il parvenait à nous retrouver et, sous prétexte de nous guider ou de nous faciliter les choses, il était toujours là. C'était lassant, même un peu plus.

Comment parvenait-il à vivre avant notre arrivée? Il s'ennuyait à mourir d'ennui dans son opulence ensoleillée et paradisiaque. Il n'avait que trois passe-temps: jouer au golf, se quereller avec sa femme et, quand il me révéla la nature de sa troisième occupation, j'en fus tout secoué. Je vous le donne en mille: il s'amuse à réécrire les fables de La Fontaine!

Il en a trouvé, je ne sais comment, une copie à Santiago. Il les a lues et relues puis a décidé de mettre les fables au goût du jour. Il versifiait comme un autre aurait fait des mots croisés. Il réinventait les fables en les pervertissant, en leur donnant un ton grivois. Il était particulièrement fier de son adaptation de *La cigale et la fourmi* dont il avait réalisé une douzaine de versions, avant de parvenir à la perfection, et il se faisait un plaisir de vous en réciter la version définitive:

La Cigale ayant baisé
Tout l'été
Se trouva bien vite pourvue
D'une vérole mal venue.
Elle alla chez un médecin
Son voisin
Qui, la voyant entrer,
Les fesses
Perverses et pleines de promesses
Crut le moment venu
D'enfin
Réaliser son dessein
Mais, sitôt qu'il connut
La raison de sa venue
La gronda pour sa bévue.

Bastien était particulièrement fier de la finale:

Que faisiez-vous aux temps chauds?
Vous baisiez?
Eh bien... maintenant!

Avec pudeur, mais avec un tas de clins d'œil hypocrites et suggestifs, il escamotait le mot en présence des dames mais il le hurlait en se tapant les cuisses devant un auditoire masculin. Bref, il était devenu assommant et intolérable: un raseur, un fléau que l'on fuyait.

Le matin, il se levait tôt et partait pour Playa Dorada. Il y a là un golf fréquenté par les touristes américains. Il se rendait au point de départ du premier trou et attendait que se présente un groupe auquel il manquait un joueur. Il offrait alors de servir de quatrième partenaire.

— *D'you mind if I join your company?* demandait-il.

Comme il était jovial, bien mis, portait beau et semblait de bonne compagnie, on l'acceptait sans difficulté. Il se fit ainsi de nombreux amis qui l'invitaient aux U.S.A. Les Américains sont hospitaliers et on entre aisément dans leur intimité si on sait être joyeux et blagueur, ce qui est le cas de Bastien.

Il revenait heureux et exténué de ses dix-huit trous de golf sous le soleil. À la maison, il se servait un *gin-tonic* puis descendait à la piscine. Après quelques brasses, il sortait de l'eau, avalait un sandwich puis commençait la phase deux de sa journée: *Las confrontaciones con la mujer.*

Ils s'y préparaient tous les deux. Il faut connaître le contexte historique et social du Norte et du Cibao pour bien apprécier. C'est ici tout près, à La Isabela, qu'en 1492 ont abordé les Espagnols, qu'ils ont fondé leur premier établissement en Amérique, ont commis leurs premiers viols et leurs premiers meurtres. C'est exactement ici que l'horreur a commencé. Quand on met les pieds en République, on est aussitôt assiégé par le souvenir du génocide perpétré il y a cinq cents ans. En 1492, vivaient ici peut-être un million d'Indiens. Quarante ans plus tard, il n'en restait plus que cinq mille. Le roman le plus connu dans le pays relate la résistance d'Enriquillo, l'un des derniers caciques. Les Dominicains, comme les Mexicains de l'autre côté de la mer des Caraïbes, vivent dans le souvenir des grandes tueries qui ont vu naître leur pays. C'est la seule partie de leur histoire que connaît le monde entier. Les chiens qu'on lâchait sur les enfants, les femmes enceintes qu'on éventrait vives, les suicides collectifs de villages entiers épouvantés par l'horreur de la vie. Quand il n'y eut plus un Indien, on célébra leurs mérites puis on se mit à importer des nègres pour les remplacer. On prit soin davantage de ce nouveau cheptel, on le ménageait pour en tirer le maximum.

Au Québec, il n'y eut pas d'extermination systématique et peu d'esclavage. Bastien a donc beau jeu pour faire la morale. Il se sent les mains propres. Les Français n'ont pas anéanti de grandes civilisations comme les Espagnols, n'ont pas vidé la moitié d'un continent de ses habitants comme les Américains dans l'Ouest. Sûr de la supériorité humaine de notre nation, supériorité intellectuelle autant que morale, se plaît-il à préciser en ajoutant que cette supériorité est universellement reconnue, il harcèle quotidiennement Altagracia en lui reprochant son appartenance à une race sanguinaire et barbare, mettant en valeur, par la même occasion, la chance qu'elle a eue de rencontrer, en sa personne, la civilisation avec un grand C. Voilà! Et vengeur des maux passés, épousant la cause et le verbe du grand Bartolomeo de Las Casas, dont il connaît par cœur de longs chapitres qu'il vous récite sur demande dans son espagnol caractéristique, il pointe un doigt accusateur vers la chrétienté et la Castille, mettant Altagracia en demeure de se joindre à lui pour dénoncer les siens, faute de quoi – qui ne dit mot consent – elle se rendra solidaire de leurs crimes. Voilà!

Il est ennuyeux et persistant, mais l'énergique et fulminante Altagracia se défend bien et à eux deux ils font fuir les foules. «Nous, les Français...» Quand il entonne cette antienne, c'est que la fin du discours approche. Il en est rendu à l'Apologie de la Race. Nous, les Français, nous avons toutes les qualités et nous sommes exempts de toutes ces tares qui affligent les autres. Lorsqu'il proclame sa profession de foi et que je suis là, il me tape un clin d'œil et reprend son souffle avant de continuer. Il sait que je ne suis pas dupe et que je sais à quel point il déteste et renie les Français de l'Hexagone et plus particulièrement les Parisiens ou ceux qui prétendent l'être, qui savent toujours tout et ne connaissent rien, sont tous nés la bouche ouverte, les mains pleines de pouces, les yeux fous et les membres gesticulants.

Il ne répète jamais de telles choses hors du Canada ou en présence d'étrangers et si, par malheur, un anglophone ou quelqu'autre allophone ose toucher à la mère patrie ou tente de poser un geste de profanation, il libère un torrent d'invectives et de protestations qui réduisent rapidement le téméraire personnage au silence. Mais quand on est entre nous, entre Québécois ou entre Québécois et Français, et qu'on peut se dire certaines vérités, toutes les portes bien fermées pour que rien ne s'entende à l'extérieur, surtout s'il y a là un Français d'outre-mer qui a provoqué le cataclysme en utilisant un mot déclencheur, alors là, *man*, qu'est-ce qu'on n'entend pas! Il utilise un vocabulaire viril, et les petits cousins qui ont perdu l'usage de la langue de Turenne et ne sont pas accoutumés à se faire parler avec tant de couleur et de véhémence se demandent si c'est bien d'eux qu'il parle.

— Vous savez comment faire fortune au Canada? débute-t-il. Vous achetez un Parisien à sa valeur marchande à Paris et le vendez au Canada au prix auquel il s'estime!

C'est parti. Il est prolixe et éloquent. Il faut l'entendre. On devrait endisquer ses meilleures envolées. Sur le côté A du disque, on pourrait entendre certaines de ses fables de La Fontaine revues et corrigées, sur le côté B, on graverait quelques-unes de ses grandes tirades vengeresses. Mais attention, que personne d'autre que lui ne s'en prenne à la France ou aux Français. *No paseran!* On ne touche pas! Tabou! Il se dresse alors et prend violemment la part de ceux que lui seul a le privilège d'insulter. Un Américain un jour s'était risqué à formuler une critique, par ailleurs assez modérée, de l'œuvre civilisatrice et bla bla bla de la France de toujours. Bastien le pulvérisa.

— Vous, les Saxons, êtes des exterminateurs. Vous êtes allergiques à la présence d'une autre nation sur le même territoire que vous. Il faut que vous l'éliminiez. C'est d'ailleurs une caractéristique des peuples d'origine germanique. Dans les îles Britanniques, vous avez persécuté les Gallois, les Irlandais et les

Écossais. En Nouvelle-Zélande, vous avez décimé les Maoris. À Hawaï, il ne reste plus de Polynésiens. Regardez les archipels français: les Océaniens y prospèrent. Leur population a décuplé. Certaines îles sont surpeuplées.

On n'extermine pas les peuples, nous! Vous, qu'avez-vous fait de vos Indiens? Vous ne cessez de vous enorgueillir de vos carnages. Vos westerns ne sont que la glorification de vos tueries, et personne en Amérique ne proteste. Vous n'êtes même pas conscients de vos crimes contre l'humanité et vous passez votre temps à faire la morale aux autres! On devrait reconvoquer le tribunal de Nuremberg pour juger les crimes américains!

Le pauvre Yankee était sidéré, lui qui croyait appartenir à une nation sans reproche et généreuse. Ici, en République, Bastien a beau jeu. Il peut tirer à volonté sur les Espagnols et les Anglais qui ont saccagé les Îles et exterminé les Indiens, puis se sont lancés dans la traite des Noirs.

Ce soir-là, alors que nous venions à peine de terminer notre repas au Marco Polo, après les digestifs et les cigares d'usage, au meilleur de sa forme, Bastien se lança dans un réquisitoire virulent contre l'Espagne criminelle. Pour être bien entendu et compris de toutes les tables avoisinantes, il braillait en espagnol et, au loin, on entendait les chiens hurler. À certains moments, il enrageait tellement qu'il se levait debout, les poings crispés, pour proférer ses condamnations. Il nous fallait alors insister pour qu'il se rassoie. Les gens attablés autour commençaient à murmurer et à montrer des signes d'impatience, et il est heureux que son comportement et son accent aient prêté à rire parce que certains *hidalgos* n'appréciaient pas la teneur de son discours. Nous étions à Sosua, il s'en sortit sain et sauf; à Santiago, on l'aurait garrotté.

Julica et moi étions gênés et malheureux. Il gesticulait et il n'y avait aucune possibilité de le calmer. Altagracia se tenait coite et le laissait aller, l'écoutant avec attention comme si elle était appelée à fournir une appréciation critique de sa performance. Il n'était pas en pleine forme, semblait-il. Il avait déjà donné un meilleur spectacle. Il entra enfin dans sa péroraison finale, l'action civilisatrice de notre nation, incomparable protectrice des faibles et des opprimés.

— Nous... nous... l'esclavage, nous avons toujours...

— Vous en avez toujours profité, l'interrompit sèchement sa femme. Les Français ont toujours vécu en vendant du nègre. L'esclavage était pour la France de Louis XIV et Louix XV l'équivalent de l'or noir. Sans la traite, l'Ouest de la France eût été miséreux. Nantes, La Rochelle et Bordeaux, les grandes cités catholiques de l'Ouest, ont vécu de la vente des Noirs. Les négriers trouvaient à Nantes du textile et de la vaisselle. À Gorée, ils troquaient le tout contre des esclaves qu'ils livraient à Port-au-Prince d'où ils rapportaient du sucre vendu à Nantes. Et on recommençait. Les cales des navires n'étaient jamais vides. Le roi profitait de ce commerce et l'encourageait. L'Église bénissait le tout et les bourgeois de Nantes construisaient des églises!

— Oui, mais nous avons été les premiers à abolir l'esclavage. La Révolution française a mis un terme à tout ce trafic.

— Et Napoléon a corrigé cette bouffée d'enthousiasme en rétablissant l'esclavage en 1802. Et comme ça n'allait pas tout seul, il envoya son beau-frère Leclerc pour mater les esclaves.

— Oui, mais Leclerc n'a pas donné toute sa mesure. Si la France avait réellement voulu...

— Haïti a été le Vietnam de la France. La France a envoyé ici cinquante mille hommes, et ces derniers, qui venaient à bout des Prussiens, des Autrichiens, des Russes ligués ensemble, se sont fait battre par les esclaves haïtiens qui les ont chassés de chez eux comme les Viets se sont débarrassés des Yankees!

Et Altagracia, comme toute bonne Dominicaine, n'aime pas les Haïtiens. Il doit lui en coûter beaucoup de devoir faire appel à eux pour contredire Bastien. Son mari le sait et il tente d'utiliser cette faiblesse de son adversaire pour s'en sortir.

— Les Français n'étaient pas motivés, c'est tout. Battre les Haïtiens, il n'y a pas grande gloire à tirer de ça. Personne n'était motivé. Il n'y a rien de noble à vouloir remettre leurs fers à des hommes qu'on a libérés quelques années plus tôt. Le cœur n'y était pas. Nous sommes comme ça: quand le cœur ne va pas, rien ne va.

— Alors, c'est fini...

J'ai tenté de m'interposer. Peine perdue.

— L'esclavage nous a toujours répugné. Il nous répugne naturellement. Nous sommes le peuple de la liberté, de l'égalité, de la fraternité et nous l'avons crié à la face du monde. L'exemple parfait, c'est l'île de Saint-Barthélemy. C'est la seule île des Caraïbes où ne vit aucun Noir. Il n'y a là que des Blancs, des descendants de Normands comme nous. Il n'y a jamais eu d'esclaves là. Chaque homme était et est son propre maître et son propre serviteur. C'est là notre façon naturelle de vivre.

— Tu fabules, Bastien, comme chaque fois que tu t'écoutes et que tes propres paroles t'enchantent. Tu t'écoutes et tu le crois. Il y avait plein d'esclaves à Saint-Barth. Un jour, des pirates anglais ont débarqué, ont raflé tous les Noirs qu'ils ont trouvés là et les ont vendus dans toutes les Antilles!

— S'ils avaient été intéressés, les gens de Saint-Barth auraient pu s'en procurer d'autres.

— Ils étaient ruinés. L'île était tellement ruinée que, pour s'en débarrasser, la France a cédé l'île à la Suède qui, depuis qu'elle avait perdu sa colonie de la Pennsylvanie, se mourait d'avoir un pied-à-terre en Amérique. C'était, comme on dit aujourd'hui, une question de standing. C'était un faux cadeau. L'île coûtait plus cher qu'elle ne rapportait et la Suède la retourna à la France cent ans plus tard. Ne crois pas toutes les histoires que tu racontes!

Bastien pourtant est québécois, un peuple réputé chasseur. Il aurait dû savoir qu'on ne pousse pas à bout une bête blessée. On la laisse s'épuiser. Alors qu'il avait le dessus, il aurait dû savoir se contraindre, mais il a trop voulu profiter de son avantage et achever son adversaire. Altagracia, elle, sait profiter de sa victoire. Après avoir porté son coup, elle se tint tranquille sans souligner le fait qu'elle avait le dernier mot.

— La lune est vraiment belle, ce soir, ne trouvez-vous pas? proposa Bastien.

Ma femme ne sut même pas sourire quand elle entendit Altagracia répondre à son mari:

— *Superba!*

172

LE COMTE DE MONTE-CRISTO

Bastien et Altagracia viennent d'arriver.

Chaque après-midi, après leur partie de golf à Puerto Plata, ils arrêtent ici pour le *Five O'Clock*. Nous nous assoyons sur la véranda, un daiquiri à la main, pour une heure de conversation tranquille. Les chaises et les tables de la galerie sont en rotin et l'ameublement de ma maison est vieillot et rétro. Personne de ma famille n'a fait partie de l'armée des Indes, pourtant je me sens chez moi dans un environnement victorien. Il est possible que j'aie trop lu Kipling dans ma jeunesse.

Le temps coule lentement. Qu'y a-t-il à faire ici? Rien! Contempler la mer qui se répète comme une vieille radoteuse, s'étendre au soleil, se baigner un peu, lire, les deux pieds sur la rampe de la galerie, s'occuper des fleurs et des arbres fruitiers qui poussent sans soin, faire un peu de voile, de pêche ou de schnorkel... Rien de fatigant.

C'est la raison pour laquelle je me suis installé ici. Les jours passent lentement et se succèdent comme des vagues paresseuses. C'est ce qui fatigue et énerve Bastien.

Je l'avais vaguement rencontré à la Chambre de commerce de Montréal. Nous nous entendions bien tous les deux, mais nous n'avions pas pensé alors qu'il pourrait être utile ou agréable de nous fréquenter régulièrement. C'est ici, en République Dominicaine, que nous sommes devenus amis. Veuf, ses en-

fants établis, Bastien est descendu ici, à l'occasion d'un quelconque congrès, faire des investissements en cachette et il a
rencontré Altagracia à Santiago. Il a retardé son retour à Montréal, repoussant son départ de semaine en semaine. Finalement,
au bout de deux mois, ils se sont mariés et se sont envolés pour
l'île Margarita, au Venezuela, pour deux semaines d'apothéose,
puis il l'a ramenée au Canada. Il fallait bien qu'il revienne s'occuper de ses affaires, même si elles allaient toutes seules. Après
un hiver passé à souffrir du froid au Québec, elle lui fit tout
vendre et ils se sont établis à Puerto Plata. Bastien a de bons
revenus et vit plus richement sans travailler, ici où il n'y a pas
d'impôt, qu'à se faire mourir au Canada où le gouvernement
vous arrache tout.

Il a beaucoup d'argent. Il n'a donc ni soucis ni ennuis, mais
il s'ennuie. Il joue au golf et sa grande distraction est de nous
rendre visite après une partie. Parfois, il nous emmène des gens
qu'il a rencontrés au hasard des parcours ou au dix-neuvième
trou. À la longue, je le trouve un peu lassant. Il parle sans cesse
d'organiser une longue croisière sur un voilier qui descendrait
jusqu'à Rio. J'ai hâte qu'il trouve ses partenaires de voyage et
s'embarque. Il ne m'est supportable qu'à petites doses es-
pacées.

Altagracia, elle, est une *passionaria* véhémente qu'on s'a-
muse à provoquer, une Andalouse vive et fière qui s'enflamme
pour un rien, surtout quand on touche à ses certitudes sacrées.
Elle a ses sujets tabous. Il ne faut jamais, par exemple, mettre en
doute la pureté de son sang: *la limpieza del sangre*. Jamais, dans
sa famille, assure-t-elle, il n'y eut de métissage. Elle n'a ni Indiens ni Noirs dans son ascendance. Il y a des Catalans, des Bas-
ques, des Maures peut-être, mais ni Caraïbes ni Africains. Bastien connaît sa faiblesse et en profite quand il s'ennuie ou que la
conversation languit.

— Tu es certaine, Altagracia, que si on avait une petite
fille, elle n'aurait pas les yeux en amandes comme une Indienne
ou les cheveux légèrement crépus... j'ai toujours trouvé que les
métisses étaient des femmes splendides.

174

— Je te le répète, Bastien, il n'y pas de ces gens-là dans ma famille!

— C'est vrai... c'est vrai, j'ai oublié, quand Colón est arrivé, il a tué tout le monde...

Il ajoute à l'insulte en prononçant le nom de l'amiral à l'espagnole comme s'il eût comporté deux L: Collon, ce qui sonne comme «couillon» et la fait sursauter chaque fois.

— Colón, je te l'ai déjà dit, non pas Collon ni Coyon! Tu le fais exprès!

— C'est vrai... Colón, c'est Colón qu'on doit dire, Cristobal de son petit nom!

Par tous les moyens, on tente d'éviter de lui donner l'occasion d'aborder une fois de plus le sujet des conquistadors assassins, avec lequel il la persécute. Aujourd'hui, il nous a tous pris par surprise. Personne n'a vu venir l'attaque. C'était sans doute prémédité. Nous parlions de la comète de Halley qui devait sous peu nous rendre visite et que nous nous proposions bien d'observer. J'avais acheté le livre d'Isaac Asimov sur le sujet et m'étais procuré un télescope à Santo Domingo. On discutait d'astronomie. On était donc loin de Colón et de la Santa Maria qui a sombré tout près d'ici, mais il faut toujours qu'il en revienne à 1492.

— Les astres, les constellations... quand je songe à ces immensités inconnues, je n'arrive pas à croire qu'il n'y ait pas là au moins un monde qui soit habité. Je me demande alors à quoi peuvent ressembler ces créatures et comment elles vivent. Se pourrait-il qu'elles soient chrétiennes? Le Christ serait-il allé là aussi se faire crucifier? Ces êtres-là sont-ils civilisés, quel est leur degré de connaissances? Se pourrait-il qu'un jour, montés dans leurs aéronefs, ils nous arrivent, nous découvrent et nous envahissent?

Il fit alors une pause, avala une gorgée de gin, fixa pensivement l'horizon lointain, avant de continuer:

— ... Et alors, comment se comporteront-ils avec nous? Comme les vandales de l'amiral, comme des Andalous? Vont-ils tout tuer, tout brûler, violer nos femmes, étriper et démembrer nos enfants pour en jeter les morceaux pantelants à leurs dogues sanguinaires...

C'est parti! Depuis qu'il est ici, il connaît son Bartholomé de Las Casas par cœur et vous le récite sans broncher, en espagnol ou en français, à la première demande. La lune a le temps de se lever et de se coucher, il n'aura pas encore fini et aura descendu à lui seul son litre de vieux rhum. Quand le soleil se lèvera, il descendra vers la plage et entrera dans l'eau en insultant le grand Colón, Martin Pinzón et leurs bailleurs de fonds, Isabelle la Catholique et Ferdinand d'Aragon. Ensuite, il ira se coucher, satisfait. Jamais encore il n'avait si bien préparé son attaque et, ce soir, il risque d'être intarissable.

— Nous, les Français, quand nous abordons dans un pays...

Altagracia tenta bien de l'arrêter...

— Nous, les Français? l'interpella-t-elle. Depuis quand, vous les Québécois, qui passez la moitié de vos vies à défendre la langue française et l'autre à vous défendre d'être Français, prétendez-vous être Français? Quand ce cousinage facilite la défense de vos thèses ou vous procure d'opportuns alliés! On aura tout vu: un Québécois, la main droite sur le cœur, les yeux dans le vague et qui proclame sans rire: «Nous, les Français!» Il faut filmer ce moment unique et historique. Attendez un peu. Recommence. Je vais chercher mon appareil!

Imperturbable, inébranlable, il continua:

— ... Nous, les Français, quand nous arrivons dans un pays, nous respectons les gens et leurs coutumes et nous leur apportons les bienfaits de la civilisation. Nous ne les exterminons pas pour prendre leur place, leurs femmes et leur or. Nous leur donnons les moyens de croître et de se multiplier, de progresser jusqu'à ce qu'ils deviennent suffisamment forts pour nous foutre à la porte. Là où la France est passée, les peuples indigènes ont été respectés et leur population a augmenté, c'est le cas du Maroc, de la Tunisie, de l'Indochine, de la Polynésie et de tous les États africains. Les Espagnols, les Portugais, les Anglo-Saxons, eux, ont tout détruit partout. Prenez la Polynésie; les Tahitiens de pure race, ou à peu près, sont encore en majorité chez eux, alors

176

qu'à Hawaï, il ne reste plus que dix pour cent d'indigènes. En Nouvelle-Calédonie, les Canaques se font respecter alors qu'en Nouvelle-Zélande, les Maoris ne comptent plus... Nous, nous n'avons pas exterminé les Indiens comme les Espagnols au Mexique et au Pérou, et les Américains, dans l'Ouest... Nous, nous aimons le monde... Tant que la Louisiane a été française, les Indiens y ont vécu en paix et y ont prospéré. Quand nous en sommes partis, ce fut la fin; soixante-quinze ans plus tard, il n'y avait plus de bisons ni d'Indiens, rien que des cow-boys meurtriers. C'est pourquoi, je vous le dis: à moins que les Martiens ne soient de culture française, nous avons tout à craindre d'eux, et comme il y a peu de chances qu'effectivement ils soient français, je suggère qu'on les extermine au fur et à mesure de leur arrivée sans quoi nous risquons de faire face à un génocide terminal...!

Altagracia a tout écouté, une fois de plus. Les Ibériques sont habituées au machisme de leurs hommes qui tiennent à établir leur incontestable supériorité. Elle a blêmi, elle a serré les dents, il n'est pas question qu'elle se laisse dominer aisément; elle n'est pas une Indienne.

— Saviez-vous qu'un des plus célèbres écrivains français a du sang dominicain? commença-t-elle.

— Alexandre Dumas! lui répondit-on immédiatement.

— Oui, c'est bien lui et connaissez-vous son nom véritable? Sûrement pas! Son nom était Alexandre Davy de la Pailleterie. C'était un marquis, fils d'un général de Napoléon et qui tenait à porter le nom d'Alexandre Dumas. Il y eut donc trois Alexandre Dumas: le premier, général de la Convention qui suivit Bonaparte en Égypte; le second, fils du premier, qui écrivit *Les trois mousquetaires* que tout le monde a lu; et le troisième, fils du second, qui écrivit *La dame aux camélias*. Les trois portaient le même nom de famille: Dumas...

— C'est un nom commun, il y en a plein les campagnes, au Québec...

Altagracia continua, imperturbable.

— Je veux vous parler du père, du général, du premier de la race, le premier à s'appeler Alexandre Dumas. Son fils le prit comme modèle lorsqu'il décrivit Porthos. C'était un géant, une force de la nature. Entrant dans une ville italienne qu'il venait de conquérir pour Napoléon, il s'accrocha en franchissant la porte de la ville à une poutre qui dépassait la muraille et souleva de terre le cheval qu'il montait. La population en resta toute saisie: c'était Porthos, le premier des Dumas. Le pont d'Arcole, c'était probablement lui. Indubitablement, le pont de Brixen, où il arrêta, seul, une armée autrichienne, c'était lui.

C'était sérieux, Altagracia ne plaisantait plus, elle n'a d'ailleurs aucun sens de l'humour et c'est peut-être son seul véritable défaut. Elle continua:

— Porthos, le premier Alexandre Dumas, est né ici, dans le Nord, fils d'un planteur noble et d'une esclave qu'il gardait pour lui sur sa plantation; il eut d'elle quatre fils dont Porthos. Un jour, il eut besoin d'argent et voulut revoir sa Normandie natale, parce qu'il était normand, comme vous prétendez l'être, vous les Québécois. Il vendit au marché sa femme qui s'appelait Cessette Dumas et ses quatre fils, empocha l'argent et retourna en France. Il possédait un domaine, à l'extrémité de cette vallée que les Indiens appelaient la vallée de Cibao, ce qui causa la méprise de Colón qui se croyait rendu en Cipango, qui était le nom du Japon. Sa plantation était située à l'extrémité nord du Cibao, là où le fleuve Yaque del Norte se jette dans la mer. En Europe, il fut pris de remords et fit l'impossible pour les racheter tous. La femme était morte et, des quatre fils, on n'en retrouva qu'un, Porthos. Il le racheta et le ramena en France où il devint général. Jamais Porthos ne renonça au nom de sa mère, Dumas, et c'est ce nom qu'il donna à ses enfants même si, pour l'état civil, ils devaient aussi signer Davy de la Pailleterie. Vous savez comment s'appelle la région où était situé le domaine du grand-père marquis? Je vous le dis, ce n'est pas loin d'ici et l'endroit porte encore à peu près le même nom. C'est aujourd'hui Monte Cristi, à la frontière haïtienne. Autrefois, l'endroit s'est appelé Monte Cristo. Quand Alexandre Dumas, l'auteur des *Trois mousquetaires*, faisant voile vers Naples, passa près de l'île d'Elbe, on lui suggéra d'arrêter, pour y chasser, sur un îlot voisin du dernier royaume de Bonaparte. Il demanda le nom de l'îlôt, on lui répondit: «Montecristo.» Ce nom lui rappela des souvenirs de famille. Il continua sans s'arrêter, mais il avait trouvé le nom qui convenait à Edmond Dantès et Dumas donna même ce nom à son propre domaine qu'il fit construire sur le chemin de Bougival. Il avait trouvé ce moyen génial pour utiliser un mauvais souvenir de famille. Monte Cristi n'est pas loin d'ici, pourquoi n'irions-nous pas demain tenter de découvrir là des souvenirs des Davy de la Pailleterie ou des Dumas?

— Bravo, ne puis-je m'empêcher d'applaudir, Altagracia, c'est une très belle et surprenante histoire!

J'étais ravi et je me servis à la santé d'Altagracia et des Dumas une nouvelle rasade d'*añejo*, ce qui renforcit ma voix. J'étais très heureux. Cette histoire, beaucoup plus que le rhum, m'avait enivré. Nous sommes, nous, Canadiens, aussi auditeurs que raconteurs et si vous voulez nous gagner, profitez du soir qui tombe pour nous raconter une histoire qui nous touche et nous surprenne.

— Merci de cette histoire, Altagracia, ne cessais-je de lui dire.

— Mais ce n'est pas une histoire, dit-elle, c'est un fait vécu, pas un conte romantique, c'est une épouvantable tragédie, une horreur. Jamais un Espagnol de cette race de tueurs que vous méprisez n'aurait vendu en esclavage sa femme et ses quatre enfants... Jamais, sachez-le!

C'était donc ça. Elle avait trouvé une fois pour toutes le moyen d'arrêter les attaques de son mari. Malgré tout, et il me surprit, l'*añejo* de Brugal ne l'avait pas encore complètement neutralisé et il restait vigilant; il trouva même une parade qui, il faut en convenir, était assez habile.

— Qui sait si aucun Espagnol n'a jamais vendu sa femme? C'est peut-être un habile moyen de se débarrasser d'un problème. De toute façon, ce Français-là a eu du remords. Il a retrouvé un fils qu'il a élevé et qui est devenu général de Napoléon. Il a eu un petit-fils qui fut un géant des lettres françaises et un arrière-petit-fils qui fut un dramaturge célèbre. Il s'est bien racheté. Qu'on me donne donc le nom d'un Indien qui a fait carrière en Espagne! Nous, les Français, ce qui toujours sera la marque de notre supériorité, c'est que, parfois, nous doutons, parfois, nous avons des regrets. Nous sommes supérieurs parce qu'il nous arrive de regretter. Jamais un Espagnol n'a de remords, ni un Saxon de regret!

Ils m'agaçaient, finalement, et leurs querelles me faisaient perdre le profit de cette belle histoire. Je me versai donc une dernière rasade d'*añejo*, je descendis les marches de la galerie et empruntai le sentier qui longe la falaise et mène vers la plage. J'étais seul alors sur l'immense plage de sable, il faisait noir et, malgré toutes ces affiches qui proclament: «*La ley dominicana prohibar de banarse desnudo*»... le diable les emporte tous, Colón, Pinzón, Isabelle, Davy, Altagracia et Bastien. L'eau est si bonne et si chaude, à cette heure-ci, que même les requins dorment. Je me suis mis nu et suis rentré dans l'eau sous la lune!

Colón a découvert Sosua le 11 janvier 1493, c'est une date à retenir. Pourvu qu'il ne revienne pas!

PRINCESSE BORGHÈSE

— Demain, vous venez avec nous à Samana, c'est le plus bel endroit de l'île.

Altagracia est péremptoire. Bastien ne proteste pas. «J'obéis aux caprices de ma femme», laisse-t-il entendre par son attitude résignée. S'il était allé jusqu'à exprimer le fond de sa pensée, il aurait peut-être dit: «Dieu m'a créé pour l'aimer, la servir et la satisfaire et je vous jure que je fais de mon mieux!» S'il avait osé parler ainsi, nous aurions eu le déplaisir d'entendre les protestations crépitantes d'Altagracia, ses commentaires ricaneurs et sa jubilation de pouvoir faire valoir son agressivité dans une autre escarmouche conjugale. Aujourd'hui, Bastien n'a pas dit un mot; plutôt, oui, il a prononcé une phrase insignifiante:

— Ce serait gentil de venir avec nous.

L'atmosphère est donc au beau fixe dans le ménage de nos amis. Malgré tout, nous restons circonspects. Cette harmonie soudaine est inquiétante, car avec eux on peut s'attendre en tout temps à un orage tropical subit et violent. Nous avons donc tenté d'éviter l'excursion:

— Pourquoi nous rendre à Samana? Il fait tellement chaud en cette saison. Pourquoi voyager si loin pour se baigner? Pourquoi ne pas rester ici, à Sosua ou à Cabarete... ou même pourquoi ne pas tout simplement nous baigner dans la piscine et ne rien faire agréablement?

— Allez, allez. Vous passez vos hivers entiers à ne rien faire agréablement! protesta-t-elle. Si vous ne bougez pas un peu, vous prendrez racine et bientôt il vous poussera des branches et des feuilles comme à ces piquets de clôture qu'on voit ici fleurir tout le long des routes. Êtes-vous déjà allés à Samana?

— Non. C'est trop loin et c'est trop chaud; quatre heures d'automobile sous un soleil torride pour voir une autre bourgade de huttes à toits de palmes. Il est inutile de faire tout ce voyage pour voir là-bas ce qu'on voit ici.

— Samana, c'est différent. C'est une des plus belles baies au monde, comparable à celles de Rio et de Hong-Kong.

— Altagracia, pas d'exagérations dominicaines, *por favor!*

— C'est une baie magnifique et stratégique. Napoléon avait décidé de faire de Samana la capitale de l'Empire français des Antilles. Toute l'île appartenait alors à la France. Bonaparte a envoyé ici des troupes et des ingénieurs. Ils ont dressé des plans de la ville.

— Napoléon n'est jamais venu ici. Il n'est jamais venu en Amérique!

— Non, mais sa femme était des Îles. Vous le savez sans doute, par ailleurs, son beau-frère et sa sœur ont vécu ici.

— Pauline Borghèse?

— Oui, la belle Pauline. Elle était l'épouse de Leclerc que Napoléon a envoyé ici pour reconquérir l'île et rétablir l'esclavage.

— Pauline Borghèse a vécu ici?

— Oui, et ce que je veux vous montrer, c'est Samana qui devait être sa capitale. Samana d'ailleurs fut la dernière ville à demeurer française; elle résista jusqu'en 1809. À ce moment, Leclerc était mort depuis longtemps et Pauline était repartie en France.

Nul n'a jamais pu résister à Paoletta, la plus jeune des Bonaparte, surtout pas les collégiens qui feuilletaient les livres d'art pour retrouver la photo de la statue qu'en fit Canova. En souvenir de mes rêveries de collège, j'ai donc accepté de faire le voyage de Samana. Bastien restait coi et ne faisait aucune remarque provocatrice, ce qui était réconfortant et inquiétant tout à la fois. Il se borna à suggérer:

— Il faudra penser aux provisions, parce qu'à Samana il n'y a rien dans les magasins, ou plutôt, il n'y a tout simplement pas de magasin!

— Allons, répliqua sa femme. Ne pense pas toujours à manger! Il y a un excellent hôtel à Samana et un ou deux bons restaurants. Tu ne mourras pas de faim!

— C'est ce qu'on verra!

Le chemin n'est pas si long de Sosua à Samana. On longe d'abord la mer avec un arrêt à toutes les plages, qui sont immenses, magnifiques et désertes: Playa Preciosa, Playa de la Bahia Escondida, Playa Grande. C'est en passant près d'une raffinerie de canne à sucre que la première escarmouche eut lieu.

Bastien aime beaucoup sa femme, mais il s'ennuie ici, en République Dominicaine. Altagracia le tient captif dans l'île. Elle ne veut pas entendre parler du Canada où elle n'a vécu qu'un hiver et dont elle s'est enfuie avec la ferme résolution de ne jamais y remettre les pieds. «On souffre peut-être de la chaleur, mais du froid on peut mourir», explique-t-elle. Bastien, lui qui avait tant rêvé d'une retraite paisible et ensoleillée, ne souhaite plus que fuir l'île pour remonter dans le Nord y brasser à nouveau des affaires. Il ne tient pas en place ici. Il pourrait se lancer en affaires à Santiago ou à Santo Domingo ou même s'installer une usine dans la zone franche de Puerto Plata; il a les capitaux et le *know-how* et pourrait aisément faire une autre éclaboussante fortune. Il n'est pas intéressé. Il ne veut plus que retourner au Québec, revoir les amis, ses vieux complices, rire avec eux à l'avance des bons mauvais coups qu'ils monteront ensemble, prendre un verre avec ses copains de toujours, jouer au golf et aux cartes, partir en équipées d'affaires à New York ou Tokyo! S'évader de cette retraite gluante de chaleur, d'humidité et d'ennui dans laquelle il s'enlise et se noie, retrouver son monde, se retrouver chez soi dans sa langue avec son accent et ses affaires, quitte à disparaître un mois ou deux quand l'hiver est à son pire, en décembre et janvier, et se réfugier en Floride avec ses pareils, parmi les siens. Partir d'ici, partir de la République où il n'y a rien... rien... rien que des Noirs qui ne font rien, rien, rien, où il fait toujours uniformément beau et où il ne se passe rien, rien, rien! Ici, il n'y a rien d'autre à faire que de se disputer avec sa femme pour tuer le temps.

Ne demandez pas à Bastien s'il aime sa femme; il l'adore et c'est pour cette raison qu'il est encore ici dans ce pays qu'il hait. Il aime sa femme mais il hait sa captivité, il hait le pays, les Espagnols, leur histoire, leur langue, leurs coutumes et leur cuisine. Altagracia n'arrive pas à comprendre pourquoi son mari n'est pas heureux ici et elle ne veut rien savoir du Québec. Bastien continue donc sa guérilla et espère vaincre la résistance de son épouse par son acharnement et sa persévérance.

On passait donc devant un *batey*, un campement de coupeurs de canne. Bastien ne put s'empêcher d'y aller de sa gaffe volontaire et préméditée.

— Tiens, un village haïtien. Grâce à Dieu, les Haïtiens sont là pour travailler et faire vivre les Dominicains!

— Bastien! le réprimanda Altagracia sans en dire plus.

Il semblait toutefois tenir à sa querelle et je tentai de l'empêcher de continuer:

— Bastien, ne commence pas, pour l'amour du Christ ou du diable, choisis celui que tu veux!

— Je n'ai rien dit d'insultant, protesta-t-il, j'ai tout simplement exprimé l'opinion que les Dominicains sont chanceux d'avoir de bons ouvriers qui travaillent dur et à bon compte pour eux!

— Dis-le, dis-le ce que tu penses, intervint Altagracia. Dis le fond de ta pensée, dis-le que c'est de l'esclavage et qu'on en profite. Dis-le que l'économie de la République est fondée sur l'exploitation des Noirs haïtiens!

— Ce n'est pas moi qui le dis!

Il jouissait de sa mauvaise foi et jubilait d'avoir réanimé la guerre.

— Ils ne sont pas obligés de venir ici, continua Altagracia. Ils viennent ici de leur propre gré et, s'ils ne sont pas satisfaits, ils sont libres de retourner chez eux.

— Où Duvalier qui vous les a livrés sera là pour les accueillir et vous les retourner!

— On n'a rien à voir avec ce qui se passe en Haïti. Ce sont les Haïtiens qui élisent Duvalier! Ils viennent ici couper de la canne, et nous leur payons le prix convenu. S'ils ne sont pas contents, ils n'ont qu'à retourner chez eux. Nous ne les retenons pas ici. Ce n'est pas notre faute si, chez eux, il n'y a pas de travail, même pas comme coupeur de canne.

— De toute façon, vous n'aimez pas beaucoup les Haïtiens!

— Non, nous ne les aimons pas! Vous avez vos ennemis hériditaires, les Haïtiens sont les nôtres. Nous sommes deux peuples à partager la même île; il y en a un de trop et ce n'est pas le nôtre. Nous sommes arrivés ici les premiers. Eux se sont installés plus tard et à l'autre extrémité de l'île, et ils nous ont envahis trois fois! Nous n'avons pas gagné notre indépendance en luttant contre les Français, les Anglais ou les Espagnols, nous nous sommes affranchis des Haïtiens qui s'étaient emparés de toute l'île... et ils sont terribles et féroces et nous les craignons. Ils ont battu les Français, eux, ils ont battu les armées de Napoléon et les ont chassées de l'île. Leclerc, le mari de Pauline, c'est son beau-frère Napoléon qui l'a envoyé ici à la tête d'une armée de quarante mille hommes... et les Haïtiens l'ont battu. Avant que les Anglais, les Allemands et les Russes en se liguant ne battent les Français, les Haïtiens les ont vaincus à eux tout seuls et les ont chassés!

— Qu'est-ce que tu veux dire, que tout le monde peut battre les Français?

La voix de Bastien devenait menaçante.

Je conduisais. À côté de moi, ma femme, serrant les dents, se répétait et se jurait: «On ne m'y reprendra plus jamais... jamais!»

Sur la banquette arrière, la guerre conjugale faisait rage. Ils m'agaçaient tellement que je faillis frapper deux buffles et un âne qui traversaient le chemin. Finalement, un troupeau me barra la route. Je freinai et tentai d'intervenir:

— Tu veux dire que tout le monde peut battre les Français? avait-il demandé.

— Non! Je dis qu'alors qu'il a fallu que les Anglais, les Russes, les Prussiens, les Autrichiens, et qui encore, se liguent pour battre les Français, les Haïtiens, eux, en sont venus à bout tout seuls!

— ... et vous, vous avez vaincu les Haïtiens!

— Voilà!

— D'où l'équation: si un Haïtien vaut deux Français et qu'un Dominicain vaut cinq Haïtiens, un Dominicain vaut donc dix Français!

— Non, pas tout à fait, mais une Dominicaine à elle seule vaut toute une armée française. Voilà!

Le troupeau était maintenant passé. Altagracia avait fini sa tirade. Bastien resta la bouche ouverte, Altagracia exultait.

— *I Bravo! Viva la mujer Dominicana!* ne pus-je m'empêcher d'applaudir avant d'appuyer sur l'accélérateur afin d'arriver au plus tôt à Samana.

Toute une vachette, la Dominicaine, et conçue pour la corrida. Et Bastien qui grommelait, bougon, dans son coin:

— Oui... oui... oui... vous n'avez rien compris, personne. Les Français sont des gens intelligents et ils savent se battre quand ça en vaut la peine. Quand ils réalisent qu'un pays n'en vaut pas la peine, ils ne se font pas tuer pour rien et rentrent chez eux. Ils ont un beau pays, les Français, et ils sont intelligents, pas moi. Eux, ils sont partis et sont rentrés dans leur beau pays, pas moi. Moi, je reste collé ici par manque d'intelligence et à cause d'un amour incontrôlable, presque coupable tellement il est violent, que j'éprouve pour une femme exceptionnelle, et je mourrai ici. Je mourrai de la malaria ou de la fièvre jaune ou je mourrai tout simplement d'ennui. Ici, c'est le pays qui est mortel, dans le vrai sens du mot.

S'ensuivit dans l'automobile un silence absolu digne des étendues glacées du Nord québécois. Puis le vent se mit à siffler et la rage aussi.

Ma femme ne disait pas un mot. Moi, je me concentrais sur la route devant moi. Cette expédition aura été notre dernière entreprise conjointe. Heureusement, nous arrivions à Playa Grande. Altagracia agita le drapeau blanc.

— Chéri, lui dit-elle, admets que dans le sale pays où tu prétends n'aimer que moi il y a un endroit merveilleux, une plage unique, incomparable, et viens te baigner avec moi!

Nous sommes tous entrés dans l'eau. Je passerais ma vie à Playa Grande. Comment peut-on ne pas aimer ce paradis? Comment peut-on arriver à détester cette île? Parce qu'on en est prisonnier? Il doit être pénible et horrible d'être dégoûté de la perfection au point de la détester. Il est impossible de ne pas aimer Playa Grande, tout comme il est impossible de détester Altagracia. Je le dis peut-être parce que je ne suis prisonnier ni de l'une ni de l'autre. Seul Bastien est détestable. Il est profondément malheureux. Il réalise dans quelle impasse il s'est embourbé. Il n'en peut plus d'être ici et il n'est pas question de la ramener au Québec. Elle serait complètement perdue au Canada et, par ailleurs, elle détonnerait. Ce serait la révolution. Ils n'ont qu'une solution: s'installer tous les deux à Miami; il y a là et des Québécois et des Hispanos et, pour une fois, ils seraient finalement d'accord. Ils seraient deux à détester la Floride.

Nous sommes sortis de l'eau. Bastien était entré dans la mer de mauvaise humeur, il en est sorti avec cet inquiétant sourire qui laissait prévoir de nouvelles péripéties.

Une barque de pêcheurs manœuvrait dans la houle. Les marins avaient coupé les gaz et se laissaient porter, poussés par les vagues qui les rapprochaient de la rive. Quand ils en furent près, ils sautèrent à l'eau pour tirer leur chaloupe sur le sable, puis ils la hissèrent jusqu'à la ligne des cocotiers pour la mettre à l'abri de la marée. Ensuite ils se partagèrent les prises. Il y avait là des rougets, des daurades et des poissons presque ronds, d'un bleu royal fluorescent, striés de raies jaunes. Ils étaient trois et reprenaient leur souffle accoudés sur la barque. L'un lança une blague et se roula une cigarette. C'est alors que Bastien s'est approché d'eux pour admirer leur pêche. Soudain, il leur demanda:

— *Estate ustedes Haitianos?*

Les hommes interloqués se regardent puis répondent sèchement comme si on les avait insultés:

— *Nosotros? Porque? No! Sonomos Dominicanos.*

L'un d'eux, comme s'il se moquait de Bastien, ajouta: «*Hora me*» et il prononça un mot qui sonnait comme «péril». Parlant mal l'espagnol, je crus entendre le mot *peligroso*, comme s'il avait laissé savoir à Bastien qu'il était périlleux de les insulter comme il venait de le faire.

Assurément, les trois hommes semblaient offusqués. Bastien tenta de les amadouer en leur disant dans leur langue:

— Il n'y a pas d'insulte, je ne voulais que vous poser une question.

Sa remarque ne fit qu'empirer la situation. Pour arrêter l'escalade, Bastien posa alors le geste miraculeux qui règle tous les problèmes dans les Antilles. Il prit son Polaroid, tira une photo des trois pêcheurs et leur remit la copie. Il y eut alors trois sourires, et comme chacun voulait une copie, ils prirent la pose deux fois de plus.

La paix était faite. Bastien se tourna vers moi.

— Je le savais, mais je voulais en être certain, dit-il.

— Certain de quoi? lui ai-je demandé.

— Une vieille histoire dominicaine, mais qui semble toujours vraie.

— Qu'as-tu demandé aux *pescadores?* lui demanda Altagracia qui venait d'arriver.

— S'ils étaient haïtiens.

— Pourquoi les insulter gratuitement? Il n'y a pas de raison. Même s'il ne s'agit que de pauvres pêcheurs noirs, il faut éviter de les injurier; ils n'ont que leur honneur et leur fierté.

— T'en fais pas, je leur ai donné leur photographie, il n'y a rien de tel dans un pays du tiers monde pour se faire des amis!

Je m'attendais à ce qu'Altagracia lui saute dessus toutes griffes dehors. Il fut plus rapide qu'elle et prévint ses coups en lançant sans hésiter:

— Ils sont très contents et m'ont même donné le mot de passe: *perejil...* ils le prononcent très convenablement!

Altagracia rougit puis devint blanche, serra les dents, lui tourna le dos et se dirigea vers l'automobile.

— Qu'y a-t-il encore? Faites au moins la paix pendant que nous sommes là; vous nous mettez durement à contribution!

Il ne prêtait aucune attention à ce que je pouvais dire et continuait à rigoler.

— Je l'ai eue... comme je l'ai eue! Tu sais ce que c'est, *perejil*? C'est le mot «persil» en espagnol. En 1935, quand Trujillo a décidé de purger la République des Haïtiens qui s'étaient illégalement installés ici, il leur donna quinze jours pour déguerpir et retourner chez eux. Le délai expiré, il ordonna de les tuer tous. On les courut et on les pourchassa partout. Pour les identifier, on leur demandait de prononcer le mot *perejil*. Tout le monde sait que les Haïtiens n'arrivent pas à prononcer les R; ils sont encore moins capables de prononcer le *jota* espagnol!... *pelelil... pelelil...* arrivaient-ils à dire. Ils recevaient alors une balle dans la nuque ou on les décapitait à coups de machette. À Monte Cristi, on les attachait ensemble et on les jetait tout simplement à la mer, aux requins. Combien en ont-ils tué? Cent, cent cinquante mille! Sanguinaires, ces gens-là. Quand ils ne font pas la chasse à courre aux Indiens, ils s'amusent à étriper les Noirs. Faut prendre garde, ne pas s'en laisser imposer; je n'ai pas apprécié sa petite remarque de tantôt: dix Français pour un Dominicain... holà! On ne passe pas! *No paseran!*

— Mais tu n'es pas français, Bastien, tu es canadien!

— Moi, je fais la différence, mais les autres pas. T'as pas encore compris; hors du Québec et de la France, pour les autres, on est tous français; alors moi, je ne perds pas mon temps à expliquer la différence; je défends ma race, hostie de Christ, et qu'on n'y touche pas!

— Calme-toi, s'il te plaît, par pitié pour nous.

On s'approcha de l'auto. Altagracia était assise roide et silencieuse sur la banquette arrière. Ma femme s'était installée, non moins silencieuse, sur le siège avant. Elle ne parlait pas. Elle arriva néanmoins à souffler:

— C'est encore loin, Samana?

— Oui, c'est encore loin, mais je tiens à prévenir nos aimables compagnons qu'au prochain engagement, ou même à la première menace de confrontation conjugale, j'applique les freins, on vire de bord et *Sosua here we come!* Rendus chez nous, je les fous dans leur piscine! O.K.? Si personne n'a compris, je suis prêt à fournir une traduction en espagnol, puis en anglais!

Il se fit un silence. «D'accord, dit Altagracia. Ce n'est pas correct de vous imposer nos querelles.»

Je me tournai vers Bastien.

Il regardait fixement devant lui, les yeux ronds, comme un poisson, avec le même sourire que toujours. Il savourait un restant de jouissance qui subsistait de sa dernière victoire. Il me fallait intervenir fermement pour être certain d'être bien compris. J'ai alors abandonné le français, l'anglais et l'espagnol, j'ai appelé le Christ, la Vierge et quelques autres personnages de la Bible et de l'Évangile à l'aide et je lui ai parlé en québécois bien senti. Il a compris. Il est souvent essentiel, pour se faire prendre au sérieux par un compatriote, de ponctuer ses objurgations de jurons incantatoires et de blasphèmes à charnières. Ce que je lui ai dit ne se dit plus aujourd'hui; ce vocabulaire relève du folklore et, sous peu, cette langue sacrée sera perdue, mais il a compris. «Correct, correct, se rendit-il. C'est fini; je vous promets et je le promets à Altagracia. Je vous prie de m'excuser. Et maintenant, si on prenait une petite tasse de rhum? J'ai justement avec moi un petit mélange de jus de fruits: papaye, mangue, *lemon dulce*; tout ce qu'il faut pour un bon *planter's punch* que nous boirons à la santé de Duarte, de Luperon et de tous les autres héros dominicains que je respecte et que je vénère!»

On a donc tous fait semblant de se réconcilier dans le rhum. Puis on est repartis. Les deux époux filent maintenant le parfait amour sur la banquette arrière. Ils ne se contredisent plus, ne se boudent plus. Ils sont d'accord sur tout, l'un approuvant l'autre. Ils parlent de religion et s'entendent pour haïr toute religion, plus particulièrement la catholique romaine. Plus que jamais ma femme est silencieuse. Moi, je conduis avec concentration. C'est comme si, connaissant nos sentiments, ils s'étaient ligués pour nous convertir à leur foi qui est de n'en avoir aucune.

— Il y a vraiment eu beaucoup de massacres d'Indiens ici, sur l'île. L'Église est-elle intervenue, a-t-elle fait des efforts pour empêcher la tuerie?

— Aucun! répond Altagracia à son mari, comme toujours, elle s'est contentée de bénir les morts et d'absoudre les assassins quand elle n'absolvait pas les morts et ne bénissait pas les assassins.

— Comme toujours.

— Il y a bien eu ce bon Bartholomé de Las Casas qui a gémi un peu mais personne ne l'a écouté. L'Église resta sereine et silencieuse.

— L'Église n'a jamais été du côté des faibles.

— Jamais! approuve Altagracia, surtout pas ici, où pourtant les curés se sont promenés partout la croix au bout du bras. Jamais, ici non plus qu'au Mexique, au Pérou, en Colombie ou au Guatemala, elle n'a défendu les Indiens qu'elle a laissé exterminer. Elle a même profité de leur ruine.

— Elle n'a pas non plus pris la part des Noirs, elle qui a passé des siècles à dresser les bûchers pour y brûler des hérétiques souvent inoffensifs, elle n'a jamais excommunié un seul négrier.

— Elle n'a jamais pris la part des opprimés.

— Surtout pas ici en Amérique latine où elle a toujours été la complice des puissants. Aujourd'hui le vent tourne, elle sent que le pouvoir va bientôt changer de mains, alors elle révise ses positions, se rajuste, se ravise. C'est ça, la théologie de la libération! L'Église tente de se recycler, de passer imperceptiblement du bon côté. Les hommes d'Église ont toujours été habiles; ils ont toujours su se reconvertir au bon moment.

— On devrait interdire la religion et chasser les prêtres!

— Dieu n'a pas besoin de prêtres qui exploitent son nom à leur bénéfice et aux dépens du peuple.

En avant, nous serrions les dents. Nous ne voulions pas de discussion. Nous n'acceptons jamais de parler de religion; c'est un sujet tabou qui ne regarde que notre vie privée. Parler comme ils le faisaient tenait de la provocation. Ma femme était silencieuse et moi, enragé. Mon propre silence me perturbait: n'était-il pas de mon devoir d'intervenir et de les faire taire? Où donc étaient passées mes convictions de *Defensor Fidei?* Je me taisais et me sentais de plus en plus coupable et lâche. N'étant pas d'accord avec mon propre comportement, ma tension intérieure croissait et j'étais sur le point d'exploser quand, ayant fini de monter la côte qui mène au village de Sanchez, la mer nous apparut soudainement et Altagracia, délaissant ses discours sulfureux, s'écria: «*Thalassa, thalassa!* La baie de Samana.» C'était spectaculaire.

Altagracia tint à nous faire prendre le chemin qui mène à Las Terenas pour que nous puissions admirer le paysage du haut de la montagne. La route escalade une pente abrupte, longe des précipices pendant trois kilomètres. Parvenu au faîte, on découvre que les crêtes sont habitées. L'air est peut-être plus salubre sur les hauteurs. Les Noirs installent leurs huttes de palmes sur les sommets dans un paysage de vertige et de splendeur. «Samana! s'exclama Altagracia. La ville de l'empereur est plus loin. Imaginez la flotte française, trente-six bâtiments commandés par l'amiral Villaret de Joyeuse croisant dans la baie. Toussaint-Louverture est venu ici, où nous sommes, pour vérifier de ses yeux ce que ses espions lui avaient rapporté et constater l'importance de la force envoyée pour le réduire. Samana devait devenir la capitale de l'île. Des architectes avaient été envoyés pour en dresser les plans; on en a tenu compte quand on a rebâti la ville détruite par un incendie il y a cent ans.»

Tout allait bien. L'apothéose de Samana, la petite bourgade perdue au bout du monde. Mais la paix ne sied pas à Bastien.

— Il eût été bon pour l'île que les Français restent ici.

— Pourquoi? demanda Altagracia.

— Parce que la présence française a toujours été bénéfique pour un territoire et pour les peuples qui l'habitent. Sous les Français, les indigènes prospèrent au lieu d'être décimés. En Amérique du Nord, les Indiens ont toujours été les alliés des Français qui les protégeaient; quand les Français sont partis, les Anglo-Saxons les ont exterminés.

— Parce que les Français sont bons, ricana Altagracia, c'est là ta prétention?

— Pas bons: tout simplement civilisés et justes. Ils ne sont pas sanguinaires; ils n'ont pas exterminé de peuples.

— Penses-tu? Aucun peuple n'est bon. Toutes les nations qui en ont eu l'occasion et y ont trouvé leur profit ont tué, pillé, exterminé. Vous, les Français, comme tous les autres!

— Nous ne sommes pas sanguinaires! De toute façon, cessons de parler de ça!

Trop tard, il venait de rouvrir le débat, de lui donner une occasion de répliquer; elle ne la manqua pas.

— C'est ici la baie de Samana. La ville est là, en bas, au loin. Vers l'est, au large, c'est Cayo Levantado, l'île du Levant. C'est le seul endroit de la République où il est permis de se baigner nu; ailleurs, le nudisme est interdit et poursuivi. À Cayo Levantado, le nudisme est permis à cause d'une tradition, d'un souvenir. On dit que Pauline Borghèse allait là se baigner nue, protégée par un détachement de marins armés à qui elle permettait de l'admirer. Elle était belle et aimait le montrer. Les poètes l'ont célébrée, les peintres et les sculpteurs l'ont prise comme modèle.

Elle ne voulait pas venir ici. Napoléon l'a forcée à suivre son mari. Napoléon voulait reconquérir l'île, abolir la liberté des Noirs et rétablir l'esclavage. La liberté a gagné et Napoléon a perdu. Leclerc, le mari de Pauline, est mort de la fièvre jaune comme quarante mille de ses hommes et Rochambeau, le fils du compagnon de La Fayette, le fils du héros de la révolution américaine, lui a succédé. Pour honorer la mémoire de Leclerc, Rochambeau lui a organisé de grandes funérailles publiques, lors desquelles on sacrifia des prisonniers. On les donnait en pâture aux chiens de guerre, des dogues importés de Cuba, qu'on avait affamés et qui dévoraient vives leurs victimes.

Pauline avait aimé le spectacle. Elle en redemanda. Le lendemain, on jeta d'autres Noirs aux chiens, mais ils n'avaient plus faim, ils étaient rassasiés; on dut étriper les prisonniers pour exciter les chiens et le spectacle recommença... Pas sanguinaires, vous! conclut Altagracia. C'était la sœur de l'empereur des Français et le fils du compagnon d'armes de La Fayette venus aux Antilles rétablir l'esclavage et je n'ai pas parlé des dix ou douze millions d'esclaves noirs que les Français ont vendus partout en Amérique, en Louisiane, dans les Îles, partout! La richesse de la France sous Louis XIV et Louis XV était fondée sur la traite! Assumez vos responsabilités: vous accusez toujours les Allemands et les Espagnols, mais la France est membre de la ligue des grandes nations criminelles!...

Il était maintenant près de six heures du soir. Le soleil allait tomber sous peu. Tout devint rouge, le ciel, la montagne, la mer. La baie de Samana était rouge sang et, sur l'îlot, en face de Cayo Levantado, on croyait distinguer Pauline, nue, dans la pose que lui avait fait prendre Canova.

Puis, la nuit vint.

Il était temps!

BROTHER JIM

C'est à cinquante ans que Charlie a commencé à rigoler. Auparavant il ne se préoccupait que de l'argent. Il en a fait beaucoup. Une vraie fortune! Une fortune énorme et envahissante, devenue obèse et scandaleuse, qui augmentait avec le seul écoulement du temps et les soins des intendants qu'il avait commis à sa surveillance. N'allez pas croire qu'il laissait tout aller au gré des ans et de ses agents; il surveillait tout, recalculait, espionnait ses hommes. Se lançait-il dans une nouvelle aventure, une fois de plus, il trouvait de l'or! C'était un roi Midas.

Puis sa femme est morte. Il a été pris par surprise. Ce contretemps n'était pas prévu. Sa femme était une de ces petites affaires qui marchent toutes seules et rapportent bien, sans vous donner de soucis. Un bon matin, vous vous réveillez et vous réalisez que vous avez en main une entreprise rentable et profitable. Vous la laissez aller sans vous en préoccuper, mieux vaut ne pas la déranger.

Il a commencé véritablement à vivre au décès de sa femme. Ce n'est certes pas elle qui l'en avait empêché auparavant. Il n'avait aucun reproche à lui faire. Il ne l'a d'ailleurs jamais trompée sauf, pour ainsi dire, pour des raisons d'affaires. Il lui est arrivé d'être à l'extérieur en compagnie d'un client qui soudain se sentait pris d'une fringale d'aventures. Le client passe avant tout, alors que vouliez-vous qu'il fît? Ce n'était pas une faute parce que le but n'était pas le plaisir mais les affaires. Lorsqu'il émergea de sa vie d'homme d'affaires et prit pied dans son monde familial, il se retrouva seul avec un fils de vingt-cinq ans marié, une fille vivant en appartement avec une copine et un petit dernier, à l'université aux États-Unis, qui lui coûtait une fortune.

Il était seul, fin seul, avec la bonne dans sa grande maison du flanc de la montagne et, en dessous, devant lui, le Montréal scintillant et animé des nuits d'été.

Il ne pouvait pas continuer à travailler sans autre but que celui d'accumuler de l'argent. Il s'ennuyait. Il décida de s'amuser un peu, non pas nécessairement par hédonisme ou dissipation mais pour se distraire et retrouver le goût de vivre. S'il n'avait pas beaucoup prêté attention à sa femme, ce n'était pas parce qu'elle ne comptait pas pour lui. Elle était là, à côté de lui, il la savait là et pouvait donc penser à autre chose, à faire plus d'argent, par exemple. Cette attitude n'était ni volontaire ni consciente, c'était une habitude. Au début de leur mariage, quand ils ne possédaient rien, chacun avait sa tâche et ils étaient chacun de son côté, trop occupés pour avoir le temps de parler. Il voyait à ce qu'elle et les enfants soient bien. Ils n'ont jamais manqué de rien. Il a rempli sa part du contrat. Il ne pensait pas à sa femme. Elle était comme son bras ou sa main. On ne pense pas à eux, ils sont là et on ne s'en préoccupe pas. Quand elle est morte, c'est comme s'il avait perdu un bras. Il était désemparé et n'arrivait plus à fonctionner. Il lui fallut réapprendre à vivre.

Il commença donc par se divertir un peu et, rapidement, sans trop avoir à se contraindre, il prit un goût forcené à la vie. Il avait la richesse, l'esprit, une bonne santé et une belle apparence. Les femmes se battaient pour lui et il aimait ça. C'était à qui monterait dans son lit. Ce n'était jamais la même et la surabondance de ses bonnes fortunes lui valut le surnom de Haroun, en souvenir du sultan qui changeait de femme chaque jour.

Comme on pouvait le prévoir, il en survint une qui savait raconter des histoires. Elle parvint à se faire réinviter une seconde fois, puis une troisième et ils partirent finalement ensemble faire le tour des capitales européennes: Paris, Londres, Vienne... Ils visitèrent aussi quelques petits villages célèbres pour leurs hôtelleries et leurs restaurants. À leur retour, un mois plus tard, ils se mariaient dans la plus stricte intimité. Elle avait bien vingt ans de moins que lui, mais c'était une femme mûre, superbe et intelligente qui n'avait pas négligé l'importance d'un contrat de mariage avantageux.

Trois ans plus tard, ils divorçaient. Ce fut un divorce éprouvant et coûteux dont il sortit battu et déprimé. Il avait le sentiment d'avoir été trahi. À nouveau, il était seul et, une seconde fois, il tenta de reprendre pied dans la vie. Les Mille et Une Nuits recommencèrent mais il était plus méfiant et moins ardent: elles s'espaçaient donc. Soudain, avec cette intuition qui l'avait toujours si bien servi dans les affaires, alors que l'économie était prospère et que les prix étaient à leur zénith, il vendit tout, commerces, maisons, chalets, tout. Il rassembla son capital et s'installa dans un appartement loué meublé. Quelques semaines plus tard, les taux d'intérêt commencèrent leur ascension. Ils atteignirent vite seize pour cent et continuèrent leur escalade. Déjà très riche, il n'allait pas cesser de l'être un peu plus chaque jour. Pour réussir à lui faire accumuler un peu plus d'argent, ses conseillers fiscaux lui recommandèrent de quitter le Canada, où le fisc ne laisse aucune chance aux honnêtes gens, pour une de ces heureuses petites îles où le phénomène de la taxation est inconnu parce que personne n'y a de revenu. Il notifia au pays qu'il s'en allait, régla tous ses impôts et partit s'établir dans les Caraïbes.

Il n'allait plus revenir au Canada que comme visiteur. Il s'installa donc dans les Bahamas, près de Freeport. «Je suis comme Christophe Colomb», rigolait-il en rappelant que le découvreur avait rencontré sa première île non loin de chez lui. J'ai découvert le Paradis!

C'était un paradis où il s'ennuyait un peu. Il n'y a pas beaucoup d'affaires à traiter aux Bahamas. Il jouait ses trente-six trous de golf quotidiens, se baignait dans sa piscine, allait pêcher l'espadon et le mérou chaque fois qu'il le pouvait et bâillait abondamment. «C'est un climat qui me fatigue un peu. Il fait toujours beau et toujours chaud! Ce n'est pas comme au Québec. Chez nous, il y a quatre saisons: l'été pour le golf, l'automne pour la chasse, l'hiver pour le ski, et le printemps pour la pêche. Au Québec, il fait tous les temps, c'est tropical, puis tempéré, puis glacial, puis tempéré à nouveau et on revient aux tropiques. Ici, aux Bahamas, c'est toujours le temps de la sieste!»

Il était vraiment à plaindre. Il tournait tellement en rond qu'il finit par se prendre en pitié. Il fit une petite escapade à Miami, histoire de rendre visite à des collègues rentiers qui vivaient à Allendale. De là, il ne put se priver de faire un petit saut au pays et nous arriva en plein février, à Dorval. «Par le Christ Pantocrator et Radieux, venez me chercher, téléphona-t-il à ses amis, je suis à l'aéroport, en pantalon de toile et en sandales. Je gèle. Tout ce que j'ai pu acheter ici, c'est un chandail de laine avec une police montée en avant et une feuille d'érable rouge dans le dos. J'ai l'air d'une carte postale et tout le monde se retourne quand je passe. Il ne me manque qu'un timbre sur le front. Apportez-moi un chapeau, un manteau, des gants, des bottes...»

C'était vrai. On le voyait de loin! Il avait l'air d'un perroquet des Îles déguisé en joueur de hockey. On prit une photo, on rigola, puis on le vêtit. Pour rire, on lui avait apporté un veston sport carreauté rouge et vert, une ceinture fléchée, des pantalons de velours, des bottes de cosmonaute et un paletot de chat sauvage. Il ne quitta pas cette tenue de toute la semaine qu'il resta ici et repartit vers ses Îles dans cet accoutrement: «J'apporte ça avec moi, je ne veux pas avoir froid quand je reviendrai!»

Un *jolly good fellow* qui aimait bien le pays mais qui, pauvre malheureux, était contraint à l'exil pour des raisons fiscales. Avant de partir, il invita tout le monde et nous fit jurer de tenir parole. «C'est beau, le beau temps, aux Bahamas, mais par les Douze Apôtres et leurs petites amies, je m'ennuie. Quand vous viendrez, apportez-moi du beurre d'arachide, une pizza de chez Da Giovanni, un repas congelé de chez Ruby Foo's et vingt livres de filet mignon. Il n'y a pas de steak dans les Îles, rien que du poulet mort de peur et du poisson...»

Pauvre petit garçon! Pour sûr qu'on allait lui rendre visite, même si la vie était misérable là-bas. Régulièrement, il téléphonait à Montréal pour demander quand on tiendrait promesse. Finalement, son frère m'appela:

— Yves, faut y aller. On l'a promis à Charlie. Il se désespère dans son île. Il nous attend à Miami dans trois semaines. Il sera à l'aéroport pour nous accueillir. Il nous demande de nous rendre jusque-là. Il nous prendra en charge en Floride. Il aura les billets d'avion pour les Bahamas. On transfère, on s'envole pour Freeport. Son chauffeur nous y attendra. On ne peut pas lui faire faux bond.

— Parfait, mais qu'il soit bien entendu que ce sera un voyage sage. Pas question de faire la bombe pendant une semaine et revenir crevés! Pas de croisières orgiaques, pas d'aventures antillaises. Je n'ai pas une femme qui rigole, moi. Elle veut bien être compréhensive, mais elle tolère mal les folies, même quand on les fait passer pour des raisons de business ou pour faire plaisir aux autres. Je vais là pour me reposer, pour me baigner, prendre du soleil. Je ne veux pas passer mes trois semaines à sauter en l'air toute la nuit et à dormir toute la journée. Les femmes ne peuvent pas venir à cause des enfants qui n'ont pas fini l'école, on fait donc le voyage en célibataires. Le but, c'est de jouer au tennis et au golf, rien d'autre, compris!

Il prit la peine de me téléphoner pour me rassurer: on mènerait des vies d'ascètes cloîtrés, avec matines, nones, vêpres, complies, cantiques à la Vierge Marie, rogations et tout le bréviaire... «Ne t'inquiète pas, m'assura-t-il. Quand je veux m'envoyer en l'air, je ne reste pas ici. Je m'envole pour Miami ou Nassau.»

Quand nous sommes arrivés, il nous attendait à l'aéroport de Miami en chemise de bûcheron, bottes de cuir aux pieds, et il suait dans son capot de chat.

— Il doit venir de Val-d'Or, celui-là! commenta une passagère à la descente de l'escalier mobile qui nous amenait à la grande salle de l'aéroport.

— Les gens de Montréal! cria-t-il en nous accueillant, une bouteille de gin à la main.

— La belle visite, la belle surprise! continua-t-il.

— Viens ici, mon petit frère, que je t'embrasse!

Il avait décidé de jouer le rôle du géant des bois rigolard et sans-gêne. J'en étais un peu mal à l'aise, étant assez conservateur et discret. Son frère qui était descendu avec nous se prêtait à toutes ses effusions sans broncher. Il ne protestait jamais. C'était le parfait second totalement incolore qui modelait son comportement en le conformant aux désirs de son aîné. Il n'avait aucun caractère propre, mais une totale servilité et une absolue loyauté envers son frère. Charlie aurait pu lui ordonner: «Dénoue mes souliers, retire mes chaussettes et gratte-moi la plante des pieds», en plein salon, Robert se fût exécuté sans protester. Toutefois, ce n'est pas le genre de Charlie d'abuser des gens, surtout pas de ceux qui le servent bien et lui sont fidèles, aussi témoignait-il de beaucoup de considération et d'amitié pour son frère: «C'est mon bras droit, ma mémoire, ma machine à calculer. Pendant que je suis dans le Sud, c'est lui qui voit à tout et prévoit tout!»

Robert le servait avec dévotion depuis toujours et Charlie lui assurait sécurité et fortune. Il n'avait pas le génie de lancer des entreprises et de conclure des contrats, ni celui de dénicher des marchés ou des clients, mais il avait la patience de fendre un cent en quatre dans le sens de l'épaisseur et de maximiser chaque investissement. Il était donc confortablement assis et n'avait pas grande angoisse pour l'avenir.

À l'aéroport de Freeport, Jim, le chauffeur noir de Charlie, nous attendait avec la Mercedes et nous amena chez son patron.

C'était superbe chez Charlie. Une grande demeure coloniale comme on en trouve surtout aux Bermudes et en Virginie; un long manoir en brique rouge avec un portique à colonnes blanches, très anglais mais aussi très américain par son confort et son organisation. Devant la maison, une grande piscine, une pelouse parfaite avec un drapeau pour le *putter's hole*, une terrasse avec des pins parasols et des buissons d'azalées descendant lentement vers la mer, et, là, une plage parfaite, du sable blanc, l'eau bleu turquoise et, plus loin, beaucoup plus loin, le friselis des vaguelettes qui cassent en passant la barre de corail. À l'ancre, placide comme un pélican au repos, le gros yacht blanc à deux ponts hérissé d'antennes de radar et de radio, les stores tirés pour empêcher le cuir des bancs de cuire au soleil. Jim est plus qu'un chauffeur, il est aussi valet de chambre, capitaine du bateau, baptisé évidemment Santa Maria en l'honneur de ce cher Christophe. Jim est également guide de pêche, majordome, caddy au golf et partenaire de tennis quand il manque un joueur. C'est un superbe nageur, expert en plongée sous-marine et qui sait où se rendre dans les cayes pour trouver les plus beaux champs de coraux. Il sait tout faire, même la cuisine. Il parle un anglais impeccable, très britannique, mais sur demande il passe au pidgin et peut donner l'illusion d'être le plus illettré des *boys*.

On venait à peine d'arriver et de finir d'emménager et, assis sous le portique face à la mer, on prenait un premier *gin-tonic* quand Jim apparut et annonça:

— *There are visitors at the gate, sa!*

— Ma visite est arrivée, on va l'accueillir comme il se doit, lui faire un triomphe!

— Qui donc ça, Charlie? ai-je demandé, subitement méfiant.

— Du spécial pour toi. Ça va te faire du bien et à elles aussi!

— Charlie, je t'ai dit que je n'entendais pas à rire. Si c'est ce que je pense et ce qu'elles sont, moi je quitte. Je ne reste pas ici une minute de plus!

— T'es bien strict, t'es bien strict. Calme tes excitations. Il n'y a pas de quoi faire périr personne: trois pauvres petites filles qui avaient froid au Québec et que j'ai fait descendre ici pour qu'elles prennent un peu de soleil. T'es tellement puritain et janséniste! Laisse donc au bon Dieu une occasion de t'absoudre. Il aime pardonner les fautes!

— Charlie, il n'est pas question de rire. Je ne veux pas faire de prêche, je ne veux convertir personne. Je ne veux pas non plus déranger qui que ce soit mais, si elles entrent ici, je pars pour Miami. Je ne resterai même pas sur l'île!

— C'est sérieux ce que tu dis?

— Très sérieux.

— Tu aimes ta femme à ce point-là?

— C'est une des raisons...

— Tu te rends compte que si je les laisse entrer et que tu prends l'avion, toute la ville de Montréal le saura et rira de toi. On t'appellera Mario Goretti!

— Parfait... à partir de maintenant, tu peux m'appeler Mario, mais si elles entrent ici et que je ne pars pas de l'île, toute la ville de Montréal le saura de toute façon.

— Voyons, c'est quotidien ces histoires-là. Tu crois vraiment que toutes les petites filles qui viennent ici se contentent de la caresse du soleil et de l'eau de mer. Allons! Mets le pied sur l'île. Quand elles ne trouvent pas de Blancs consentants, il y a plein de Noirs sur les plages qui ne demandent pas mieux.

— Ça les regarde!

— Alors, tu veux que je les renvoie sans même jeter un coup d'œil sur elles! Comme ça! En sauvage! De la visite du Canada que j'ai fait descendre ici exprès pour toi et Robert!

— Décide ce que tu veux!

— Alors... ce sera pour une prochaine fois!

Il appela Jim, lui remit un chèque au nom de l'une des invitées et l'envoya les reconduire à un hôtel de Lucaya, lui demandant de leur trouver une place pour le lendemain et des sièges dans l'avion de Miami.

— Je ne m'en fais pas pour Jim, il sait comment se débrouiller dans des circonstances semblables. Il saura s'occuper d'elles et trouvera des copains s'il en faut. Je ne m'en fais ni pour lui ni pour elles. J'espère qu'elles décideront de retourner au plus tôt à Montréal parce qu'ici, évidemment, c'est moi qui paie la note d'hôtel!

Effectivement, pendant deux ou trois jours, Jim fut moins assidu qu'à l'accoutumée à son service, puis tout revint à la normale; elles étaient reparties à Miami ou à Montréal. Peut-être ont-elles choisi d'aller faire un tour à Nassau qui est plus animée que la Grande Bahama!

Jim a su s'occuper d'elles. C'est tout un homme, Jim, nous racontait Charlie. Il sait tout faire, même lire et écrire, ce qui est assez rare dans les Îles. Il a étudié en Angleterre et, quand il décide de parler, il s'exprime comme un lord. C'est un immense et athlétique gaillard qui a sûrement un peu de sang espagnol ou saxon parce qu'il n'est pas noir absolu comme le sont généralement les Bahaméens. Il est couleur bronze. Il n'a pas les cheveux crépus et le nez épaté, mais plutôt une chevelure bouclée de Méditerranéen et le nez fin et mince d'un Arabe. Il a cependant le coffre, les épaules et la musculature d'un athlète noir. Il est mince et fin, sans une once de graisse, un genre d'homme que les femmes en désir ne peuvent que remarquer.

— Tout un homme, Jim. Il a trois femmes ici sur l'île. Il les visite l'une après l'autre. C'est tout un problème que de le rejoindre quand il est en congé; il n'est jamais là où on le croit être et quand on tente de le rejoindre, ça crée des complications. Il a toujours juré à celle chez qui on pense qu'il est qu'il a abandonné l'autre, chez qui précisément il est rendu. Il se fait alors engueuler. Parfois, il me demande congé et part dans sa barque pour Eleuthera ou Abaco. Il a une femme dans chaque île et, quand il veut avoir la paix, il change d'île. Pour lui, je constitue un prétexte extraordinaire, la justification de tous les départs; il faut qu'il revienne à la maison pour reprendre son service. Ici, pour lui, c'est comme un havre. Quand il y a de la tempête partout, généralement, ici, c'est calme. C'est ici qu'il revient toujours!

Les visiteuses inattendues parties, les jours furent paisibles et bien remplis. Dès sept heures le matin, on se levait, Charlie sortait alors du frigidaire une bouteille de champagne et nous servait l'apéritif du matin: champagne et jus d'orange, puis on sortait dehors et on sautait dans la piscine. On courait ensuite vers la plage et on entrait dans la mer. Après un dix-huit trous de golf, on déjeunait et, en fin d'après-midi, on montait sur le Santa Maria et on allait au large pêcher à la traîne. Souvent, on débarquait sur un îlot pour le dîner et on revenait sous la lune. Charlie pestait sans cesse.

— Pense au Paradis qu'on aurait si les Trois Grâces étaient restées avec nous. On prendrait le champagne ensemble le matin, on irait se baigner, on jouerait au tennis. Tu vois ça, ces trois femmes dans la nature! On les aurait eues avec nous pour se baigner sur les cayes. Elles seraient avec nous ce soir sur le bateau sous la lune. Elles entreraient avec nous à la maison et on prendrait ensemble un peu de champagne...

— Cesse de parler! Reste tranquille. Tu t'énerves! Tu t'excites, on va repartir et tu pourras ensuite faire tout ce que tu veux!

Parfois il faisait venir de Freeport une manucure qui lui faisait les ongles des mains et des pieds. Les yeux lui en tournaient! Il était devenu avec l'âge un vieux vicieux, frais, dispos et prodigieusement en forme. Il allait donc reconduire sa manucure chez elle et revenait apaisé.

Après quinze jours de tennis, de soleil, de golf et de plongée sous-marine, j'étais moi aussi devenu en grande forme et il valait mieux que je quitte l'île, sans quoi je me serais moi-même mis en chasse de manucure.

La veille du départ, nous étions tous les quatre dans la grande salle qui s'ouvrait sur le portique face à la mer. Jim y était. Il était toujours là, quatrième pour le tennis, quatrième au golf, quatrième au bridge. Il tenait sa place et jouait comme un gentleman. Avec nous, il refusait cependant toujours de boire.

— *A drink for you, Jim?* lui demandions-nous.

— *I never drink, sa!* répondait-il invariablement. C'était évidemment faux. À maintes occasions, Charlie l'avait rencontré à Freeport échauffé et joyeux.

— *It is not alcohol... it is more fun and joy, sa! I was drunk from fun!* répondait Jim, souriant de toutes ses dents, lorsque Charlie le questionnait le lendemain.

De même et quoique Charlie l'ait toujours traité avec amitié et considération, sitôt la partie de bridge complétée, Jim se levait et allait attendre, debout à l'écart. Il se retirait comme si, son service de partenaire supplémentaire au bridge étant terminé, sa présence n'était plus requise et qu'il convenait qu'il se retirât.

La veille du départ, alors qu'il était avec nous, j'insistais à nouveau et lui tendis une coupe de champagne:

— *You'll have one with me, Jim, just one. You can't refuse me!*

— *I shan't now, sa, but I'll have one with you tomorrow at the airport's bar!*

Il ne servait à rien d'insister et Jim restait debout, dans son coin de la pièce près de la porte.

Nous étions tous les trois et nous parlions ensemble en français, ce qui évidemment nous est naturel, mais que nous évitions lorsque Jim jouait avec nous pour ne pas lui laisser croire que nous parlions de lui ou qu'il n'était pas l'un des nôtres.

Nous étions donc tous les trois et il ne prenait pas part à la conversation. Le soleil allait se coucher, c'était une question de minutes. Il allait s'engloutir brusquement dans la mer, sans transition, comme partout sous les tropiques. Les palmiers ne bougeaient plus. Les oiseaux, comme chaque soir avant la tombée du soleil, étaient fous de panique et criaient et chantaient comme pour la dernière fois.

— Tout un paradis, ici, Charlie!

— Oui... mais tu n'as pas su en profiter comme tu aurais dû.

— Je n'en demandais pas plus.

— Qui demande peu a peu.

— J'ai ce qu'il me faut! On ne désire pas ce qu'on ne connaît pas!

— C'est faux. D'ailleurs tout est faux, surtout les principes, surtout les vérités. Moi, j'aimerais être trente ans plus jeune et être fort et en santé comme Jim! Je me promènerais d'île en île. Je les ferais toutes. Je descendrais d'île en île jusqu'à Bonaire et Trinidad. J'irais même voir jusqu'au Surinam. Il paraît qu'il y a là des Indiennes qui font défriser les cheveux les plus crépus.

— T'es vraiment rendu un vieux salaud!

— Je m'améliore avec l'âge, toi, tu régresses. C'en est rendu que tu ne désires plus rien.

— Je vais te dire, Charlie: je suis bien, je suis heureux. Tout ce que je souhaite, c'est que mon bonheur dure, alors je ne m'agite pas trop et j'évite de tout casser.

— Tu as peut-être raison mais je ne suis pas comme toi. C'est peut-être parce que je ne suis pas heureux. Je me demande si Jim est heureux, lui. Je me demande ce qu'il peut désirer. Jim! appela-t-il.

Jim s'approcha et Charlie lui demanda en anglais: «*Jim, tell us.* Que désirez-vous le plus? Que désireriez-vous le plus être ou devenir ou posséder? De quoi rêveriez-vous?»

Il y eut un long silence. Tous les trois nous surveillions Jim et nous guettions sa réponse. Elle vint enfin. Il prononça la phrase comme si on la lui arrachait, comme si on la lui extrayait de l'âme. Il lui était difficile de répondre et il n'arrivait pas à nous regarder droit dans les yeux, ce qui n'était jamais arrivé auparavant.

— *Well... sa...*

— *Well what? Come on, Jim, tell us, what would you really wish to be?*

— *I would wish to be a white man, sir!*

Nous étions gênés et confus. Charlie, une fois de plus, sauva la situation. «Mais, lui répondit-il, vous voulez vraiment faire partie d'une espèce menacée de disparition prochaine!»

Tout le monde éclata de rire. Le rire! C'est ainsi que tout se règle chez Charlie.

IL NE FAUT PAS CHASSER
LES ANGES DU PARADIS

Pour Annie

C'était quand les plages étaient encore désertes, avant que les barbares du Nord ne se jettent sur le pays comme autrefois les conquistadors sur les placers des caciques.

Lui, c'était une espèce de cow-boy, fanatique du ski, de la raquette et de la motoneige. Une attaque de rhumatisme qui n'était peut-être qu'une bursite en phase aiguë l'avait contraint à abandonner ses champs de glace pour tenter de réchauffer un peu ses articulations et c'est ici, dans le Norte, qu'il est tombé malade du pays. Il a succombé un matin alors qu'il galopait sur la plage devant l'Atlantique déferlant. Il avait loué à Playa Dorada un petit cheval arabe et était parti seul vers Puerto Plata en suivant le rivage, puis, il était monté sur le mont Isabela qui domine la ville, l'avait contourné et était revenu en passant par les champs de canne à sucre.

Depuis, chaque matin, il se louait une monture et partait en expédition. Ses maux étaient disparus et il n'avait plus le goût de repartir. À contrecœur, au bout de quinze jours, il reprit l'avion du retour, se promettant de revenir au plus tôt. Effectivement, quatre mois plus tard, il était là à nouveau, tirant derrière lui sa femme qu'il n'avait pas cessé d'importuner pendant tout l'hiver en lui parlant de ses rêves de retraite dans les Îles.

— Je vends tout au Québec, lui disait-il, maison, chalet, meubles, actions et obligations, je liquide mon fonds de pension. Je convertis mes polices d'assurance... je vends tout... on place l'argent en fonds U.S. aux Bermudes ou aux Caymanes... fini l'impôt... adieu Québec et ses taxes. En République, on vivra deux fois mieux qu'ici avec deux fois moins!

— Voyons, Freddy, pense aux enfants! protestait sa femme.

— Les enfants, tu appelles ça des enfants: dix-neuf, vingt-deux, vingt-six ans. Ils pourraient te bercer sur leurs genoux. Dans trois ans, le petit dernier aura fini ses H.E.C., on reste deux ans après la fin de ses études, puis c'est fini. Dans cinq ans, on part! Il faut un jour commencer à vivre. J'en ai assez du froid, de la neige, des impôts et du stress. Adieu Québec! Adieu Canada! Pourquoi persister à amasser de l'argent qui ne vaudra plus rien demain? Les gouvernements nous trichent; ils gaspillent ce qu'ils nous volent. Vive les bananes, les noix de coco, la mer et le soleil!

— Et les enfants? gémit-elle.

— S'ils t'aiment, ils descendront tous les trois en auto à Miami, de là, ils prendront l'avion pour Puerto Plata et viendront manger des bananes chez nous. Et si tu t'ennuies trop de la neige, tu prendras l'avion pour Montréal. En quatre heures, tu y seras et tu pourras geler à ton goût, puis, tu pourras te réchauffer contre eux, tu les materneras et les allaiteras pendant un, deux, trois mois. Pendant ce temps-là, j'irai à la pêche, je me baignerai, je cultiverai mes agaves et mes papayes. De temps en temps, j'irai à l'Oceanico boire un rhum avec d'autres Québécois et nous parlerons de vous le soir. De toute façon, sitôt installés dans l'île, on sera infestés de visiteurs! Même ta mère consentira à vivre un mois ou deux sous le même toit que moi! Élise, je me sens déjà dans les Îles!

— Tu me rends malade, Fred, mais ça ne coûte rien de rêver...

Il n'a pas cessé d'en parler tout l'hiver et elle le laissait dire. Elle fut néanmoins très étonnée lorsqu'en mars, en arrivant à la maison, il lui annonça:

— J'ai réservé les billets. Le 15 avril, nous partons!

— Où?

— En République!

— En République Dominicaine?

— Oui!

— Tu ne vas pas recommencer!

— Recommencer? Je n'ai jamais cessé et je t'ai continuellement prévenue...

— Et les enfants? gémit-elle.

— Ils se nourriront seuls pendant quinze jours. Il faut qu'ils s'habituent; dans cinq ans, tu ne seras plus là pour les servir.

Quinze jours avant le départ, il était déjà parti, il ne pensait plus au travail et commença à se laisser pousser la barbe. Le 15 avril, quand il monta sur la passerelle du Boeing 737, il avait déjà l'air d'un Viking en vacances, grand, blond, rouge, la barbe blonde et rousse, musclé, rigolard et gouailleur, il n'avait pas encore mis le pied dans l'aéronef qu'il était déjà en plein ciel.

Elle était inquiète. Ils étaient mariés depuis bientôt trente ans et elle l'avait toujours laissé faire. Elle l'avait suivi partout sans protester, mais il en demandait maintenant beaucoup trop! Partir, tout laisser en arrière, le confort, le bien-être, la sécurité, les amis et les enfants pour un pays incertain et instable sous prétexte que le soleil est là!

Cette impulsion de départ au loin devenait, depuis quelques années, de plus en plus forte et, ce qui est pis, il la communiquait à ses enfants. Au début, elle acceptait qu'ils aillent camper sous la tente à l'extérieur de Montréal, mais ils s'éloignaient de plus en plus. Ses fils maintenant partaient avec des amis, ils s'empilaient à cinq ou six dans une vieille voiture d'occasion et descendaient la côte américaine, les planches à voile sur le toit. L'été dernier, ils étaient descendus aussi bas que cap Hatteras où, selon leur expression, ils étaient allés courser contre les requins!

Elle en frémissait. Elle avait organisé et aménagé une maison confortable et un chalet douillet et accueillant et voilà que tous les désertaient pour courir l'aventure et l'excitation. Même son mari était saisi par la folie de l'errance et des départs! C'était une femme bonne et stable. Elle ne comprenait rien à ces fringales de dépaysement et de déplacements qui s'étaient emparées de son mari et de ses garçons. Par devoir et contre son gré, elle se résigna à suivre son mari mais quand, arrivés à l'aéroport de Sosua, il lui apprit que leur destination-surprise, celle qu'il avait tenu à ne lui dévoiler qu'une fois arrivés sur place, était de n'en avoir aucune, de n'avoir aucune réservation et de s'en aller à l'aventure dans un pays inconnu, elle faillit pleurer.

Elle n'avait plus vingt ans, l'âge auquel les femmes acceptent de suivre l'homme qu'elles ont choisi en espérant que ses folies lui passeront. Elle aurait aimé s'arrêter et ronronner un peu, surtout elle aurait aimé voir son homme apaisé, et voilà qu'il ne rêvait que de départ et d'exil.

À l'aéroport, il loua une voiture puis ils partirent faire le tour du pays. Ils se rendirent à Monte Cristi, au nord, près de la frontière haïtienne puis ils descendirent au sud jusqu'à Samana. Après une incursion dans les îles de la baie et un détour dans la région de Macoris, ils revinrent à Sosua où ils s'installèrent au Club Nautico, dans une villa face à la mer. «Au moins, ici, c'est presque civilisé, commenta-t-elle, il y a du monde, des restaurants, la plage est belle et l'hôtel confortable.»

Ils avaient même la télé couleur et huit canaux américains. Chaque soir, ils sortaient manger à Sosua ou Puerto Plata, mais le matin, il la laissait dormir et partait seul. Il sortait furtivement au soleil levant dès cinq ou six heures. Il portait un heaume de fibre de verre qui lui faisait une tête d'astronaute. Il enfourchait une motocyclette de location et partait à la découverte. Vers midi, il revenait, il déjeunait avec elle, puis ils allaient sur la plage, se baignaient ou partaient en catamaran sur la mer. Ils sortaient de la baie et allaient faire de longues randonnées le long de la côte. Un jour, ils se rendirent à Cabarete où le vent est fort et régulier et les plages, uniques. De loin, il lui montra un petit promontoire.

— Demain, demain matin, je t'emmène là. Je crois avoir trouvé notre coin.

— Fred, lui dit-elle, je t'assure que je n'ai aucune intention de m'enterrer ici. Si tu m'emmènes ici, ce n'est pas moi qui m'enterrerai mais toi qui m'enterreras. Je mourrai d'ennui, loin des enfants, loin du pays, de nos magasins, de notre radio, de notre télévision, de nos amis, de tout ce que j'aime... de la neige, oui, de la neige, j'aime la neige... loin de tout. Je ne parle pas espagnol, je n'ai d'affinités ni avec les Espagnols ni avec les Noirs... je ne les déteste pas, je ne leur veux pas de mal, mais je ne me sens pas chez moi parmi eux. Ils sont pauvres, ignorants, analphabètes, sales. Nous ne mangeons pas les mêmes choses, je n'arrive même pas à boire l'eau d'ici. Ils ont des fruits que je ne connais pas, ils n'ont pas de légumes et, quant à leur viande, j'en ai le dédain. Le seul endroit où je me sens chez moi, ici, c'est au Holiday Inn, chez les Américains. C'est terrible et c'est la première fois que je le réalise, mais, hors du Québec, où que ce soit, hors du Québec, les seules gens qui me conviennent sont les Américains, même s'ils parlent anglais! Ne me parle pas des autres et ne pense pas que, hors du Québec, je pourrais m'installer ailleurs qu'en Floride!

— Ne prends pas panique, il ne s'agit pour l'instant que d'acquérir un terrain. Le seul risque qu'on prend, si on ne l'utilise pas, c'est de faire un coup d'argent en le revendant. Des endroits comme ici, il n'y en a pas beaucoup.

— Il y en a plein les Îles!

— Ici, ce n'est pas une île comme les autres, un banc de sable dont on fait le tour en une heure. C'est un pays, un grand pays, avec de vraies villes, des rivières, des montagnes, des lacs. Le climat est bon ici, il ne fait pas trop chaud parce que le pays est rafraîchi par les alizés et les gens sont aimables, paisibles. De plus, ils sont indépendants depuis Napoléon Bonaparte et n'ont rien à reprocher aux Européens ni aux Américains. De toute façon, quand les Américains découvriront l'île, les prix doubleront, tripleront et on pourra toujours vendre. Il n'est pas question de construire immédiatement, encore moins de déménager. Je crois d'ailleurs que si jamais on s'installe ici, ce ne sera que pour les mois d'hiver et alors les enfants seront bien contents de passer Noël et le Jour de l'an avec nous, de faire de la planche à voile pendant que leurs copains gèleront sur les pentes de ski...

Crois-moi, il ne s'agit pour l'instant que d'un terrain et on n'a rien à perdre!

Elle soupira, le laissa parler et le suivit sans protester davantage. Elle admit que le site était superbe. La plage était immense, commençant à un bout du ciel, elle filait jusqu'à l'autre, il était possible qu'elle continuât au-delà. De plus, elle était propre et déserte; pas de débris, pas de bouteilles ni de morceaux de bois, même pas de coquillages et personne, sauf eux, pour laisser sur le sable la trace de ses pas. Personne! Il est important pour un Québécois d'avoir l'illusion et la certitude d'être le premier et le seul, sans personne aux alentours pour gâcher son plaisir. Il lui faut avoir l'impression d'avoir le pays à lui seul, sans partage ni souillure. C'était irréel et immobile, sauf la mer incessante. Le ciel lui-même était silencieux, sans escadrille de pélicans en mission de bombardement comme en Floride ni de mouettes criardes aux cris éperdus comme en Gaspésie; il n'y avait pas un pluvier, pas un échassier sur la plage. Rien, ni personne. Au large, à deux cents mètres du rivage, la houle cassait et les longues vagues déferlaient, les rouleaux poussant leurs franges d'écume jusqu'à la rive qui les fauchait comme une lame les blés, et ils tombaient, s'étalaient sur le sable et s'étendaient jusqu'à toucher les premières racines.

Silence! C'était étrange et obsédant que ce silence étale habité seulement par le bruit incessant de l'aller et retour des vagues et cet incroyable soleil qui vous surveillait, immobile dans un ciel imperturbable. C'était parfait. Elle ne pouvait protester ni refuser le paradis, tout dépendait du prix qu'on en demanderait pour un morceau. Ils se déshabillèrent et se baignèrent nus comme ils le faisaient dans les lacs déserts du Québec, malgré les affiches impératives qu'on pouvait lire un peu partout et qui en énonçaient l'interdiction. Qui donc pouvait les surprendre ici? Justement, il y avait là des yeux qui les épiaient et les espionnaient. Quatre enfants les regardaient se baigner, cachés parmi les cactus et les bougainvillées de la rive, quatre êtres minuscules, dont deux sans doute n'avaient pas encore atteint l'âge de quatre ans et allaient nus comme il est coutumier en ce pays

212

où on n'habille pas les enfants qui ne se contrôlent pas encore parfaitement. Ils allaient donc comme se promenaient les naturels avant que les meurtriers n'arrivent sur leurs caravelles.

Les deux Québécois se baignaient, nus, dans une mer parfaite sous un ciel sans tache devant les enfants qui s'amusaient sur la plage.

— Ils sont là comme Dieu les a créés, lui dit-elle. Ils doivent se nourrir de bananes et d'oranges.

— ... et aussi de pommes... de pommes d'avant le serpent, parce qu'ici, comme en Irlande, il n'y a pas de serpents. Saint Patrice est peut-être venu ici dans un coracle, les Irlandais ont toujours prétendu avoir été les premiers à découvrir l'Amérique...

Ils sortirent de l'eau, s'habillèrent et traversèrent à nouveau le terrain pour retourner à la route et à leur voiture, lorsqu'ils distinguèrent, dissimulée derrière un taillis de pins australiens, une hutte au toit de palmes. Ils s'approchèrent et une femme âgée sortit; souriant derrière elle, deux ou trois têtes d'enfants se montraient.

— C'est à vous, ce monde-là? lui demanda-t-il, dans cet espagnol pénible et incorrect qui lui permettait néanmoins de se faire comprendre.

— Non, ce sont les enfants de mes filles.

— Combien sont-ils?

— Huit.

— Et combien de filles avez-vous?

— Deux.

— Elles ne sont pas ici?

— Non, elles travaillent en Espagne.

— Et elles vous ont laissé les enfants?

— Oui... elles envoient de l'argent; si elles étaient ici, il n'y aurait pas d'argent.

— Et les pères?

— Ah! les pères!

— Et ça ne vous fait rien de vous occuper de cette foule?

— Ils sont gentils, je les aime bien, et il faut bien que quelqu'un s'en occupe.

— Dieu vous bénisse, grand-mère.

— Je suppose que c'est ce qu'il fait!

Les habitants du paradis. Sont-ils heureux ou malheureux? Le savent-ils eux-mêmes? Peut-on être heureux au paradis? Ils semblent vivre et laisser vivre, heureux et insouciants dans leur dénuement. Pourtant les mères ont dû partir au loin pour gagner la vie des enfants. «Les mères, lui dit-elle, elles trouvent peut-être ça plus drôle de vivre à Madrid qu'ici, dans un *batey* de Cabarete... on ne connaît pas leurs histoires... elles ont peut-être suivi un hidalgo... de toute façon, elles envoient de l'argent.» Ils remontèrent dans l'auto et repartirent.

— Et le terrain? lui demanda-t-il, qu'en penses-tu?

— Superbe, achète-le, on le revendra avec profit dans dix ans, mais ne compte pas sur moi pour vivre ici. Si au moins j'avais des filles qui me laissaient leurs enfants avant de partir pour l'Espagne, alors j'aurais de quoi m'occuper...

— Il ne faut pas s'amuser de la misère des autres.

— Crois-moi, je ne m'en amuse pas, c'est même ce qui me fait peur. Comment veux-tu que je m'installe ici avec tous mes gadgets: frigo, cuisinière, four à micro-ondes, stéréo, magnétophone, magnétoscope, tous mes appareils électroménagers, à côté de ces gens qui vivent à l'âge de pierre et font la cuisine sur du charbon de bois. Ce serait de la provocation... même pas, à me voir vivre, ils constateraient leur pauvreté....

— C'est déjà fait, avec tous les touristes qui viennent ici.

— Achète donc le terrain, on verra.

Le prix demandé était excessif; soixante-quinze dollars américains le mètre carré. On l'avait prévenu: «Ne tentez pas de marchander vous-même; retenez les services d'un prête-nom dominicain qui négociera pour vous. Si vous tentez d'acheter directement, on vous demandera le même prix qu'à Miami Beach!» Quand il entendit le prix, il se mit à sourire et dit calmement au Dominicain qui lui faisait face:

— *Yo no soy gringo, amigo!*

Il eut la surprise de s'entendre répondre:

— Mais ce terrain, il appartient à un Américain.

— Alors, qu'il le garde, s'il l'a payé trop cher, ce n'est pas à moi de réparer son erreur.

Il négocia de façon ardue. Tous les arguments étaient bons pour faire baisser le prix: l'éloignement, l'absence d'électricité et de services, le fait qu'il était prêt à payer immédiatement au comptant le prix total de la vente. Il offrit le dixième du prix demandé; n'était-il pas par ailleurs interdit de construire sur les soixante premiers mètres à compter des hautes eaux, de même que sur les vingt mètres en bordure de la grande route, ce qui réduisait sensiblement la superficie utile du terrain? Pourquoi payer pour du terrain inutilisable? Toutes les raisons étaient bonnes pour offrir peu. Il souleva même le fait qu'il y avait des squatters installés sur le terrain. Avant de pouvoir construire, il faudrait entreprendre contre eux des procédures qui prendraient des années à aboutir.

— Des squatters? demanda l'agent. De qui parlez-vous?

— De la famille installée sur le terrain.

— De Quirina, de ses filles et de leurs enfants?

— Ses filles qui sont en Espagne.

— Au bordel à Santiago, vous voulez dire. Peu importe, ils ne sont pas dangereux.

— Sont-ils là depuis longtemps?

— Depuis toujours. De père en fils, de mère en fille depuis Colomb, peut-être un peu avant, peut-être un peu après!

— Alors, cette terre est à eux.

— Qu'ils le prouvent, ils n'ont pas de titres, ils occupent sans droit et par simple tolérance. Ce sont des occupants qui savent et reconnaissent ne pas être chez eux. Il n'y a pas de problème à les faire déguerpir!

— Ne les dérangez pas pour moi. De toute façon, je n'achète pas.

— Que ce soit vous, que ce soit un autre, il faut qu'ils partent. Demain, ils ne seront plus là!

— De toute façon, je vous offre un maximum de vingt mille dollars pour votre terrain. Si vous êtes intéressé, je serai au Puerto Plata Beach Resort pendant encore trois jours.

— Vingt mille dollars, *señor*, vous rêvez!

— Si vous en demandez plus, vous rêvez encore plus que moi.

Le lendemain, il reçut, vers l'heure du déjeuner, la visite de l'agent à son hôtel.

— Mon dernier prix, *señor*, trente-cinq mille... c'est un front de mer, c'est rare et cher et vous pouvez construire trois maisons sur la surface utilisable... Une occasion. Mon client américain a une affaire en vue chez lui et veut réaliser ses actifs dominicains. Il tient absolument à vendre et, de toute façon, il n'y a plus de squatters, j'ai fait vider les lieux ce matin!

— Qu'avez-vous fait?

— Ce qu'il faut quand on n'a pas le choix. Allez, tenez, trente mille dollars. Je me ferai couper en morceaux par mon client pour avoir donné son bien!

— Qu'avez-vous fait d'eux?

— Que vous importe; ils ne sont plus là. Croyez-moi, ils ne retourneront jamais sur le terrain et n'iront pas vous importuner. Allez, trente mille.

— Je veux savoir ce que vous avez fait.

— Pourquoi vous en préoccuper? Cela ne vous regarde pas, *señor*, mais, si vous avez le cœur généreux, quand vous serez propriétaire, rien ne vous empêchera de les inviter à revenir sur votre terrain. Il ne sera pas plus difficile de les faire revenir qu'il n'a été difficile de les faire partir. Il n'a pas fallu un avant-midi!

— Je veux voir.

— Trente mille... allez, vingt-neuf!

— Je veux voir ce que vous avez fait de la vieille et des petits.

Ils se rendirent sur les lieux. Il ne restait plus rien de la hutte, on y avait mis le feu.

— Où sont-ils, vous ne les avez tout de même pas tués.

— Non, ils sont partis; vous savez, ce sont des Haïtiens, ils n'ont aucun droit ici.

— Ce ne sont pas des Haïtiens. Ils sont dominicains comme vous. Ils parlent espagnol et les enfants et les mères et même la grand-mère ne sont-ils pas nés ici? Allons, ne vous défendez pas! Qu'avez-vous fait?

— Ils n'ont pas de papiers, ni pour prouver ce qu'ils sont ni pour le terrain. Ce sont des Haïtiens. Ils sont connus comme tels. Même s'ils vivent ici depuis toujours, ils resteront ce qu'ils étaient à l'origine. Ce sont probablement des descendants d'esclaves échappés des plantations haïtiennes autour de Monte Cristi, ou peut-être, autrefois, la famille pendant les guerres de libération a-t-elle pris le parti des Haïtiens contre les troupes du général Luperon! Il y a des choses qui ne s'oublient pas, des mémoires qui ne se perdent pas. Je vous le dis, ils n'ont aucun droit ici.

— Ils ne sont tout de même pas morts, vous ne les avez pas fait tuer!

— Non, non, ne vous excitez pas. Ils sont un peu plus loin. Ils se sont installés dans un *batey*, chez des amis. Ils sont certes un peu tassés et plus loin de la mer mais ils sont en sécurité. C'est ce qu'ils font tous quand on les déloge. Ils s'installent dans un *batey*, un village noir, une petite commune de huttes et de paillotes où ils sont entre eux et s'entraident. Décidez-vous, *señor*, je suis espagnol et nous sommes connus pour manquer de patience. Vous aurez manqué une bonne affaire. Allez, parce qu'il faut que je vende, vingt-cinq mille...

— Marché conclu, le surprit Fred.

Ils se rendirent chez le notaire qui rédigea le contrat et garantit les titres. Il signa et paya quelques jours plus tard, puis, peu après, il revint à Montréal.

Il y a cinq ans de cela et il n'est jamais retourné en République. L'année suivante, ils sont allés à Cancun, puis à Puerto Vallarta. Ce fut ensuite le Venezuela, Santa Marguerita, puis Cartagena, en Colombie. Ils parlent maintenant du Pérou ou de Rio.

— Que fais-tu de ton terrain en République? lui demande-t-on. Tout le monde croyait que tu allais faire construire. Même ta femme qui n'aime pas l'idée de s'installer hors du Québec assure qu'elle n'a jamais vu un aussi bel endroit.

— Le terrain est toujours là. Il y a là une vieille Noire qui le surveille pour moi. Je l'ai installée dans une hutte que j'ai fait construire et qui m'a coûté cinq sous. Elle y habite avec huit petits négrillons, les enfants de ses filles. Je la paie soixante dollars par mois pour surveiller ma propriété. Elle n'a jamais vécu aussi largement et je suis sûr que personne n'ira couper mes arbres ni souiller ma plage.

L'agent d'immeubles dominicain est persuadé qu'il est fou. À trois occasions, il lui a téléphoné à Montréal pour lui offrir le double du prix qu'il a payé et il a refusé. «Il sera toujours temps de vendre, s'il le faut absolument.»

Sa femme et ses amis sont persuadés que, sans être dangereux, il est un peu fou, mais il est acceptable d'être fou si on fait de bonnes affaires, et depuis qu'il a acheté le terrain et y a installé la vieille, le sort lui sourit et il fait de l'or. Il se peut bien qu'un jour, quand il aura des petits-enfants qui pourront jouer nus dans le sable, il aille s'y installer. Il se fera alors construire une maison et, à l'arrière, il y aura une pièce pour une vieille négresse, Tia Quirina. Elle sera bien vieille à ce moment-là et les négrillons auront grandi et l'auront quittée. Elle aura toujours sa place. «Il ne faut pas chasser les anges du Paradis.»

Il ne le confie à personne; il se le répète à lui-même et en disant cela il se signe. Il est très superstitieux. Il inquiète un peu sa femme. Depuis le voyage, il sourit toujours. Il rêve qu'un jour, assis sur le talus de la plage, il surveillera ses petits-enfants qui joueront dans le sable, à la limite des vagues. Et le soleil sera là. Et la mer et les vagues incessantes...

TABLE

Achevé d'imprimer en août 1997 chez

√ VEILLEUX
IMPRESSION À DEMANDE INC.

à Boucherville, Québec